Une si tendre attache

*

Le rêve d'un enfant

CHARLOTTE HAWKES

Une si tendre attache

Traduction française de
MICHELLE LECŒUR

BLANCHE

HARLEQUIN

Collection : Blanche

Titre original :
SHOCK BABY FOR THE DOCTOR

HARPERCOLLINS FRANCE
83-85, boulevard Vincent-Auriol, 75646 PARIS CEDEX 13
Service Lectrices — Tél. : 01 45 82 47 47 - www.harlequin.fr
ISBN 978-2-2804-7859-5 — ISSN 0223-5056

Composé et édité par HarperCollins France.
Imprimé en août 2022 par CPI Black Print (Barcelone)
en utilisant 100% d'électricité renouvelable.
Dépôt légal : septembre 2022.

FSC www.fsc.org MIXTE Papier issu de sources responsables FSC® C159065

Pour limiter l'empreinte environnementale de ses livres, HarperCollins France s'engage à n'utiliser que du papier fabriqué à partir de bois provenant de forêts gérées durablement et de manière responsable.

1.

Non seulement le chirurgien Basilius Jansen était parfaitement au courant de sa réputation d'incorrigible play-boy auprès des infirmières de Thorncroft Royal, mais il jouissait de cette notoriété.

Du moins, la plupart du temps.

Tout en avançant d'un pas décidé dans les couloirs du service de réanimation, il penchait la tête à chaque tournant et décochait son fameux sourire assassin pour répondre à l'habituel chœur de salutations extasiées qui accompagnait son passage.

Mais le cœur n'y était pas.

Cela faisait plusieurs mois qu'il n'était plus inspiré. Ces derniers temps, son sourire était devenu une sorte de réflexe et il se contentait de montrer ses dents blanches de façon automatique. Il avait perdu son enthousiasme.

Bas grommela tout bas. Tout cela n'avait aucun sens.

Enchaîner les opérations particulièrement difficiles au bloc, sortir avec des femmes superbes et consommer des alcools coûteux – dans cet ordre – avait longtemps constitué ses trois activités favorites. Si les deux dernières ne l'avaient jamais, *jamais* fait dévier de son objectif sur le plan médical, l'expression « Travaillez plus, faites la fête encore plus » semblait avoir été créée pour lui. Et, pendant longtemps, cela l'avait parfaitement satisfait.

Il pouvait toujours rendre responsable de son humcur morose la lettre qui gisait encore maintenant, roulée en boule, au fond de la corbeille à papier.

C'était la dernière des trois lettres que Bas avait reçues ces cinq derniers mois. Il s'était détesté de n'avoir pu s'empêcher de l'ouvrir et de la lire en diagonale.

Elle était d'Henrik – le frère dont il n'avait pas eu de nouvelles depuis près de trente ans, et il n'aurait pas été fâché que cela dure encore trente années. À cause de son mensonge, Bas avait été chassé de la maison familiale et sa mère lui avait tourné le dos. Pas une fois elle n'avait répondu aux appels désespérés ni aux lettres de son fils, alors âgé de sept ans.

Bas avait été très contrarié d'apprendre qu'Henrik était devenu chirurgien comme lui. Pire encore, celui qui restait son frère par le patronyme se trouvait à présent non seulement en Grande-Bretagne, mais en route pour Thorncroft. Son arrivée prochaine avait fait resurgir des souvenirs douloureux que Bas croyait enfouis depuis longtemps.

Il s'en voulait d'une telle faiblesse, et d'être vulnérable au point que trois malheureuses lettres parvenaient à perturber la vie dorée qu'il s'était construite. Il se trouvait projeté brutalement dans le passé, à souhaiter être n'importe qui, sauf lui.

Ridicule. N'était-il pas fier de son héritage scandinave, et d'être ce qu'il était ?

Avec son mètre quatre-vingt-dix, ses larges épaules, son menton volontaire recouvert d'une ombre de barbe, ses cheveux blonds et ses yeux d'un bleu plus clair que les fjords eux-mêmes, Bas savait qu'il faisait battre les cœurs. Les femmes le qualifiaient même de tombeur. Pourquoi les contredire ?

Comme si cela n'était pas déjà suffisant, Bas figurait aussi parmi les spécialistes de chirurgie plastique les plus prometteurs.

Son nom – et à plus forte raison celui de son chirurgien esthétique de père, encore plus play-boy que lui – était écrit au-dessus de l'entrée de l'aile Jansen, et ce n'était pas un hasard si cette suite médicale privée ultramoderne et incroyablement high-tech intégrée à la Thorncroft Royal Infirmary était un des établissements de soins les plus demandés du pays.

Entre la réputation de son père auprès des gens riches et célèbres, et sa propre notoriété grandissante dans le domaine de la chirurgie plastique traumatique, des chirurgiens du monde entier se disputaient l'honneur de venir travailler en alternance dans un des trois établissements Jansen de Grande-Bretagne.

Et voilà qu'Henrik allait se joindre à eux. Cela expliquait probablement son humeur.

Pourtant, tout au fond de lui, Bas se doutait que ce n'était pas juste une lettre qui l'avait mis dans cet état. Mais il avait du mal à s'expliquer le désenchantement qui ne faisait que croître en lui depuis plusieurs mois.

De manière récurrente, le souvenir de la dernière soirée de gala lui revenait en tête avant qu'il s'empresse de le chasser, comme il le faisait depuis des mois.

Mais parfois, les nuits où le sommeil le fuyait, il lui semblait entendre le son lointain d'un big band. Il distinguait le chatoiement d'une émeraude, entendait un joyeux éclat de rire et se rappelait les délicats effluves d'un parfum.

Il avait beau se dire que, en toute logique, cela n'avait pas de rapport avec la femme liée à ce souvenir, qui avait simplement constitué un agréable exutoire après la réception de la première lettre d'Henrik, son cerveau devait faire un effort pour éviter de se la rappeler.

Bas grommela de nouveau et revint à la réalité en gagnant le service de réanimation du bâtiment principal de l'hôpital.

— Quelqu'un m'a bipé pour une consultation ? demanda-t-il à voix haute en se dirigeant vers l'infirmière de salle qui se tenait devant la station informatique. Un enfant de huit ans qui est tombé d'une balançoire la tête la première ?

— Hello, Bas, s'exclama l'infirmière en se tournant vivement vers lui, ce qui eut pour effet de faire virevolter sa longue queue-de-cheval. J'ignorais que tu étais de service. On a de la chance…

— Je pourrais dire la même chose, répondit-il avec son sourire charmeur, plus automatique que jamais. Dans quelle travée se trouve-t-il ?

Elle humecta sa lèvre inférieure – sans doute délibérément – avant de répondre.

— La cinq.

La remerciant d'un signe de tête, il pivota sur ses talons et se dirigea vers la travée. Il contourna le rideau et trouva une collègue d'une cinquantaine d'années, Val, en train d'examiner l'enfant tout en lui souriant.

— Je voudrais juste palper ton cou, Bradley. Peux-tu tourner un peu la tête ?

— De quel côté ? demanda son jeune patient d'une voix entrecoupée de sanglots.

— Celui que tu veux… C'est parfait.

Bas l'observa pendant qu'elle examinait la tête et le cou.

— Quelle est la situation ? murmura-t-il, les yeux fixés sur l'enfant.

— Un enfant de huit ans, Bradley, répondit une des infirmières présentes. Il a été amené par les auxiliaires médicaux il y a quelques heures.

— D'autres détails ? questionna-t-il sans quitter l'enfant des yeux.

— Il jouait à « t'es-pas-cap' » avec ses copains. C'était à celui qui irait le plus haut sur la balançoire avant de sauter. Bradley est tombé, et on pense qu'il a atterri face contre terre.

— Vous le *pensez* seulement ? insista-t-il en tournant la tête vers l'infirmière qui lui avait répondu.

Elle le fixa en silence, rouge comme une pivoine.

— Quelqu'un d'autre ? demanda-t-il à la cantonade en regardant distraitement du côté des autres personnes qui se trouvaient dans la travée.

Il sentit une hésitation, puis une voix s'éleva avec une réticence manifeste.

— Il semble que personne n'ait été témoin de la chute. Les autres enfants avaient été distraits par le passage d'une voiture de police dans la rue longeant le parc.

Cette voix…

Quelque chose remua en lui, comme s'il avait reçu un coup. Instinctivement il tourna la tête, et tout – l'éclat des yeux verts, le rire, la musique – resurgit dans sa tête quand il regarda la femme qui venait de s'exprimer.

Naomi Fox.

La femme qui avait peuplé ses rêves depuis cette soirée de

gala. Depuis plus longtemps, en fait. Parce que, en vérité, il l'avait remarquée dès le premier jour où elle avait travaillé au service de réanimation – quel homme normalement constitué ne l'aurait pas fait ? Mais il s'était lui-même astreint à se tenir à distance.

Il y avait quelque chose chez elle, quelque chose… Il ne pouvait pas vraiment expliquer pourquoi, mais il avait senti que Naomi Fox n'était pas une femme avec laquelle on pouvait passer une simple nuit de plaisir. Et pourtant…

C'était une femme superbe, grande, avec un halo de boucles brunes qui lui donnait l'air presque angélique, et elle avait un corps de rêve. La seule fois où il avait travaillé avec elle, il avait été frappé par son sérieux et son professionnalisme. Un homme ayant des vues sur elle devrait être capable du même sérieux.

Elle était donc totalement hors d'atteinte pour quelqu'un comme lui. Mais pourquoi continuait-il à la regarder fixement ?

Naomi se gratta la gorge avant de poursuivre, comme s'il ne s'était jamais rien passé entre eux.

— D'après ce que l'équipe de l'ambulance a pu constater à son arrivée, Bradley a dû être inconscient pendant quelques minutes. À son admission, il se plaignait de douleurs dans la nuque et sur le côté droit, ainsi que de troubles de la vue. Il a des entailles importantes près de l'œil droit, sur le front, et sur le côté droit de la lèvre supérieure.

Il aurait dû être soulagé en la voyant ignorer délibérément le courant qui avait jailli entre eux. Mais ce n'était pas le cas, avec toutes ces questions qui se bousculaient dans sa tête et son corps qui réagissait comme celui d'un ado excité.

Concentre-toi un peu, bon sang !

— Savons-nous sur quel genre de sol il est tombé ? demanda-t-il, irrité contre lui-même.

Il dut faire un effort pour fixer son attention sur le visage meurtri du garçon et ses vêtements tachés de sang.

— Sans doute un mélange de caoutchouc et de résine.

— Avez-vous fait des analyses de sang ? A-t-il passé un scanner ?

Naomi prit sa tablette et s'avança vers lui, l'air calme. Il remarqua cependant un léger tremblement de ses mains.

— Les tests sanguins sont bons, et tout le corps a été scanné, dit-elle en lui tendant sa tablette. Il n'y a rien au niveau du cou ou de la colonne vertébrale. Val vient de lui ôter sa minerve pour mieux localiser la douleur qu'il ressent. Cependant, le scanner a révélé une fracture au niveau de l'orbite.

Voilà pourquoi on l'avait appelé.

Val continuait à examiner le garçon.

— Très bien, Bradley, encore une dernière chose. Peux-tu soulever la tête de l'oreiller, s'il te plaît ? Super.

— Pas de blessures internes ? demanda Bas.

— On a d'abord pensé à un éventuel dommage sur la rate, mais tout va bien de ce côté-là. Restent les entailles du visage, la fracture orbitale et la vision trouble.

Il hocha la tête, les yeux toujours sur le scanner, puis parcourut les notes.

— Bien. Il faut que je voie ça de plus près.

Il rejoignit Val auprès de l'enfant après avoir rendu sa tablette à Naomi. Son corps se calma un peu, mais il ne se sentit pas soulagé pour autant.

— Cela ne t'ennuie pas que je jette un coup d'œil, Val ?

— Mais c'est le jeune Basilius ! s'exclama-t-elle.

Ils se connaissaient depuis si longtemps… Il lui adressa un franc sourire.

— Est-ce que tu arriveras un jour à m'appeler simplement Bas ?

Elle lui lança un regard acéré, qui eut pour effet de l'aider à recouvrer la raison. Val était à Thorncroft depuis plus de trois décennies. D'abord infirmière dans l'armée, elle était devenue médecin sur le tard et ses compétences étaient légendaires. C'était à elle que les nouveaux médecins s'adressaient pour demander conseil.

C'était aussi la première qui avait posé les yeux sur lui quand il avait erré dans les couloirs de l'hôpital, le cœur gonflé de chagrin. Après le rejet de sa mère, il n'était alors qu'un gamin désespéré qui avait atterri chez son père, alors que celui-ci n'avait jamais vraiment voulu de lui et s'était toujours comporté – encore maintenant – comme le pire des don Juan au travail.

Après qu'on l'avait ballotté de tous côtés pendant un an, son cerveau d'enfant de huit ans était dans la confusion la plus totale quand Val était apparue, le tirant de la salle d'attente inoccupée dans laquelle il se cachait pour qu'on ne remarque pas à quel point personne ne voulait de lui. Elle l'avait emmené d'autorité à la cantine pour lui donner à manger.

C'était aussi Val qui avait demandé – ordonné – à l'inabordable Magnus Jansen de faire aménager et redécorer à ses frais la petite réserve jouxtant le service où elle travaillait, de sorte que Bas ait un endroit tranquille, à lui, pour attendre son père après l'école.

Val avait été bien supérieure à que n'importe quelle baby-sitter que son père aurait dû payer grassement pour le garder. Elle avait presque été la mère qu'il n'avait jamais eue.

— Je préfère Basilius, répliqua-t-elle d'un ton malicieux, comme chaque fois. C'est bien ton prénom, n'est-ce pas ? À moins que tu ne préfères le surnom que je t'ai donné quand tu étais enfant ?

— Non, merci, dit-il en riant, conscient que Naomi était en train de les observer, sans que cela le dérange le moins du monde.

Il se tourna vers son petit patient et pendant plusieurs minutes examina les entailles avant d'accorder une attention particulière à l'orbite de l'œil droit.

— Tu as été super, dit-il enfin à l'enfant en se redressant.

Toujours à côté de lui, Val appela Naomi avant qu'il fasse part de ses conclusions. À l'évidence, elle avait pris la jeune infirmière sous son aile, ce qui voulait dire qu'elle croyait en elle. Il ne la connaissait que trop bien : elle espérait sûrement que Naomi puisse profiter des nouvelles règles permettant aux infirmières capables et compétentes de suivre une formation de médecin en quelques années.

— D'après les résultats du scanner, la localisation de la fracture et ce que je peux voir du jeune Bradley, il ne semble pas que l'œil lui-même soit endommagé, ni les canaux lacrymaux, dit-il à sa vieille amie.

— C'est ce que je pensais.

Val se tourna vers Naomi.

— Tu comprends pourquoi nous avons fait appel à la chirurgie plastique plutôt que de suturer nous-mêmes ?

— Oui, répondit Naomi en le regardant droit dans les yeux.

Il devina au son de sa voix qu'elle était moins sûre d'elle qu'elle en avait l'air.

— Étant donné la complexité du visage humain et le jeune âge de Bradley, un médecin qui entreprendrait de le suturer doit connaître parfaitement sa structure, car un trauma facial pourrait avoir un effet délétère sur le développement et la croissance des os du visage.

Val approuva de la tête.

— Bien. Si les tissus sous-jacents étaient mal alignés lors de la suture, il pourrait en résulter une malformation, qui risquerait de devenir plus prononcée quand l'enfant grandira.

Bas allait lui répondre quand Naomi reprit la parole, d'un ton plus assuré cette fois.

— Le fait que les entailles soient situées dans des endroits aussi complexes – le tour de l'œil, la lèvre au-dessus du vermillon et le front – signifie qu'il faut apporter un soin particulier au débridement, en s'assurant qu'il ne reste aucun corps étranger, sans parler de la suture elle-même.

Il était évident qu'elle avait envie d'apprendre, et il ne put s'empêcher d'être un peu impressionné. Elle devait ressembler à Val quand elle était plus jeune.

En plus sexy, bien sûr. Elle avait un incroyable effet sur sa libido.

— Je peux garantir que cet enfant s'en sortira avec très peu de cicatrices, voire aucune, s'entendit-il répondre.

Comme s'il voulait l'impressionner à son tour.

Il n'osa pas regarder du côté de Val et fut presque soulagé lorsqu'un médecin d'un autre service passa la tête dans l'entrebâillement du rideau et lui demanda s'il avait un moment. La maman de Bradley les avait rejoints et était en train de cajoler son fils.

— Bien, résuma-t-il. Je voudrais effectuer un test plus détaillé une fois que Val en aura terminé avec Bradley, mais à ce stade la fracture semble mineure. La plupart du temps, les fractures de ce type guérissent d'elles-mêmes, avec l'aide d'une poche à glace et en soulageant la douleur.

Naomi approuva de la tête, puis se mordit la lèvre et il comprit qu'elle avait encore envie de l'interroger.

— Oui ? dit-il d'un ton encourageant en faisant instinctivement un pas vers elle.

Une bouffée de shampoing à la noix de coco réveilla ses sens. L'espace d'une seconde, il revit les boucles brunes de Naomi retombant sur son torse tandis qu'elle se penchait pour embrasser les tablettes de chocolat qui avaient fait sa réputation…

Il ne comptait plus les femmes avec qui il avait couché au fil des années. À cet instant, tandis qu'il regardait Naomi, il lui était impossible de se rappeler un nom ou un visage.

— Nous avons envisagé de faire appel à quelqu'un du service ophtalmologie, murmura-t-elle. Pour les troubles de la vision.

Il dut se retenir de s'approcher davantage pour sentir la chaleur de ses lèvres sur sa joue. Mais que lui arrivait-il ? Sa gorge était si sèche qu'il pouvait à peine respirer. Certes, il aimait les femmes, mais il n'était pas *touché* par elles. En tout cas pas de cette façon.

Il ne sut pas comment il réussit à proférer une réponse intelligible.

— Je vais l'examiner de plus près dans mon service, mais à ce stade même ce problème se règle tout seul sans qu'un traitement soit nécessaire.

Naomi hocha la tête.

— Merci, Basilius, dit Val qui arrivait derrière lui.

Il marmonna dans sa barbe et s'apprêtait à partir quand elle le retint.

— Fais-moi plaisir, Basilius. Quand je t'envoie une de mes

infirmières, s'il te plaît ne la… garde pas comme tu l'as fait la semaine dernière.

Bas sentit l'irritation monter. Seule Val pouvait se permettre de s'adresser à lui de cette façon, et normalement il aurait tourné cela en plaisanterie. Il n'était jamais gêné, mais cette fois il n'osait même pas regarder du côté de Naomi.

— Alors ne me renvoie pas cette infirmière, répliqua-t-il. On aurait dit que ses mains étaient collées au fauteuil roulant du patient. Elle ne voulait plus repartir, décrétant qu'elle devait attendre avec lui. J'ai fini par la mettre dehors.

Elle avait aussi tenté de flirter sans arrêt avec lui dans les coulisses. Habituellement, il ne se gênait pas, mais cette femme avait manqué de professionnalisme devant le patient. Cela, il ne l'avait jamais toléré.

Val lui jeta un coup d'œil éloquent.

— Bon… si tu ne t'es pas conduit comme ta réputation pourrait le laisser croire…

— Val…

— Dans ce cas, je demanderai à Naomi de t'amener Bradley.

— Naomi ? répéta-t-il, incrédule.

— Oui, dit Val d'un ton légèrement impatient. Est-ce qu'elle te convient mieux ? Elle est calme et professionnelle, et elle reste à sa place la plupart du temps, si bien que je doute qu'elle ait tendance à s'incruster où que ce soit.

— Je suis là et je vous entends, intervint Naomi, ce qui déclencha le rire de Val.

— Et elle ne craint pas de dire ce qu'elle pense, ajouta cette dernière. Pour toutes ces raisons, j'ai demandé à ton père de lui accorder une de vos prestigieuses bourses Jansen, sinon il aurait eu des comptes à me rendre.

Bas tourna vivement la tête vers Naomi.

— Vous êtes bénéficiaire d'une bourse Jansen ?

— Vous ne le saviez pas ?

En fait, alors que le renom de la marque Jansen pouvait faire croire que lui et Magnus avaient une relation père-fils très étroite, en réalité son père était un égocentrique orgueilleux et jaloux qui ne reconnaissait les succès de son fils que dans la mesure où ils accroissaient leur réputation, leur rapportant plus d'argent.

Ce n'était pas par bonté d'âme que son père proposait chaque année quelques bourses pour permettre aux infirmières les plus prometteuses de devenir médecins, mais parce qu'il espérait ainsi obtenir une reconnaissance officielle pour cet acte charitable – sans doute un titre de chevalier.

Car ces bourses étaient très cotées. Elles étaient habituellement accordées aux étudiants n'ayant pas la possibilité d'aller à la faculté de médecine, mais qui montraient des aptitudes particulières dans la profession médicale qu'ils avaient choisie à la place.

Et il venait d'apprendre que Naomi Fox en faisait partie. Val ayant été appelée par un autre médecin, il se retrouva un instant en tête à tête avec elle.

— En fait, cette bourse m'a été accordée il y a deux ans, précisa-t-elle.

Elle se trouvait donc maintenant en pleine formation. Où donc l'avait-elle commencée avant de venir à Thorncroft ?

Il fronça les sourcils en se rappelant les quelques notes qu'il avait lues.

— Je croyais que le nouveau médecin en formation avait été infirmière dans l'armée ?

— C'est exact, confirma-t-elle d'un air impassible.

Il aurait dû mieux regarder la liste des bénéficiaires.

— C'est *toi* ?

Naomi contracta imperceptiblement les mâchoires malgré son apparence de calme olympien. Une image d'elle revint soudainement à l'esprit de Bas. Elle était vêtue d'une robe en tissu métallisé brillant de couleur émeraude. Un peu plus tard, la même robe s'était retrouvée sur le sol d'une chambre d'hôtel alors qu'elle avait gardé aux pieds ses escarpins du même vert qui mettaient en valeur ses longues jambes brunes.

Et voilà qu'il apprenait que cette magnifique déesse avait été infirmière militaire !

— Tu croyais peut-être que, dans l'armée, le métier d'infirmier ne pouvait être que masculin ? J'ignorais que tu avais une mentalité aussi rétrograde, répliqua-t-elle sèchement.

Il se retint de sourire, ravi de la taquiner un peu.

— Tu sais tout de même qu'il y a des femmes dans l'armée britannique depuis des siècles ? ajouta-t-elle.

— Vraiment ? dit-il en haussant les sourcils d'un air étonné.

Il était en train de l'agacer au point qu'elle commençait à perdre un peu son calme si professionnel.

— Parfaitement. Pendant les guerres civiles britanniques du milieu du XVIIe siècle, il y avait tellement de femmes qui s'étaient déguisées en soldats que Charles Ier a proclamé qu'il était interdit aux femmes de porter des uniformes militaires masculins.

Si irrationnel que cela puisse paraître, il trouvait sa réaction encore plus excitante.

C'était sûrement mieux que si elle faisait semblant de ne pas le connaître et d'avoir oublié les heures intenses qu'ils avaient passées à découvrir chaque centimètre du corps de l'autre.

La Naomi impassible, presque lisse, de tout à l'heure n'était pas celle qu'il voulait se rappeler.

— Merci pour cette leçon d'histoire improvisée, dit-il en souriant de toutes ses dents. Mais je ne suis pas complètement ignorant.

Elle s'éclaircit la gorge comme pour exprimer son scepticisme. Sans doute aurait-elle été moins réservée sans la présence de Val dans les parages.

— Je suis tout à fait au courant qu'il y a de nombreuses femmes qui sont infirmières militaires, et aussi médecins militaires. Il y en a même qui se battent en première ligne, ajouta-t-il d'un ton délibérément désinvolte. Val aussi a été infirmière militaire. Ma surprise venait du fait que tu l'aies été, toi en particulier.

— Mmm.

Elle ne paraissait pas convaincue. L'envie de la taquiner le saisit de nouveau et il sourit de plus belle.

— La nuit du gala, tu n'as pas mentionné ton passage dans

l'armée, observa-t-il. Il est vrai que je ne me souviens pas que nous ayons beaucoup parlé. Et toi ?

Elle émit un son étranglé et son regard magnifique devint presque noir. Apparemment, elle non plus n'avait pas oublié leur unique nuit de folie.

Il ne put s'empêcher d'en éprouver une grande satisfaction et se mit à sourire.

— Je me rappelle t'avoir invitée à danser, pour m'entendre répondre que ma réputation de play-boy de la décennie me précédait et que je devais passer mon chemin.

Cela ne l'avait nullement découragé. Leur attirance mutuelle avait été indéniable, d'ailleurs Naomi n'avait pas tenté de lui résister très longtemps. Elle l'avait attendu dans un coin tranquille du hall d'entrée de l'hôtel où il l'avait rejointe.

— Ce qui signifie qu'elle n'est pas stupide au point de tomber dans un de tes pièges, intervint Val qui, apparemment, n'avait entendu que la fin de leur échange.

Elle se tourna vers Naomi.

— Ton service se termine dans dix minutes. Si tu emmènes Bradley dans l'autre département, on ne pourra pas te sauter dessus pour te confier un nouveau cas et peut-être même que tu rentreras chez toi à l'heure, pour une fois.

Naomi ne répondit pas, l'air consterné – sans doute à l'idée que leur conversation ait été surprise par Val.

— Très bien, tu peux l'envoyer, dit Bas d'un ton faussement dégagé. Elle a l'air parfaite.

Ce qui n'était pas du tout ce qu'il avait voulu dire.

2.

C'était un vrai cauchemar.

Regarder un chirurgien aussi habile que Bas suturer le visage du jeune Bradley avec tant de précision et de soin méritait d'être apprécié à sa juste valeur. C'était même pour elle une forme d'art, car Naomi s'intéressait particulièrement à cette spécialité depuis qu'elle avait été infirmière dans l'armée, où elle avait pu voir des soldats bénéficier d'une bonne chirurgie réparatrice.

Naturellement, le médecin en formation qui était en elle estimait pleinement les compétences de Bas. En même temps, la femme devait faire un effort pour ne pas apprécier tout autant le mouvement de ses biceps ou la largeur de ses épaules pendant qu'il travaillait.

Elle était vraiment en train de perdre l'objectif de vue.

Naomi lutta pour empêcher ses mains de se poser instinctivement sur son ventre, consciente de ce que ce geste répété pourrait révéler. Elle se contenta de jeter un coup d'œil faussement blasé à la suite Jansen et ses équipements remarquablement high-tech.

Comment pouvait-on annoncer à quelqu'un qui avait juste été l'aventure d'une nuit – et encore, pas tout entière – que l'on attendait son bébé ?

D'un autre côté, comment pouvait-on justifier de *ne pas* le lui dire ?

De toute façon, elle n'avait jamais eu l'intention de se tenir éternellement à distance de Bas Jansen. Elle avait toujours pensé qu'elle devrait lui révéler la vérité tôt ou tard. Et de préférence, tôt. C'était la meilleure chose à faire, la plus morale. Quand il tenterait d'acheter son silence pour qu'elle disparaisse – ce que faisaient toujours les hommes comme lui –, elle lui répondrait fièrement qu'elle ne voulait pas de son argent. Elle ne voulait rien de lui. Mais au moins, il serait au courant.

Il y avait néanmoins plusieurs problèmes.

Problème numéro un, elle n'avait aucune idée de la manière dont elle devait s'y prendre pour aborder le sujet avec Bas.

D'autant plus que – problème numéro deux –, à sa grande honte, elle ne s'était pas rendu compte de l'état d'ébriété de Bas pendant et après leurs… moments d'intimité. Il n'avait certes montré aucun signe physique de troubles dus à l'abus d'alcool, loin de là.

Le problème numéro trois n'était pas le moindre. Après s'être occupée d'elle-même, de sa jeune sœur Leila et – dans une moindre mesure – de sa grand-mère dès l'âge de quatorze ans, Naomi était habituée à gérer seule les situations. Elle avait improvisé des dîners avec un sandwich au jambon et au fromage et un fruit pour Leila et elle quand leur grand-mère était encore dehors en train d'effectuer son second travail de la journée. Plus d'une fois, elle avait dû se précipiter à l'école de sa sœur pour essayer d'arrondir les angles avec la directrice, furieuse à cause d'une de ses farces.

Naomi s'était toujours débrouillée seule et n'avait pas pour habitude de raconter sa vie. Elle ne savait pas mettre son cœur à nu.

Mais là, c'était différent. Il s'agissait d'un bébé, et Bas en était le père. Elle avait déjà failli lui en parler à deux reprises.

La première fois, c'était après avoir passé la moitié de la nuit assise au bord de la baignoire dans son appartement, en état de choc, les yeux fixés sur le tube de plastique blanc qu'elle tenait à la main. Comment un si petit objet pouvait-il avoir le pouvoir de changer une vie ?

Bas et elle étaient entrés séparément dans un ascenseur bondé, et elle avait espéré qu'il la remarquerait pour pouvoir s'adresser à lui, mais il ne l'avait pas vue.

La deuxième fois, c'était quand il était venu travailler au service réanimation. Bien qu'ils n'aient pas été chargés des mêmes patients, elle avait espéré qu'il la verrait et lui adresserait la parole. Mais il avait été tellement focalisé sur le cas urgent dont il s'occupait qu'il n'avait même pas levé les yeux.

Elle avait pensé que c'était peut-être un signe du destin, et qu'après tout elle pouvait prendre le temps de décider de la meilleure façon de procéder pour lui expliquer la situation.

Certes, elle n'ignorait pas qu'il touchait des sommes indécentes pour exercer ses talents de chirurgien, mais elle avait été très surprise de constater qu'il donnait aussi de son temps à l'hôpital principal. Cela changeait l'image qu'elle s'était faite de lui, et qu'elle aurait préféré garder en tête.

Elle se rendait bien compte que le temps passait. Bas se trouvait là, en face d'elle, et elle ne pouvait plus retarder le moment de lui parler.

Quelle pagaille…

Grâce à la bourse Jansen, elle était censée prendre un nouveau départ. Elle avait là l'occasion de prouver, avant tout à elle-même, qu'elle était digne de monter plus haut. Qu'elle ne serait jamais plus une laissée pour compte.

En choisissant de revenir à Thorncroft pour suivre une partie de la formation – le lieu où elle avait grandi et se sentait chez elle –, elle voulait tourner définitivement le dos à son enfance difficile.

Cette reconversion devait lui permettre d'accéder à la profession dont elle avait toujours rêvé mais qu'elle n'avait jamais crue à sa portée, car elle avait eu à prendre soin de sa sœur et de sa grand-mère une grande partie de sa vie.

En aucun cas l'objectif n'avait consisté à tomber dans le lit du pire play-boy de l'hôpital. C'était pourtant la première chose qu'elle avait faite.

Bas continuait de suturer son jeune patient à la perfection, tout en lui parlant pour détourner son attention de ce qu'il était en train de faire. Pendant que la zone était anesthésiée, il avait même réussi à connaître ses centres d'intérêt et bavardait avec lui d'un ton léger.

Non seulement c'était un chirurgien remarquable, mais il se souciait de ses patients.

Comment avait-elle pu croire qu'elle perdrait sa seule chance de devenir médecin s'il découvrait son secret ? Avait-elle vraiment craint qu'il ne lui retire cette bourse dans un geste de vengeance ?

N'était-ce pas plutôt parce qu'elle craignait ses propres réactions, et parce que perdre la bourse lui donnerait encore une raison de se voir comme une personne de seconde zone ?

Ce qui posait le plus problème, c'était cette chaleur, ce feu qui brûlait toujours entre eux.

Le *désir*.

Il ne lui était pas inspiré par quelqu'un de stable et de gentil qui pourrait constituer le partenaire idéal, mais par le genre d'homme pour qui elle s'était juré de ne jamais craquer. N'avait-elle donc rien appris de la situation de sa mère, absente de la maison ?

Après avoir terminé son travail avec quelques mots d'encouragement pour son patient, Bas se tourna vers elle.

— Attends-moi ici avec Bradley le temps que j'aille parler à ses parents, lui dit-il en retirant ses gants chirurgicaux.

Il pivota sur ses talons et, *enfin*, elle put respirer librement et sourit à l'enfant en le rejoignant.

— Bravo, Bradey, tu as été très courageux. Le Dr Jansen va dire un mot à tes parents, puis ils resteront avec toi le temps que l'on prépare ta sortie.

Elle pourrait alors quitter l'aile privée du territoire de Bas et retrouver la relative sécurité de l'hôpital principal. Et si cela faisait d'elle quelqu'un de lâche, tant pis.

Quelques minutes plus tard, Bas ouvrit la porte aux parents qui se précipitèrent vers leur fils, et il fit signe à Naomi de le rejoindre, ce qui lui procura une drôle de sensation à l'estomac.

— Il faut que je raccompagne la famille, dit-elle quand ils furent seuls dans le couloir étroit, une fois la porte refermée derrière eux.

— Laisse-leur un peu de temps pour se retrouver, répondit-il en s'éloignant déjà. Allons-y, Fox.

Elle hâta le pas pour le rattraper.

— Ne m'appelle pas comme ça, marmonna-t-elle.

— Qu'y a-t-il, *Fox ?*

Elle n'avait pas besoin de le regarder pour savoir qu'il souriait de toutes ses dents.

— C'est ton nom, n'est-ce pas ?

C'était toujours mieux que *älskling – chérie* en suédois –, comme il l'avait appelée pendant cette fameuse nuit. C'était beaucoup trop intime et lui avait fait éprouver des sensations déplacées.

— N'est-ce pas ainsi que vous vous adressez les uns aux autres dans l'armée ? lui demanda-t-il.

— Quelquefois, répondit-elle à contrecœur. Mais tu n'es pas un militaire.

Elle le suivit sans même lui demander où il l'emmenait.

— Je n'aurais jamais pensé te voir dans l'hôpital principal, lâcha-t-elle.

— Vraiment ?

— Je croyais que tu passais toutes tes journées ici, dans l'aile Jansen.

Il s'arrêta net et la regarda droit dans les yeux.

— Tu veux dire, dans la tour d'ivoire que constitue une suite privée ?

Elle pinça les lèvres. Il lisait en elle un peu trop facilement.

— Je serais peut-être resté, si tu ne m'avais pas bipé.

En fait, lorsque Val s'était rendu compte que le chirurgien plastique de service s'occupait déjà d'une urgence, elle avait demandé à Naomi d'appeler la suite privée afin que Bas envoie quelqu'un s'il le pouvait.

— Je ne t'ai pas bipé… *toi,* corrigea-t-elle. Je cherchais à joindre quelqu'un de ton département, et je m'attendais à ce que tu envoies quelqu'un d'autre. Mais je sais à présent que tu es un chirurgien dévoué, en particulier envers les patients qui ont réellement besoin de ton aide, qu'ils paient ou non.

— Comme c'est charitable de ta part…, dit Bas d'un ton sarcastique.

Elle ne put s'empêcher de rougir. Cet homme n'était pas juste un collègue envers qui elle devait faire preuve de respect, ne serait-ce que pour ses compétences professionnelles. Il n'était pas non plus un simple membre du conseil d'administration de l'hôpital, qui pouvait la faire virer si elle se montrait insolente envers lui – ce qu'elle ne pensait pas qu'il ferait. Il était l'homme qui, pour le meilleur ou pour le pire, était le père de l'enfant qu'elle portait.

Voilà le résultat, obtenu lors de la seule aventure d'une nuit de sa vie.

Elle était un peu étonnée qu'il n'ait rien remarqué. Le renflement n'était pas énorme, mais il était bien là. Certes, les tuniques amples qu'elle avait adoptées depuis quelque temps faisaient illusion. Il fallait avant tout empêcher les rumeurs de se répandre dans l'hôpital le plus longtemps possible. Être l'objet des commérages de l'infirmerie du Thorncroft Royal était la dernière chose qu'elle voulait. N'en avait-elle pas assez subi durant toute son enfance ?

Elle avait grandi en sentant des regards peser sur elle et en entendant des commentaires désagréables sur son passage. Elle se distinguait des autres par la situation de sa famille (ses deux parents étant absents), par sa taille qui lui donnait l'air d'avoir douze ans alors qu'elle en avait huit, et par la couleur de sa peau qui n'était pas celle de sa mère et de sa grand-mère.

Bas et elle se toisèrent un instant en silence. Quelques centimètres à peine les séparaient, et elle dut serrer les poings dans ses poches pour se retenir de tendre la main vers lui.

Le regard qu'il lui lançait maintenant ne l'aidait pas beaucoup. Un regard pensif, mêlé de désir. Comme s'il revivait leur unique nuit et avait encore envie d'elle, autant qu'elle avait envie de lui.

Mais ce n'était pas possible.

Tout l'hôpital savait que Bas Jansen ne revenait jamais. Elle ne faisait que projeter ses stupides fantasmes sur lui.

Et elle devait tout lui dire. Maintenant. Avant de se dégonfler de nouveau. Car elle doutait qu'il apprécie beaucoup la nouvelle. Nul doute qu'il serait en revanche ravi d'apprendre qu'elle n'attendait rien de lui et qu'il n'aurait aucun rôle actif à jouer. Mais elle se devait de lui faire connaître la vérité.

— Bas…, commença-t-elle. Il faut que je te dise…

— Pas ici, coupa-t-il à voix basse en posant doucement un doigt sur ses lèvres.

Ce fut comme si un courant électrique la parcourait, faisant vibrer tout son corps et déclenchant une sirène d'alarme dans sa tête. La partie d'elle qui désirait Bas se retrouvait en train de lutter contre la partie d'elle qui détestait une telle faiblesse.

Brusquement, il pivota sur lui-même et marcha d'un pas rapide dans les couloirs. Elle se hâta derrière lui.

— Où allons-nous ? marmonna-t-elle.

— Patience, *älskling,* répondit-il d'un ton léger.

De nouveau, ce terme affectueux… Il lui décocha son fameux sourire, celui qui faisait habituellement se pâmer les femmes autour de lui. Comme elle se refusait à le lui retourner et à lui laisser voir l'effet qu'il lui faisait, elle se contenta de lever les yeux au ciel, mais il avait déjà plusieurs mètres d'avance sur elle.

Elle le rattrapa facilement et, pour une fois, fut contente de sa taille et de ses jambes interminables, alors qu'elle avait passé la plus grande partie de sa vie à détester être grande, elle qui aurait surtout voulu être comme les autres filles.

Les choses s'étaient améliorées quand elle s'était retrouvée infirmière dans l'armée. Ses collègues et les officiers avaient été bien plus intéressés par ses capacités à aider à sauver des vies. Elle était revenue à Thorncroft uniquement parce que sa sœur avait recommencé à faire des siennes, et sa grand-mère était devenue trop âgée pour contrôler cette ado plus rebelle que jamais.

Pourtant, tout le monde avait été surpris de constater que cela marchait. Une fois sa sœur aînée de retour, Leila s'était mise au travail et avait réussi à obtenir une place dans un cours de création de mode dispensé par le lycée situé juste à la sortie de Thorncroft. Elle n'était plus la même et semblait plus heureuse et plus stable que Naomi l'aurait cru possible. Vu sous cet angle, le fait d'avoir renoncé à une carrière dans l'armée s'était avéré positif.

En revanche, se retrouver enceinte de l'enfant du fils de son bienfaiteur n'avait certes pas été le meilleur plan de Naomi. Elle n'avait pourtant jamais cherché à imiter la mère qu'elle avait à peine connue.

Elle avait pensé que les choses ne pouvaient pas être pires… jusqu'à ce qu'elle voie Bas entrer dans la travée de Bradley au service de réanimation, et qu'elle sente tout son corps s'enflammer. L'alchimie de leur première et unique nuit avait resurgi aussitôt.

Quand il s'était tourné et l'avait regardée, elle avait eu le souffle coupé et il s'était aussitôt emparé d'elle. *Le désir.* Où était-ce seulement le souvenir de ce qu'elle avait ressenti cette nuit-là ?

Naomi s'était doutée que ce ne serait pas simple de le revoir, mais elle n'avait pas pensé rencontrer pareille difficulté, avant même de lui révéler qu'elle attendait son bébé.

Elle sentit son estomac se nouer. Ces derniers mois, elle s'était joué le scénario dans sa tête un nombre incalculable de fois, sans trouver la meilleure façon d'annoncer à Bas ce genre de nouvelle. C'était l'excuse qu'elle s'était trouvée pour ne pas être venue le voir plus tôt.

Mais maintenant il était ici, à quelques centimètres. Elle n'avait plus d'excuses, il fallait qu'elle lui parle.

— Bas…

— Prête ? demanda-t-il gaiement.

— Prête à quoi ? Non, attends…

Trop tard, il avait déjà ouvert la porte et elle ne put que le suivre.

— Bonjour, Jimi, Heather ! Comment ça va, cet après-midi ?

Un adolescent d'une quinzaine d'années leva les yeux de la bande dessinée qu'il était en train de lire, un large sourire illuminant son visage.

— Salut, Bas !

— Bonjour, Bas ! dit la femme – visiblement sa mère – assise sur une chaise, qui lisait tranquillement de son côté. Elle avait l'air fatiguée mais les accueillit avec le sourire.

— Voici Naomi Fox, dit Bas à Jimi. Je t'ai déjà parlé d'elle, tu te rappelles ? Elle est interne des hôpitaux et s'intéresse à mon domaine de travail.

— Bonjour, Jimi, dit-elle en serrant la main de l'ado, tandis que son cerveau fonctionnait à cent à l'heure.

Quand Bas avait-il parlé à ce garçon ? Probablement quand il était sorti du service de réanimation avant elle. Était-il possible qu'il se soit rappelé qu'elle s'intéressait à sa spécialité ? Elle en avait parlé brièvement la nuit du gala, mais Bas s'était focalisé sur autre chose que leur conversation. Elle aussi, d'ailleurs.

— Salut, répondit Jimi en levant à peine les yeux vers elle.

Il remonta la couverture sur sa poitrine d'un geste maladroit.

— Elle a un joli prénom, hein ? lui glissa Bas d'un air complice.

— Mmm, dit Jimi en devenant tout rouge.

Mais il était clair qu'il s'entendait bien avec son médecin, qui se tourna vers elle.

— Je lui ai raconté que tu avais été infirmière dans l'armée. Jimi espère y entrer un jour en tant que vétérinaire. Pas vrai ?

— Oui, répondit le garçon. Si le médecin peut me guérir.

Naomi jeta à Bas un coup d'œil interrogatif.

— Jimi, est-ce que je peux continuer ? Si tu as changé d'avis à propos de Naomi, je n'en parlerai pas.

L'ado redevint écarlate.

— Non, je... suis d'accord.

Sa main se posa sur son haut de pyjama.

— Est-ce que je... ?

— Seulement si tu es prêt, mon pote.

Bas s'adressa à elle d'un ton délibérément professionnel.

— Jimi est venu me voir il y a un an, il souffre d'une gynécomastie idiopathique unilatérale qui a fait suite au développement pubère.

Après avoir jeté un coup d'œil à sa mère comme pour se rassurer, Jimi déboutonna sa chemise, puis l'ouvrit devant Naomi.

Un côté de son torse était plat comme celui d'un garçon, l'autre présentait clairement une poitrine féminine.

— Est-il possible de savoir comment cela s'est produit ? demanda-t-elle.

— La principale cause de gynécomastie est un déséquilibre entre les effets des œstrogènes et des androgènes. Il est dû à une surproduction d'œstrogènes. Mais dans des cas comme celui de Jimi où seul un côté est touché, cela entraîne des complications supplémentaires.

Naomi hocha la tête en silence. Elle avait des tas d'autres questions, mais toutes ne devaient pas être posées devant le patient.

— Bien que dans le cas de Jimi, cette masse soit assez bénigne, elle a naturellement un impact négatif sur l'estime de soi et cela affecte tous les aspects de sa vie, en particulier ses études.

— Je ne peux pas suivre les cours d'éducation physique à l'école, ni aller nager, marmonna Jimi. On se moque de moi, ou on m'appelle Jemima au lieu de Jimi. Ils me demandent de leur montrer mon…

Il se tut, visiblement gêné, et Naomi sentit son cœur fondre pour lui.

— Son travail scolaire s'en est ressenti, poursuivit Bas. De même que sa relation avec sa mère, en raison de leurs fréquentes disputes quand il trouvait des excuses pour manquer la classe ou faisait l'école buissonnière.

— Des disputes constantes, renchérit tristement Heather. En même temps, je n'ose pas imaginer ce que Jimi devait éprouver quand il était face à ces garçons. Et même avec les filles, quelquefois.

— Les enfants peuvent être terriblement cruels, dit Naomi, cherchant des mots de réconfort. Je compatis, Jimi. J'ai moi aussi été brimée par des imbéciles. J'admire ta maturité et ton courage.

Il lui jeta un coup d'œil plein d'espoir.

— Vraiment ?

— Oh ! oui.

— Hé, mon pote, intervint Bas d'un ton taquin. Ta maman et moi t'avons répété la même chose pendant des mois. Tu ne nous croyais pas et il suffit qu'une jolie interne te dise quelques mots pour que tu boives ses paroles ?

Le garçon sourit, rouge de confusion. Quand Bas pencha la tête pour cligner de l'œil en direction de Naomi, une vague de chaleur la submergea.

— Bien, dit-il. En résumé, Jimi a passé des évaluations physiques et psychologiques pour vérifier que la chirurgie était appropriée. N'est-ce pas, Heather ?

— Il en a passé des tonnes, soupira sa mère. Grâce au ciel, elles se sont avérées positives.

— C'est lundi, le grand jour, pas vrai, Bas ? dit Jimi, visiblement ému.

— Absolument.

Bas leva le bras pour un check avec son patient qui ne fut que trop heureux de lui répondre.

Naomi ne put que sourire en les regardant. Ses propres problèmes semblaient insignifiants, comparés à ce que ce garçon traversait. Et elle avait de nouveau la preuve que Bas se souciait sincèrement de ses patients.

Cela ne rendait pas la discussion qu'elle devait avoir avec lui plus facile, mais elle se sentait confortée dans l'idée qu'il fallait le faire – quelle que soit la façon dont il choisirait de réagir.

— Merci de m'avoir fait confiance en me parlant, Jimi, dit-elle en souriant au jeune patient.

— Après lundi, je n'aurai plus rien à montrer à personne !

— N'oublie pas que, même si je fais mon possible pour les réduire au minimum, il y aura des cicatrices, précisa Bas.

— Je sais, répondit aussitôt Jimi. Mais une cicatrice, ce sera cool, comme une blessure de guerre…

Quand elle se retrouva dans le couloir avec Bas, Naomi attendit un moment avant de pouvoir parler.

— Il a vraiment dû en voir de toutes les couleurs avec les autres gamins, articula-t-elle enfin.

— Je crois qu'on peut même dire que, ces dernières années, il a vécu un enfer. La chirurgie plastique est parfois controversée quand il s'agit d'enfants, mais j'ai pratiqué des centaines d'opérations semblables et j'ai constaté chaque fois la différence que cela faisait dans leur vie.

— Est-ce que les autres enfants leur permettent d'oublier ?

— Tout à fait. Il y a toujours un gros malin qui veut continuer à en parler, mais c'est étonnant de voir la rapidité avec laquelle la plupart des enfants oublient. La vie redeviendra bientôt normale pour mon patient. J'ai pensé que son cas t'intéresserait.

— J'ai été surprise que tu te souviennes de notre conversation. Tu n'avais pas paru intéressé…

— Quelle conversation ? J'ai lu que tu t'intéressais à ma spécialité sur ton formulaire de demande d'emploi.

Elle déglutit avec peine, prête à tout lui révéler, mais il accéléra le pas. Alors elle enfonça les mains dans les poches de sa blouse et s'appliqua à le suivre en direction du hall. Elle allait devoir patienter encore un peu. Mais il lui semblait que le nœud dans son estomac se resserrait un peu plus à chaque pas.

Les souvenirs…

La dernière fois qu'ils avaient traversé un hall ensemble, ils se trouvaient dans un hôtel et non un hôpital. Il la tenait par la main et ils se hâtaient vers une suite de luxe, après s'être échappés du gala qui battait son plein plusieurs étages en dessous.

Elle se demanda ce qu'il y avait chez Bas Jansen qui faisait qu'avec lui, elle obtempérait sans discuter alors qu'elle n'aurait jamais cédé à aucun autre homme.

Qu'y avait-il en lui qui la touchait à ce point et, étant donné sa situation, comment parviendrait-elle à éradiquer cet effet ?

3.

En y réfléchissant, Naomi se dit que le problème, c'était que Bas savait rendre n'importe quel moment drôle et excitant à la fois.

Même maintenant, elle sentait se répandre en elle l'exaltation trouble de la nuit du gala, accompagnée d'une sensation de douce chaleur qui lui faisait presque oublier dans quelle situation elle se trouvait.

Avoir droit à toute l'attention de Bas Jansen était une sensation grisante. Cette nuit-là, tout avec lui avait été exaltant. De nouveau, ses pensées étaient confuses et elle avait l'impression de fondre de l'intérieur.

Elle se rappelait encore la robe qu'elle portait alors. Elle l'avait trouvée dans une friperie, mais Leila l'avait relookée et en avait fait une vraie merveille qui épousait si bien son corps qu'elle s'était sentie incroyablement sexy.

À présent, elle était en tenue d'hôpital et baskets, mais la même excitation s'insinuait en elle.

C'était de la folie.

Seulement elle n'était plus la même femme que quelques mois plus tôt – quatre mois et demi, pour être précise – et elle devait se raccrocher à cette idée.

Bas s'arrêta brusquement.

— Par ici…

Et elle se retrouva dans son bureau. Aussitôt, elle fut saisie par la vue. Une vue incroyable de Thorncroft à travers deux immenses panneaux de verre donnant l'impression à celui qui surplombait ce merveilleux paysage qu'il en était le maître.

Le nom de Jansen n'était pas seulement célèbre, il était aussi encensé. Et cela lui rappelait une fois de plus qu'elle n'évoluait pas dans le même cercle que Basilius Jansen.

— Wow ! s'exclama-t-elle en traversant la pièce pour se retrouver face au panorama. Il y a des gens qui paieraient cher pour profiter d'une vue pareille.

— Je ne t'ai pas amenée ici pour ça, *älskling,* murmura-t-il en s'approchant.

Sa voix grave et chaude la fit frissonner et elle se tourna lentement vers lui.

Elle n'aurait jamais dû faire ça. Soudain, elle prit conscience qu'ils se trouvaient complètement seuls pour la première fois depuis la nuit du gala.

Les yeux remplis de désir, Bas avança vers elle et il lui sembla qu'elle s'arrêtait de respirer. Elle ne pouvait que rester là, immobile, le cœur battant la chamade. Comme si elle avait attendu ce moment.

Quand il se pencha sur ses lèvres, elle posa instinctivement les mains sur son torse. Non pas pour le repousser, mais pour sentir sous ses paumes la chaleur et la fermeté des muscles dont elle se souvenait avoir goûté la saveur légèrement salée avec sa langue.

Bas s'empara de sa bouche et, comme la première fois, elle fut immédiatement toute chamboulée. Mais elle ne s'attendait pas à ce que, au bout d'à peine quelques secondes, il s'écarte brusquement et plonge le regard dans le sien, comme s'il y cherchait une réponse.

Ils restèrent ainsi un long moment sans bouger, puis Bas fit un pas en arrière.

— J'ai pensé que tu aimerais peut-être te joindre à moi pour l'opération de Jimi, murmura-t-il comme s'il lui faisait la proposition la plus alléchante du monde.

D'une certaine façon, elle l'était.

— Tu pourras observer, et apprendre.

Elle devait accepter. C'était une offre inespérée. Les aspirants-chirurgiens se battaient bec et ongles pour obtenir ce genre d'occasion. Elle devait saisir sa chance, mais elle sentait son secret peser de plus en plus lourd.

Naomi ouvrit la bouche et fut incapable de parler.

Il pencha la tête et l'observa d'un air attentif, redevenant le Bas dont le sang-froid faisait la renommée de l'établissement.

— Alors, on est devenue muette, Naomi ? Je ne me rappelle pas que tu aies eu cette réaction la nuit du gala. N'est-ce pas le marché que tu avais passé avec moi quand je t'ai invitée à danser ? Tu as répondu que tu accepterais seulement si je promettais de te présenter un des cas que je suis, car c'était ma spécialité qui t'avait attirée vers la médecine. Tu as cependant omis d'ajouter que tu suivais une nouvelle formation pour devenir médecin. Et que tu avais obtenu une bourse de la fondation Jansen.

— Je suis surprise que tu te souviennes de ce marché, articula-t-elle.

En fait, c'était tout juste si elle se rappelait cette conversation. Elle n'avait plus été elle-même à partir du moment où il s'était adressé à elle.

Bas se mit à rire.

— La plupart des femmes veulent autre chose de moi qu'une discussion autour d'un cas médical.

— Je suppose qu'il y a tellement de femmes dans ta vie que tu dois avoir du mal à suivre le fil.

— C'est vraiment ce que tu penses ? demanda-t-il d'un ton léger. Alors pourquoi m'avoir suivi ?

Elle eut soudain la bouche sèche.

— Tu veux dire... pourquoi avoir couché avec toi ?

Et de nouveau, ce sourire éblouissant.

— Il ne me semble pas que nous nous soyons beaucoup *couchés.*

Un délicieux frisson lui parcourut le dos. Comment était-il possible qu'elle le désire encore à ce point ?

L'heure qu'elle avait passée avec Bas avait été la plus palpitante de sa vie. Et aussi la plus déterminante pour son avenir... Comment pouvait-elle continuer à faire preuve d'une telle faiblesse face à lui ? Était-elle si différente de sa mère, qui avait toujours été attirée par des hommes très beaux mais pas du tout fiables ?

Naomi secoua la tête et il lui jeta un coup d'œil interrogateur.

— Qu'en penses-tu ? demanda-t-il gaiement. Je m'attendais à ce que tu me dises que tu ne voulais pas te rappeler ce moment. Je trouve intéressant de constater combien tu es restée silencieuse sur le sujet.

Elle fit un effort pour se ressaisir. Pour être honnête avec elle-même, elle devait reconnaître que si elle n'avait pas encore évoqué cette soirée avec lui, c'était parce qu'elle avait envie qu'il l'embrasse encore une fois pour avoir un autre souvenir à conserver précieusement… avant de lui dire la vérité et qu'il s'enfuie en courant. Sans doute l'éjecterait-il aussitôt de sa suite privée high-tech.

— À quoi bon ? répondit-elle. Tu es Basilius Jansen et tu fais exactement ce qu'il te plaît.

Cette fois, il parut presque blessé.

— Pas de cette façon, dit-il d'un ton plus ferme. Pas si la femme n'est pas consentante.

Il recula d'un pas.

— Y a-t-il beaucoup de femmes qui refusent ? s'entendit-elle demander. Est-ce que la moitié des femmes de l'hôpital, au moins, n'est pas prête à se jeter à tes pieds pour passer une nuit avec toi ?

— C'est à peine exagéré. Je crois me rappeler que, pour ta part, tu as choisi de ne pas rester toute la nuit dans ma chambre.

En vérité, elle ne s'était pas crue autorisée à le faire.

— Tu t'es glissée dehors pendant que j'étais sous la douche alors que tu aurais pu me rejoindre. On aurait continué notre exploration mutuelle.

— Je n'ai pas…

Elle se tut.

— Actuellement, je ne suis pas intéressé par le reste des femmes de l'hôpital, poursuivit Bas. Je suis intéressé par toi.

— Intéressé ? répéta-t-elle d'une voix faible.

Elle avait terriblement envie de le croire. Mais il avait précisé *actuellement.*

Et, de son côté, elle ne lui avait toujours rien dit…

Elle passa la langue sur ses lèvres sèches et vit les yeux de Bas s'abaisser sur sa bouche.

— Je sais lire dans la tête des femmes, Naomi, dit-il d'une voix légèrement rauque.

— Vraiment ?

— Oh oui, assura-t-il. Et je sais que tu en as envie, toi aussi. Mais si tu préfères prétendre le contraire… je ne vais pas te forcer à admettre la vérité.

À sa grande honte, elle dut lutter contre son propre corps pour ne pas tendre les bras et s'offrir à lui sur-le-champ.

— Je… je croyais que tu ne couchais pas deux fois avec la même femme, proféra-t-elle d'une voix faible.

Bon sang, elle n'était pas ici pour ça ! Elle était venue pour lui dire… Qu'était-elle venue lui dire, déjà ?

— C'est exact, grommela-t-il. Mais je ne peux pas compter le bref intermède qu'il y a eu entre nous comme une expérience complète – si bon qu'il ait été. En général, mes petites amies restent avec moi toute la nuit. Mon envie de toi a été aiguisée, mais pas totalement satisfaite.

Naomi ne sut que répondre. Si Bas avait envie d'une expérience plus complète, elle n'osait lui avouer que leur « bref intermède » avait été pour elle l'échange sexuel le plus incroyable et le plus intense qu'elle ait jamais connu.

— Les rumeurs…, murmura-t-elle.

Elle se tut en sentant ses mains sur ses épaules. Mais, au lieu de l'attirer à lui, il la tint à distance.

— Je ne me suis jamais beaucoup soucié des rumeurs. Mais peut-être contiennent-elles une part de vérité. Je ne vois aucune raison de nous en inquiéter. Et toi ?

Il y a une raison, dit une petite voix en elle, trop étouffée pour être audible.

— Aucune raison, s'entendit-elle répondre.

— Bien. Alors il y a deux options : soit tu sors d'ici maintenant, soit tu acceptes les conséquences…

La petite voix essaya de nouveau de se manifester, mais elle ne lui accorda aucune attention.

Avant qu'elle ait eu le temps de réfléchir davantage, la bouche de Bas couvrit la sienne, et ce fut comme si elle retrouvait une partie d'elle qui avait été perdue depuis le matin où elle avait quitté sa chambre d'hôtel.

Il devait y avoir une bonne centaine de raisons de ne pas le faire, mais lorsque Bas goûta de nouveau les lèvres de Naomi, il n'en trouva pas une seule.

C'était comme si ce moment était inévitable depuis qu'il était entré dans le service de réanimation. Et même avant cela.

S'il avait la réputation de ne jamais revoir ses aventures d'une nuit, il y avait une bonne raison : il n'avait jamais été tenté de le faire. Jusqu'à Naomi. Même si, étrangement, il ne s'était pas vraiment souvenu d'elle jusque-là.

Il s'était rappelé sa robe, son rire, son parfum qui l'avaient hanté pendant des mois… mais pas *elle*.

Pourtant, un seul baiser – le simple fait d'effleurer ses lèvres – avait suffi pour qu'il recouvre la mémoire. Tous ses souvenirs étaient revenus en force. Il avait bu beaucoup trop ce soir-là, pour essayer d'oublier la lettre d'Henrik, et soudain elle était apparue au bar à côté de lui.

Sa voix sensuelle, légèrement voilée quand elle avait demandé un simple soda au vin blanc, s'était aussitôt insinuée dans sa tête et jusque dans son sexe.

Avait-il jamais été aussi charmé par une autre femme ? Plus ils s'opposaient tous les deux, plus il essayait de lutter contre cette attirance et plus le feu brûlait en lui. Ce qui le réconfortait, c'était que, de son côté, Naomi était aussi en train de perdre dans sa tentative de lui résister.

Bas lui en avait voulu d'avoir quitté l'hôtel sans crier gare cette nuit-là. Il s'en était voulu encore plus de s'être précipité sous la douche au lieu de rester avec elle et de la savourer comme elle le méritait. Ce moment trop court l'avait laissé insatisfait, et c'était sans doute pour cela qu'il n'avait pas réussi à la chasser de son cerveau depuis.

Naomi Fox était la raison pour laquelle il avait perdu son goût pour les femmes et l'alcool. Si bien que, ces derniers temps, il ne lui était plus resté que la chirurgie pour s'éclater.

Il avait encore faim d'elle et, une fois qu'il aurait comblé ce désir – après avoir passé une longue nuit à refaire connaissance avec chaque centimètre carré de son corps superbe –, il pourrait secouer cette étrange mélancolie qui s'était emparée de lui et retourner à sa vie facile de chirurgien play-boy.

Il refusa de prêter attention à la petite voix intérieure qui considérait les choses autrement. À quoi bon se triturer les méninges ? Tout ce qui l'intéressait, c'était l'ici et maintenant. La façon dont le corps de Naomi se pressait contre le sien.

Pour l'instant, il se concentrait sur ses lèvres pleines qui s'étaient entrouvertes pour l'accueillir. Il l'embrassait, encore et encore, sans plus pouvoir s'arrêter, comme s'il ne pouvait se rassasier d'elle.

Pour la première fois, il commençait à comprendre ce que c'était qu'être accro. Se sentir à la fois désarmé et revigoré, tout en éprouvant un sentiment de plénitude. Tout chez elle menaçait de le réduire en esclavage.

Sa main se posa sur sa joue, puis il glissa les doigts dans son abondante chevelure bouclée.

Sentir sa langue jouer avec la sienne était une révélation. Comment avait-il pu oublier les sensations que Naomi lui avait procurées cette nuit-là ?

Bas promena ses doigts sur sa peau veloutée, comme pour refaire connaissance. Elle réagit aussitôt en nouant les jambes autour de ses hanches et les bras autour de son cou, et il poussa un grognement.

Qu'il soit uniquement physique ou pas, ce désir impérieux qu'il avait d'elle commençait à occulter toute autre pensée dans sa tête, et il ne pouvait pas l'accepter.

À moins, bien sûr, que ce ne soit à son avantage.

L'idée commença à faire son chemin dans sa tête. Il pourrait la fréquenter assez longtemps pour combler ce besoin irrationnel.

Puis il retournerait enfin à sa vie d'avant, qui lui convenait parfaitement encore quelques mois auparavant.

Il traversa la pièce, la portant toujours, et la déposa sur le coin de son bureau, étroitement serrée contre lui. Il sentait sa chaleur contre son membre durci et eut l'impression d'être en feu.

Jamais encore il n'avait éprouvé une telle sensation. Le désir qui l'envahissait à cet instant était encore plus fort que la nuit du gala.

Cela risquait de le rendre fou, mais il n'était pas plus inquiet pour ça. Du moment qu'il pouvait continuer à goûter la peau soyeuse de son dos jusqu'à satiété.

Naomi poussa un long soupir.

— On ne… devrait pas…

Mais il voulait encore beaucoup plus.

— Sais-tu à quel point j'aime ta bouche ? grommela-t-il en la picorant de petits baisers.

— Vraiment ? murmura-t-elle d'une voix faible, y prenant manifestement autant de plaisir que lui.

Il éloigna son visage de quelques centimètres et, lentement, sans la quitter des yeux, commença à déboutonner le haut de sa tunique, révélant son soutien-gorge bordeaux qui allait bien avec sa peau sombre. La dentelle fleurie dissimulait à peine les pointes de ses seins durcis. D'une main, il abaissa le fin tissu d'un côté, révélant le globe tout entier.

— Bas…, haleta-t-elle.

Il ne prit pas la peine de répondre. Baissant de nouveau la tête pour s'emparer de sa bouche, il fut récompensé par un gémissement de volupté qu'elle laissa échapper en glissant les doigts dans ses cheveux.

Cela suffit pour lui échauffer le sang et son sexe se durcit encore, au point qu'il se demanda s'il allait pouvoir tenir longtemps.

Mais il le fallait, car ce moment était pour elle. Son baiser devint plus profond et il lui sembla qu'elle était encore plus sensible que la dernière fois.

Comme s'il y avait quelque chose… de différent.

Il se rappelait la première nuit. C'était comme s'il lui était impossible d'assouvir la faim qu'il avait d'elle. Aucune autre femme ne lui avait fait ressentir ce besoin presque primitif. Ce n'était certainement qu'une question d'alchimie et cela finirait par disparaître, même si cela devait durer un peu plus longtemps que d'habitude.

Mais à cet instant précis cette pensée ne l'aidait pas beaucoup, alors qu'il se retrouvait enfin seul avec Naomi et qu'elle cambrait son corps magnifique sous ses caresses.

Il aimait tout en elle, au point de pouvoir à peine se contrôler quand elle était près de lui.

Soudain, elle lui saisit le poignet et l'écarta en poussant un gémissement, comme si elle avait eu du mal à accomplir ce geste.

— Bas…, dit-elle d'une voix étouffée tout en remettant ses vêtements en place. Je suis désolée, mais je ne peux pas… cela ne peut pas…

Il fit un pas en arrière et fut choqué de voir son visage bouleversé.

— Cela ne se reproduira plus, articula-t-il d'une voix sans timbre. Tu as ma parole.

— Tu ne comprends pas…

Mais il n'écoutait pas. De toute évidence, il s'était mépris sur sa réaction. Lui qui avait la réputation de savoir déchiffrer les femmes…

— Je suis désolé. Sincèrement.

— Je suis enceinte.

Elle secoua la tête, comme si elle pouvait à peine croire ce qu'elle venait de dire.

— Désolée. Ce n'est pas ainsi que je voulais te l'annoncer, mais… voilà.

Bas éprouva une soudaine envie de s'asseoir ou de se tenir à quelque chose, mais il n'y avait rien à proximité. Alors il se raidit et resta debout.

— Tu es enceinte ? répéta-t-il.

Comment avait-il pu ne pas s'en rendre compte ? Ne pas le *sentir* ?

Il avait été tellement occupé à chasser de son esprit les fantômes de la nuit du gala qu'il n'avait même pas su voir l'évidence. Qu'y avait-il chez cette femme pour qu'il agisse avec elle de façon aussi décalée ?

C'était probablement lié au fait que lorsqu'il avait fait sa connaissance, il était encore sous le choc de la première lettre de son frère.

Et maintenant, il était encore en train de digérer le contenu de la dernière lettre.

Bien sûr, c'était sûrement pour ça. Mais pourquoi avait-il tant de mal à s'en convaincre ?

Naomi hocha lentement la tête.

— Je suis enceinte, confirma-t-elle d'une voix plus ferme.

Une seule question lui vint à l'esprit.

— Depuis combien de temps, Naomi ?

4.

Naomi fut frappée par l'expression de son visage. Quelque chose entre la fureur et le désespoir. Comme si sa révélation l'avait complètement laminé.

Comment l'en blâmer, étant donné la manière dont elle avait lâché la nouvelle ? À quoi bon tous ces discours éloquents qu'elle avait répétés pendant des mois ?

— Ce n'était pas prémédité, s'excusa-t-elle presque, sentant son cœur battre violemment dans sa poitrine.

Elle n'avait jamais cherché à éviter les conversations délicates. Qu'il s'agisse d'annoncer une mauvaise nouvelle à la famille d'un patient ou de demander des explications à la cheffe du personnel de l'hôpital, elle savait souvent s'y prendre pour orienter la conversation de telle sorte que les gens la remerciaient de leur avoir dit ce qu'ils ne voulaient pas entendre.

— Tu es enceinte de combien ? insista Bas d'une voix méconnaissable.

Non, elle n'avait jamais craint les conversations difficiles… mais à cet instant précis, si elle avait pu éviter celle qu'elle devait avoir avec un certain Basilius Jansen, elle aurait tourné les talons et se serait éclipsée.

Elle prit une profonde inspiration.

— Vingt semaines.

Puis elle attendit, sans quitter Bas du regard.

— Vingt semaines ? répéta-t-il, l'air incrédule, après avoir jeté un coup d'œil sur son ventre. Ça ne se voit pas. Tu n'as pas du tout l'air d'être enceinte.

D'un seul coup, l'atmosphère s'était alourdie. Elle haussa les épaules.

— Les tuniques peuvent dissimuler un léger renflement. D'après ma grand-mère, je suis comme ma mère. Quand elle était enceinte de moi, puis de ma sœur, personne ne l'a remarqué avant le septième mois de grossesse. Une étude a montré que dans un cas sur deux mille cinq cents, la femme ne sait pas qu'elle est enceinte avant d'accoucher…

— Tu énonces des faits comme s'ils pouvaient changer quoi que ce soit, coupa-t-il d'un ton sec. Le fait est que tu es enceinte et que tu étais prête à… recommencer avec moi.

— Pourquoi crois-tu que je t'aie arrêté ? Et pourquoi crois-tu que je te l'aie annoncé ? ajouta-t-elle d'une voix tremblante.

Bas la regarda en plissant les yeux.

— Il y a vingt semaines, c'était la nuit du gala.

— Oui.

— Tu étais déjà enceinte quand tu as couché avec moi.

Elle eut du mal à contrôler son indignation.

— *Non !* C'est arrivé au gala, bien sûr.

— Après avoir été avec moi ?

Elle était si choquée qu'elle laissa échapper une exclamation.

— Es-tu sérieusement en train d'insinuer que j'ai couché avec quelqu'un d'autre la même nuit ?

Il la fixa d'un air dur, mais elle ne détourna pas les yeux.

— Bon, peut-être pas la même nuit, mais dans les jours qui ont suivi.

— Non.

— Tu en es sûre ?

— Absolument certaine.

Sa voix était beaucoup trop tendue, mais elle ne pouvait rien y faire. Elle redoutait ce moment depuis qu'elle-même avait appris la nouvelle.

Il y avait quelque chose dans son regard qu'elle ne parvenait pas à identifier.

— Évidemment, dit-il avec lenteur. L'argent des Jansen peut inciter une femme à être « absolument certaine » du timing qui coïnciderait le mieux.

— Tu m'accuses d'être tombée enceinte de quelqu'un d'autre

et de te mettre ça sur le dos ? s'exclama-t-elle, outrée, sa voix montant dans les aigus.

Elle avait l'estomac noué et dut faire un gros effort pour poursuivre sur un ton voix à peu près normal.

— Il faut être vraiment désespéré…

— Certaines personnes peuvent l'être. Parfois, le mensonge fonctionne – pendant un temps. Mais, quand la vérité finit par éclater, c'est le bébé qui paie le prix fort.

Pendant quelques secondes, elle resta sans voix.

— Je ne mens pas, dit-elle enfin.

— Non. Parce que tu es « absolument certaine », répondit-il, le visage impénétrable.

Elle se raidit et le regarda droit dans les yeux.

— Oui. Parce que tu es le seul homme avec qui j'ai couché en un an.

Bas la fixa pendant un temps qui lui parut interminable.

— Répète-moi ça, dit-il enfin.

Cette fois, il semblait aussi déstabilisé qu'elle.

Elle n'en eut pas la force, tant cela lui avait coûté.

— Je suis le seul homme avec qui tu as couché… ?

— En un an, acheva-t-elle plus calmement. Oui.

Certes, elle avait eu quelques petits amis dans le passé, il n'était donc pas le seul avec qui elle avait eu une relation sexuelle.

Mais il était le seul à lui avoir révélé ce qu'elle n'avait vu que dans les films que Leila adorait regarder, et qui était si incroyable et intense.

Bas se ressaisit rapidement et croisa les bras sur sa poitrine.

— Donc, tu prétends que ce bébé est le mien ?

C'était encore plus difficile que ce qu'elle avait craint.

— Je ne le *prétends* pas, je l'affirme. C'est un fait. Tu n'as qu'à effectuer un test de paternité, si tu veux. On peut le faire après huit semaines.

C'était un vrai cauchemar, et en même temps elle se sentait infiniment soulagée d'avoir enfin parlé. Elle avait eu besoin de quinze semaines pour s'habituer à cette idée, à hésiter en se demandant si elle devait le lui dire ou non.

Quelles qu'en soient les conséquences, elle avait fait ce qu'il fallait. De toute façon, elle ne pouvait plus revenir en arrière.

— Ce n'est pas en insistant que tu vas réussir à me convaincre.

Elle sentit l'impatience la gagner.

— Alors fais ce satané test, Bas ! cria-t-elle presque. On prélèvera un échantillon de mon sang contenant l'ADN fœtal, et un échantillon du tien, et ils analyseront les deux à l'aide de plus de deux mille cinq cents marqueurs génétiques. Le résultat sera exact à 99,99 %.

— Je sais ce qu'est un test de paternité, Naomi, grogna-t-il.

Soudain, elle réprima un petit rire nerveux. Au bout du compte, Bas avait l'air encore plus affecté qu'elle...

— Qu'espères-tu obtenir de moi ? demanda-t-il abruptement, la figeant sur place.

— Je n'espère rien de toi, lâcha-t-elle fièrement. *Nous* n'espérons pas obtenir quoi que ce soit.

— Tu as donc décidé de le garder.

Elle hocha la tête.

— Je sais qu'il y a d'autres options, notamment pour une maman célibataire censée reprendre des études pour devenir médecin. Je sais que j'aurai déjà beaucoup de travail sans avoir à m'occuper d'un bébé. J'aurais pu mettre un terme à ma grossesse, ou le faire adopter. Mais... c'est mon choix.

En fait, avant de se retrouver assise dans sa petite salle de bains, un test à la main, dans l'appartement qu'elle avait acheté pour elle, sa grand-mère et sa petite sœur, Naomi n'avait même pas été sûre de vouloir des enfants.

Elle savait pourtant comment les élever, puisqu'elle avait été davantage une mère qu'une sœur pour Leila. Elle y avait été obligée, sa mère en étant incapable et sa grand-mère ayant dû prendre deux emplois pour s'en sortir, jusqu'à la soixantaine.

— Alors tu m'annonces cette nouvelle par pure bonté d'âme ? demanda Bas d'un ton sarcastique.

Naomi secoua la tête.

— Je t'en ai parlé parce que je me devais de le faire.

— Mais tu ne veux rien.

Il semblait ne pas croire un mot de ce qu'elle lui disait.

— Rien du tout. Je peux m'occuper de moi, je l'ai fait pendant longtemps.

Elle crut voir une lueur dans ses yeux et s'en voulut d'avoir trop parlé. Depuis quand évoquait-elle sa vie privée ?

— Mais je doute que tu aies l'habitude d'être enceinte…

Elle réprima un soupir.

— Alors tu crois que c'est ton bébé.

Bas lui jeta un coup d'œil sceptique.

— Je crois que tu es enceinte, rectifia-t-il. Que ce soit ou non mon bébé, cela reste à voir.

— C'est le tien. Il n'y a eu personne d'autre.

— En tout cas, c'est ce que tu n'arrêtes pas de répéter.

— Bien. Je ne vais plus rien dire. En tout cas, je t'en ai parlé, j'ai fait ce que j'avais à faire. Je savais que tu ne serais pas intéressé, mais j'avais un devoir moral et je m'en suis acquittée.

Sur ces paroles, elle tourna les talons et se dirigea vers la porte. Mais avant qu'elle tourne la poignée, la voix de Bas la retint.

— Reste.

Naomi se figea, puis se retourna lentement.

— Pourquoi ? Je ne vois pas ce que tu pourrais avoir encore à dire. Rien d'agréable, de toute façon.

— Crois-moi, j'ai à peine commencé.

Elle jeta ostensiblement un coup d'œil à sa montre.

— Alors tu ferais mieux de te dépêcher. Il y a un autre gala ce soir. Et peut-être une autre veinarde qui attend d'être engrossée.

Cette fois, elle se dit qu'elle était allée trop loin. Mais n'y avait-il pas de quoi craquer avec toute cette tension ?

Bas ne répondit pas. Il la fixa un moment, puis sortit son téléphone portable et commença à taper sur l'écran.

— Qui est-ce que tu appelles ? demanda-t-elle, méfiante.

Il lui jeta un regard noir avant de porter l'appareil à son oreille.

— Quand as-tu passé ta dernière échographie ?

Elle fronça les sourcils.

— Il y a environ un mois. Pourquoi ?

— J'aimerais la voir.

Elle entendit le téléphone sonner, puis la voix robotisée d'un répondeur. Bas mit fin à l'appel d'un geste irrité.

— Pourquoi ? répéta-t-elle. Tu crois toujours que je mens ?

— Parce qu'une image vaut mieux qu'un long discours.

— Je t'ai suggéré de passer un test de paternité.

— Je préfère voir une échographie.

— Non.

— *Non ?*

— On peut réaliser un test de paternité de façon relativement anonyme, en envoyant l'échantillon à des gens qui ne nous connaissent pas. Mais si tu venais avec moi pour l'échographie, tout le monde nous verrait.

— Crois-tu vraiment que tu vas pouvoir garder ta grossesse secrète indéfiniment ? Les gens finiront par s'en rendre compte, Naomi.

— Je le sais bien, répondit-elle, sentant l'irritation la gagner. On pensera que je suis la nouvelle interne tombée enceinte pendant son premier mois ici. Mais je ne veux pas être la nouvelle interne qui a été mise enceinte par *le* don Juan de Thorncroft, Basilius Jansen, dès la semaine de son arrivée.

— Sauf que c'est exactement ce qui s'est passé, commenta-t-il d'un ton léger. Mieux vaudrait affronter la réalité. Tu préférerais que personne ici ne sache que tu es enceinte ? Ou bien tu voudrais qu'il n'y ait pas de père ?

— J'aimerais que tout le monde se mêle de ses affaires, lâcha-t-elle. Mais si je devais m'expliquer là-dessus, je dirais juste qu'il s'agit de quelqu'un que j'ai fréquenté avant de venir ici.

Tout, plutôt que de devoir admettre que c'était lui le père.

Elle vit son regard se durcir.

— Si tu m'accompagnais pour une échographie, tout l'hôpital le saurait, ajouta-t-elle d'un ton radouci. À quoi bon ? Ce n'est pas comme si tu allais faire partie de la vie du bébé.

— Il faudra bien que tu finisses par le dire, persista-t-il. L'hôpital n'est-il pas ton employeur ? Et n'es-tu pas bénéficiaire d'une bourse Jansen ? Je suis sûr qu'il y a une obligation légale.

— Pas vraiment, puisque je n'ai pas l'intention de prendre des congés, même ceux auxquels j'ai droit.

Par nécessité et non par choix, mais il n'avait pas besoin de le savoir.

— Si je voulais prendre un congé maternité comme le prévoit la loi, je devrais informer l'hôpital quinze semaines avant la date supposée de l'accouchement, c'est-à-dire pendant la vingt-cinquième semaine de grossesse. J'ai encore un mois pour décider de ce que je vais faire.

— En tout cas, tu ne mettras pas mon enfant – *mon* enfant – à l'adoption. Il ou elle ne grandira pas avec le sentiment de n'avoir pas été désiré.

Elle accusa le coup. Sans le savoir, Bas touchait un point sensible.

Ce n'était pas lui qui avait grandi avec le sentiment de n'être jamais assez bien. Pas assez gracieuse, ou pas assez jolie. Il ne pouvait pas savoir ce que cela faisait d'être le second choix – celle que l'on prend faute de mieux. Pourtant, sa grand-mère avait fait son possible pour que ni elle ni Leila n'aient cette impression.

Elle se secoua mentalement, ignorant le pincement au cœur si familier.

— Je croyais que tu n'avais toujours pas accepté l'idée d'être le père.

— Disons qu'il faut encore que j'en sois convaincu, grommela-t-il. Mais si ce bébé est effectivement le mien, il est hors de question que tu t'en débarrasses comme d'un vulgaire objet encombrant.

Comment pouvait-il proférer des paroles aussi dures ?

— Jamais je ne ferais une chose pareille, siffla-t-elle. Les besoins de mon enfant passent avant les miens. Tout le monde ne peut pas être le fils d'un célèbre chirurgien et mener une existence dorée.

— Je te conseille d'arrêter tout de suite, dit-il lentement.

Mais Naomi était trop indignée.

— Quand ma mère s'est retrouvée enceinte, elle nous a gardées, ma demi-sœur et moi, mais elle n'était pas capable de s'occuper de nous, ni de nous aimer. Jusqu'au moment où elle n'a plus pu assurer cette charge, et c'est ma grand-mère qui a pris le relais. Elle a fait tout ce qu'elle a pu pour subvenir à nos besoins et elle nous a aimées, mais elle était âgée et fatiguée, et ce n'était pas notre mère, ce que les enfants de l'école ne manquaient jamais de nous rappeler.

— Au moins, vous aviez quelqu'un qui a été là pour vous et qui vous aimait, répondit Bas d'un air songeur.

— Qu'entends-tu par là ?

Secouant la tête, il reprit son téléphone.

— Je veux voir une échographie, Naomi, dit-il d'une voix ferme. Et je vais faire ce qu'il faut pour ça. Mais je peux t'assurer que nous serons discrets.

— Cet endroit est tout sauf discret, répliqua-t-elle. Je ne veux pas que tout l'hôpital me dénigre. Le pire, c'est qu'il y a peut-être quelqu'un qui nous a vus quitter le gala pratiquement en même temps et qui pourrait faire le rapprochement.

Bas plissa les yeux.

— Il y a des tas de femmes qui seraient enchantées d'être enceintes de moi. Elles n'hésiteraient pas à le faire savoir à tout l'hôpital.

— Je ne suis pas « des tas de femmes » !

— C'est vrai, admit-il, énigmatique.

Il parlait déjà à quelqu'un au téléphone.

— Grace ? Rappelle-moi dès que tu as ce message. C'est urgent.

Naomi ne put s'empêcher de se demander qui était cette femme. Cela n'avait rien à voir avec la jalousie, bien sûr.

Et dire qu'avant Bas, elle n'avait jamais eu d'aventure sans lendemain – pas même une fois. Leila l'avait si souvent asticotée là-dessus… *Naomi, si convenable, si coincée.*

Et voilà où elle en était. Enceinte après la première fois où elle avait essayé de se lâcher.

— Qui est Grace ? questionna-t-elle d'un ton qu'elle s'efforça de rendre désinvolte.

— Une amie, répondit-il, les yeux fixés sur elle.

— Cela ne m'aide pas beaucoup. À moins que ce ne soit une habitude chez toi de téléphoner à tes amies quand une femme te dit qu'elle est enceinte ?

— Habituellement, les femmes ne me disent pas qu'elles sont enceintes. Certaines ont essayé, mais elles ont disparu rapidement quand il a fallu qu'elles en apportent la preuve. D'autant plus que je veille toujours à prendre… des précautions.

Naomi réprima un frisson de plaisir.

Oui, elle se rappelait ses *précautions.* Elle avait même tenté de dérouler le préservatif, mais dans sa hâte et son inexpérience, elle avait peut-être abîmé le caoutchouc avec les faux ongles extra-longs que sa sœur avait absolument voulu lui poser pour le bal.

Elle devait arrêter de se remémorer cette scène, sinon elle allait piquer un fard.

— Est-ce ta façon de me dire que tu veux un test de paternité ?

C'était le moment auquel elle s'était attendue. Elle était déjà étonnée qu'il ne l'ait pas éjectée de l'aile Jansen quand elle lui avait annoncé sa grossesse.

— Cela viendra, bien sûr, répondit-il. Mais d'abord, nous allons passer l'échographie.

— Certainement pas, protesta-t-elle. Je t'ai dit que je ne voulais pas de commérages, qui seront d'autant plus inévitables si tu m'accompagnes. J'ai déjà eu une échographie, et tout allait bien. Il n'est pas question que j'en passe une autre avec toi. Je ne serai pas l'infirmière en voie de reconversion qui attend l'enfant de Bas Jensen.

— Tu ne le seras pas. Grace est extrêmement discrète et elle viendra ici.

Elle secoua vigoureusement la tête.

— Non.

Bas la fixa froidement en croisant les bras.

— Tu passeras cette échographie, Naomi. Et je serai avec toi.

Elle fut frappée par l'autorité dont il pouvait faire preuve et lui jeta un regard noir, mais il lui sembla qu'il ricochait sur son large torse sans l'ébranler le moins du monde.

— Alors tu as décidé de prendre les choses en main ?

L'idée aurait dû lui déplaire. Pourquoi n'était-ce pas le cas ?

— Je te le redis, je n'ai pas besoin de ton aide. Je suis parfaitement capable de m'occuper de moi.

— Je sais, mais quelque chose me dit que si tu m'en parles maintenant, c'est parce que tu commences à être submergée par tout ça.

— Tu te trompes.

— Non, c'est toi. Je pense que, même si tu ne veux pas le reconnaître, tout au fond de toi, tu voudrais ne pas avoir à te charger seule de tout. Tu aimerais que, pour une fois, il y ait quelqu'un d'autre qui tienne les rênes.

C'était étrange, mais il était animé d'une telle détermination que cela faisait vibrer en elle une corde sensible.

— Il me semble me rappeler que ta sœur a pris ta voiture. Pour aller au lycée, je suppose.

Elle avait dû lui en parler pendant la nuit du gala, alors qu'ils discutaient de tout et de rien. Le fait que Bas s'en souvienne encore après tout ce temps était… surprenant.

— Leila a encore ma voiture, mais il y a des bus qui passent toutes les demi-heures devant l'arrêt de l'hôpital.

— Et tu préférerais attendre dehors par une nuit froide puis supporter un long trajet avec de nombreux arrêts, plutôt que d'accepter que je te ramène en voiture ?

En réalité, elle n'avait pas très envie qu'il voie où elle habitait. Certes, elle n'était pas peu fière d'avoir acheté son deux-pièces pour sa famille, mais il n'avait rien de comparable avec l'appartement de grand standing dans lequel Bas devait vivre.

— Je suis parfaitement capable…

— De t'occuper de toi, coupa-t-il. Oui, tu l'as déjà dit. Mais ça, c'était avant que tu attendes ce bébé – *mon* bébé, paraît-il.

— C'est toi qui as besoin de précisions, répliqua-t-elle. Moi, je n'ai aucun doute là-dessus.

— Ne me dis pas que tu aimes voyager en bus…

— Si, assura-t-elle. Comme ça, j'ai le temps de réfléchir. Pendant le trajet de retour, je repense à ce qui s'est passé au travail pendant la journée. C'est ce qu'on appelle le monde réel.

Tu devrais essayer, un jour, au lieu d'utiliser tes super-voitures et des jets privés.

— Je ne crois pas.

Naomi se retint d'éclater de rire devant son air horrifié. Elle ne pouvait pas s'expliquer pourquoi elle aimait tant le taquiner.

— Dommage, dit-elle en haussant les épaules. Tu pourrais te rendre compte que le monde réel n'est pas aussi horrible que tu le penses.

— Aurais-tu peur de moi, Naomi ? questionna-t-il en sortant de son bureau, sans prendre la peine de répondre. Tu sais, je ne mords pas.

Piquée au vif par sa réaction, elle le suivit et arpenta derrière lui les couloirs tranquilles, jusqu'au parking réservé aux consultants de l'aile Jansen.

Naturellement, toutes les voitures étaient flambant neuves, probablement équipées d'un moteur haut de gamme. Elle ne fut pas surprise quand Bas l'entraîna vers la plus stylée du lot. *Totalement inadaptée à un bébé, évidemment.*

— Bien sûr que non, je n'ai pas peur, répondit-elle enfin en éclatant d'un rire forcé.

— Parce que tu sais bien que je ne le ferai pas, *älskling,* dit-il d'un ton jovial.

— Je sais…

5.

Bas manœuvra habilement pour sortir la voiture du parking et se dirigea vers la route principale en s'efforçant de se concentrer sur sa conduite. Tout pour apaiser ce tumulte dans sa tête.

Maintenant que le choc initial était passé, il sentait peu à peu la rage monter. Naomi était enceinte de vingt semaines, et c'était seulement maintenant qu'il l'apprenait.

S'il n'avait pas accompagné la patiente de Naomi au service de réanimation aujourd'hui, lui en aurait-elle seulement parlé ?

Cette question n'était pas la seule à tourner en boucle dans sa tête, et il avait besoin de réponses. Mais pas maintenant. Pas avant d'être certain d'avoir recouvré son calme.

— À gauche ou à droite au carrefour ? demanda-t-il froidement.

— À gauche ou à droite ? répéta-t-elle faiblement.

Sa voix trahissait son émotion, même si elle faisait tout pour ne rien laisser paraître.

— Où habites-tu, Naomi ?

— Oh…

Elle prit une profonde inspiration avant de lui donner l'adresse. Il ne connaissait pas bien cet endroit – situé dans une zone qu'il n'avait pas l'habitude de fréquenter –, mais il avait une idée de la direction. C'était à une vingtaine de minutes en prenant la voie rapide, et en bus il fallait ajouter trois, voire quatre fois plus de temps avec les correspondances.

Après tout, ce n'était pas son problème. Seul devait compter le fait que Naomi portait son enfant. Son enfant *présumé*.

Il n'avait jamais eu l'intention de devenir père, ni de se ranger. Il savait pertinemment qu'il était dépourvu de cette sorte d'amour désintéressé qui faisait un bon mari et un bon père.

Il savait aussi qu'il était une combinaison des pires traits de caractère de ses deux parents – et probablement de ceux de son beau-père violent. Hors de question pour lui de faire peser cela sur quelqu'un d'autre. Il ne ferait jamais subir à un gamin innocent les conséquences désastreuses de sa propre enfance.

Aussi avait-il minutieusement planifié sa vie. Et comme il ne voulait pas prendre de risques, il avait toujours été pointilleux sur le fait d'avoir des rapports sexuels protégés.

Curieusement, ce baiser avec Naomi avait fait resurgir jusqu'au moindre détail des moments qu'ils avaient passés ensemble la nuit du gala.

Il se rappelait son expression quand elle l'avait vu tirer un préservatif de la poche de sa veste, son regard à la fois innocent et rempli de désir. La façon dont elle s'en était emparée, de ses mains qui tremblaient légèrement. Son manque d'expérience évident l'avait touché.

Rien d'étonnant si le préservatif n'avait pas fait correctement son office. Il se retrouvait maintenant dans la situation qu'il avait passé sa vie d'adulte à éviter.

Naomi était enceinte. Et il allait être père. Il y avait de quoi se sentir mal. Lui qui aurait dû être la dernière personne sur terre à s'imposer à un enfant en tant que parent. Quelque chose se serra dans sa poitrine.

Naomi avait raison, il devait demander un test de paternité. Et il aurait dû commencer par appeler ses avocats. Ils avaient toute une série de protocoles pour ce genre de cas – son père y avait veillé, lui qui avait une réputation encore pire que celle de son fils.

Les protocoles avaient été mis en place dès que Magnus avait découvert qu'il avait un fils de sept ans – ou plutôt deux fils de sept ans – et qu'il allait devoir s'en occuper.

La voix tendue de Naomi le tira de ses réflexions.

— Tu quitteras le périphérique à la prochaine jonction et tu prendras la deuxième sortie. Tu te retrouveras sur des routes de campagne.

Il hocha la tête en mettant son clignotant.

Il pensa à son frère jumeau – et à sa lettre dans la corbeille à papier – et cela ne l'aida pas à se calmer. Pendant un moment, il avait oublié qu'Henrik l'avait prévenu qu'il assisterait au gala de ce soir. Il s'y était préparé mentalement toute la journée, mais après la révélation de Naomi, le bal était passé au second plan.

Encore une chose dont il devait demander à Grace de s'occuper quand elle écouterait enfin les messages de son satané répondeur.

Une fois sorti de l'autoroute, il roula en direction des petites routes de campagne indiquées par Naomi et là, il fit une expérience inattendue.

À mesure qu'ils s'éloignaient de l'agglomération urbaine et que sa voiture roulait tranquillement sur des routes sinueuses beaucoup moins chargées, des espaces verts apparaissaient et, durant un instant, Bas se sentit moins oppressé.

Curieusement, pendant cinq ou dix minutes, il éprouva une réelle sensation de liberté. Mais cela ne dura pas. Ils ne tardèrent pas à se retrouver dans une zone urbaine dont la plupart des bâtiments auraient eu bien besoin d'être rénovés, et le contraste le frappa.

Bas savait ce que son père, l'indomptable Magnus Jansen, lui dirait de faire dès qu'il serait au courant pour Naomi : s'entendre avec elle sur une généreuse somme d'argent qui serait versée mensuellement sur son compte par les avocats, et qui suffirait largement pour l'entretien de l'enfant à naître. En échange, il lui demanderait de signer un document dans lequel elle s'engagerait à ne jamais révéler qu'il était le père de l'enfant. Après quoi, il pourrait recommencer à vivre exactement comme avant.

Ce document était le « contrat Erin », que Magnus avait mis en place après avoir été coincé par la femme dont Bas se souvenait à peine, mais qui en tout état de cause était sa mère biologique.

Elle était aussi celle qui l'avait laissé tomber sans la moindre hésitation quand Henrik l'avait jeté dans la fosse aux lions.

Le fait que sa mère et son frère jumeau aient pu se débarrasser de lui aussi facilement, alors qu'il n'était qu'un enfant, ne prouvait-il pas ce qu'il avait ressenti toute sa vie, à savoir qu'il pouvait être traité comme un kleenex, comme une personne sans importance ?

C'était son père qui l'avait recueilli, sans jamais cacher qu'il agissait plus par obligation que par amour. Rien de ce que Bas avait accompli n'avait jamais été assez bien pour lui. Seule Mme Jenkins, gouvernante et cuisinière de Redlington Castle – l'imposante bâtisse située à la campagne où il avait grandi, mais où Magnus se rendait rarement –, lui avait prodigué de l'amour.

Son père finit par faire attention à lui seulement quand il montra des dispositions pour la médecine. Et probablement quand il eut compris que, si Bas devenait un chirurgien réputé, sa renommée rejaillirait sur lui et le nom des Jansen.

Même s'il avait eu un style de vie luxueux, Bas avait dû travailler très dur pour atteindre son niveau d'aujourd'hui. Au lieu de lui ouvrir la porte toute grande, Magnus avait plutôt coincé le pied dans l'entrebâillement pour l'empêcher d'entrer.

La dernière chose que cet homme vieillissant aurait voulue, c'était d'être éclipsé par quelqu'un de jeune et de fringant, fût-il son propre fils. Encore maintenant, malgré l'ampleur de sa réussite, Bas n'avait jamais pu totalement éliminer le sentiment de n'avoir pas été désiré durant une grande partie de sa vie. D'abord rejeté par sa mère – en partie à cause d'Henrik –, il avait ensuite été rabaissé par son père.

Alors pourquoi reproduirait-il avec son propre enfant l'éducation qu'il avait eue ? Toutes ces remarques malveillantes ? C'était pourtant probablement ce qu'il ferait, car il ne savait pas agir autrement.

Avec l'aide de ses avocats, Magnus avait voulu parer à toute éventualité. Bas pourrait s'éloigner de Naomi après s'être assuré que son enfant bénéficierait de généreuses compensations. Il aurait une meilleure vie que celle que Naomi pourrait jamais lui offrir, à la seule condition qu'elle ne le désigne jamais comme le père.

Le fameux « gagnant-gagnant ». Pour cela, il lui suffisait de prendre son téléphone et d'appeler ses avocats.

Alors pourquoi ne le faisait-il pas ?

Pourquoi ne refusait-il pas carrément toute conversation avec Naomi avant d'être sûr que l'enfant qu'elle portait était le sien ?

C'était sans doute dû à cette attirance irrésistible et tout à fait inappropriée qu'il éprouvait encore pour elle. Il la désirait toujours, depuis cette nuit où il avait attendu qu'elle le rejoigne sous la douche, pour découvrir ensuite qu'elle avait quitté en douce la chambre d'hôtel.

Cette nuit-là, son lit lui avait paru froid et vide, sans elle à ses côtés. Et depuis il n'avait voulu aucune autre femme pour l'occuper. C'était ce qui l'exaspérait le plus.

Même à présent, il ne parvenait pas à mettre le doigt sur ce qui le touchait si profondément chez Naomi, et qui ne s'était jamais produit avec personne d'autre.

C'était probablement pour cette raison qu'il n'agissait pas avec sa tête depuis qu'elle avait lâché cette nouvelle qui lui avait fait l'effet d'une bombe. Et aussi pour cette raison que, en dépit de tous les arguments contraires, une partie de lui avait tout de suite cru qu'il s'agissait bien de son bébé. Et toujours pour cela que, au volant de sa voiture, il était en train de pénétrer dans un quartier peu reluisant de la ville, juste pour que la mère de son enfant arrive chez elle dans les meilleures conditions.

D'une certaine manière, il se détestait de faire preuve d'une telle faiblesse.

Mais tout ça allait changer. Dès qu'il aurait déposé Naomi chez elle, il retournerait vers la civilisation et contacterait les avocats qui pourraient gérer à sa place la suite de cette affaire sans qu'il ait besoin de s'impliquer davantage.

Cette seule idée suffit à le rendre encore plus incertain que depuis que Naomi était réapparue dans sa vie. Mais il y réfléchirait plus tard. Cela faisait des années qu'il était passé maître dans l'art de repousser les pensées désagréables dans les recoins de son esprit.

— Prends à gauche, puis la deuxième à droite, dit calmement Naomi. Mon appartement est celui qui se trouve sur la droite, près du champ.

— C'est là que tu vis ? questionna-t-il d'un air réprobateur en se garant devant l'immeuble.

— Tout le monde ne s'appelle pas Jansen et n'est pas riche à millions, répliqua-t-elle.

— Tout de même, tu es médecin, tu dois gagner un peu d'argent. On dirait des logements sociaux du siècle dernier.

Naomi accusa le coup, sentant le rouge lui monter aux joues.

— Ce sont des logements tout à fait décents. Mais comme ils n'ont rien à voir avec les appartements de grand standing auxquels tu es habitué, je suppose que ce sont pratiquement des taudis pour toi.

— Pratiquement.

— Tu n'as aucun droit d'essayer de me faire honte ! Tant mieux pour toi si tu es né avec une cuiller d'argent dans la bouche et si le nom de ton père a suffi à t'ouvrir des portes, mais cela ne t'autorise pas à nous juger, nous autres simples mortels qui n'avons que notre propre mérite.

Elle ouvrit brusquement la portière de son côté, mais avant même qu'elle ait pu sortir de la voiture il était déjà là, lui tendant la main pour l'aider comme si elle avait été une personne âgée.

Ou une femme enceinte.

— Qu'est-ce que tu fais ? protesta-t-elle.

Bas ignora délibérément sa question.

— Est-ce que je dois m'inquiéter pour ma voiture le temps que je te raccompagne à ta porte ? demanda-t-il.

Naomi serra les dents.

— Nous ne sommes pas tout à fait des sauvages, rétorqua-t-elle. Quoi qu'il en soit, je suis tout à fait capable de marcher toute seule sur une vingtaine de mètres.

— Si tu ne veux pas trop attirer l'attention et faire l'objet de commérages, je te suggère de me dire où nous allons. Avant que quelqu'un nous remarque.

Refusant la main qu'il lui tendait, elle sortit vivement de la voiture et se dirigea vers son immeuble décrépit qu'elle voyait maintenant à travers ses yeux. Lui n'avait jamais eu besoin de lutter pour obtenir la moindre chose. Il n'avait pas eu à s'occuper d'une petite sœur et d'une grand-mère tout en s'efforçant de rassembler les fonds nécessaires à ses études afin de parvenir à bâtir la carrière dont elle avait toujours rêvé.

Quelques années auparavant, elle avait été terriblement fière de pouvoir acheter ce logement. Certes, elle avait un emprunt à rembourser mais, pour la première fois, elle n'était plus dépendante d'un propriétaire. Il n'y avait plus personne pour augmenter le loyer d'un appartement qu'elle aurait passé du temps à embellir, pour finalement risquer d'être virée le jour où le propriétaire voudrait le récupérer.

Une fois devant sa porte, elle se tourna vers Bas.

— Voilà, je suis arrivée. Tu peux regagner ta voiture.

— Je voudrais voir l'endroit dans lequel tu as l'intention d'élever mon enfant.

— *Pas question.*

Elle était au bord de la panique.

— Le fait que tu ne veuilles pas me laisser voir où tu vis m'en dit déjà beaucoup, commenta-t-il.

— Ce n'est pas ça, dit-elle en bloquant le passage. Tu ne peux pas entrer.

Leurs styles de vie étaient tellement différents… Elle aurait voulu qu'il garde d'elle l'image de la femme sophistiquée qu'il avait connue au gala, et qui avait l'air de faire partie de son monde. Même si ce n'était que pour une nuit.

— Tu ne peux pas entrer parce que… je n'habite pas seule ici.

Bas haussa les sourcils.

— Pardon ?

Elle prit une longue inspiration. Il n'y avait plus qu'à lui dire la vérité, en comptant sur sa discrétion pour que sa vie privée ne soit pas divulguée dans tout l'hôpital.

— J'habite avec ma grand-mère et ma sœur.

— Ta grand-mère ? répéta-t-il, les yeux fixés sur elle.

— Et ma sœur, oui.

— Tu m'as déjà parlé de ta sœur qui se sert de ta voiture et de ta grand-mère qui vous a élevées, mais tu n'as pas précisé que vous viviez ensemble.

— Si.

Devait-elle lui expliquer combien elles comptaient pour elle ?

— Nous avons pratiquement toujours été toutes les trois, même avant la mort de ma mère.

Inutile que Bas sache comment c'était arrivé.

— Tu n'as jamais connu ton père ?

— Non. Ma grand-mère s'est occupée de nous, et maintenant c'est moi qui m'occupe d'elle.

Naomi bloquait toujours la porte. Il aurait pu facilement passer en force, mais il n'en fit rien. Au lieu de cela, il s'appuya contre le mur pour parler. Comme pour lui laisser le temps de reprendre ses esprits.

— Donc, ta sœur fréquente le lycée qui est à la sortie de la ville. Qu'est-ce qu'elle étudie, et quel âge a-t-elle ?

— Leila a dix-sept ans et elle étudie la mode, car elle a toujours voulu être designer.

Elle ne put s'empêcher de sourire en pensant à sa petite sœur.

— Elle est vraiment très douée. C'est elle qui a fait la robe couleur émeraude que j'ai portée pour le gala.

Bas eut l'air favorablement impressionné.

— C'est elle qui l'a créée ?

— En fait, je l'ai achetée dans une… boutique.

Inutile de préciser que c'était une boutique de vêtements d'occasion, au profit d'une organisation caritative.

— La robe n'était pas géniale, mais la matière me plaisait. Leila l'a redessinée en lui donnant un look plus moderne.

— Elle était époustouflante, grommela-t-il d'une voix rauque qui la fit frissonner.

Son cœur se mit à battre plus vite.

— Je ne tiens pas… à ce que tu entres, parce que… ce n'est pas juste chez moi, c'est aussi chez elles. Et… elles ne sont pas au courant pour toi.

Il lui jeta un coup d'œil sceptique.

— Elles ne savent pas que tu es enceinte ?

— Bien sûr que si. Mais elles ignorent que tu es le père et je n'ai pas l'intention de le leur dire. Ma grand-mère a enduré suffisamment d'épreuves en se chargeant de moi, puis de Leila, et en perdant sa fille. Elle n'a pas besoin de savoir que je suis tombée enceinte du fils de mon patron, dans une chambre d'hôtel, après le premier gala auquel je me suis rendue pour mon nouveau travail.

— Alors que croient-elles ? Que je suis un petit ami qui t'a laissée tomber en apprenant la nouvelle ?

Elle réprima un soupir, se sentant poussée dans ses retranchements.

— Pas exactement. Je leur ai dit que le père était un ancien collègue de l'armée, mais qu'il avait été déployé à l'étranger. Et que nous allions nous marier à son retour, ajouta-t-elle d'une voix à peine audible.

Bas la fixa, l'air incrédule, et elle eut l'impression de rétrécir à vue d'œil sous le poids de son regard.

— Et ensuite ? Tu allais leur raconter qu'il avait été tué dans une embuscade ?

— Non ! s'écria-t-elle.

En fait, elle avait juste voulu gagner du temps. Elle ne pourrait pas utiliser ce prétexte éternellement…

Peu à peu, la gêne céda la place à la colère.

— Tu n'es pas en position de me juger. Tu es le genre d'homme abonné aux aventures d'une nuit. Je ne pouvais tout de même pas admettre que j'avais juste passé un moment avec le play-boy chirurgien de l'hôpital, alors que je n'étais pas mariée ! Cela aurait été un vrai choc pour ma grand-mère, qui est plutôt vieux jeu.

Elle s'attendait à une réplique cinglante, qui ne vint pas.

À la place, elle entendit la sonnerie d'un téléphone et Bas tira aussitôt son portable de sa poche pour répondre.

— Tu as enfin eu mon message, dit-il sans préambule.

Il devait s'agir de Grace.

— J'ai besoin que tu me rendes un service. Il me faut un rendez-vous.

Sans en avoir l'air, Naomi tendit l'oreille pour entendre la réponse de la voix féminine au bout du téléphone.

— Vraiment ? Tu n'es pas enceinte, Bas.

Cela ne le fit pas rire.

— Alors tu as quelqu'un… ?

— Pas *quelqu'un,* grommela-t-il.

— Elle est enceinte de combien ?

— Vingt semaines.

Naomi se pencha pour mieux entendre et Bas lui jeta un regard acéré, mais il ne se détourna pas. Après tout, cette conversation la concernait autant que lui.

— Cela ne se voit pas encore, ajouta-t-il. Il faut que ce soit fait discrètement, tu comprends ? Personne ne doit être au courant.

— Elle ne pourra plus le cacher très longtemps, Bas.

— Merci, je suis au courant. Mais tu ferais peut-être bien de le lui dire toi-même.

La réponse de Grace fut claire et nette.

— Pas question. C'est ton problème, pas le mien.

— As-tu l'intention de m'aider ou juste de me juger ? lança-t-il sèchement.

— Un peu les deux, répondit Grace avec désinvolture.

Contre toute attente, cette femme lui plaisait, décida Naomi. La façon dont elle traitait Bas était simple et directe, au point qu'elle était presque jalouse.

— Je pourrais vous voir tous les deux demain matin à la première heure, ajouta Grace. C'était censé être mon jour de repos après le bal, mais j'ai appris à m'attendre à tout de ta part.

— Bon sang, le bal, marmonna Bas. Il faudrait que tu fasses quelque chose d'autre pour moi. Que tu ailles de ma part…

Il s'interrompit brusquement et regarda Naomi, le visage fermé. De toute évidence, il ne voulait pas qu'elle entende ce qu'il avait à dire.

Il lui tourna le dos.

— Je voudrais juste que tu fasses une recherche… inhabituelle. Je veux dire, que tu repères les personnes dont tu penses qu'elles ne devraient pas être là ce soir. J'ai déjà prévenu la sécurité pour qu'ils se tiennent prêts.

Naomi ne comprit pas la réponse de Grace.

— Je pense que tu le sauras si tu le vois, dit Bas. Pour ce qui est de l'échographie, pourquoi ne pas la passer maintenant ? On peut utiliser l'équipement de l'aile Jansen. Avec la soirée de gala, personne ne sera là pour nous voir.

Ils se mirent d'accord sur une heure, sans même consulter Naomi. Comme si elle n'était qu'une personne de second plan. Qu'est-ce qui leur disait qu'elle serait d'accord ?

Au moment où Bas éloignait le téléphone de son visage pour mettre fin à la communication, Naomi entendit de nouveau la voix de Grace.

— Bas, une dernière chose. Quoi que tu penses en ce moment… il ne faut pas. Contrairement à toi, je n'ai jamais cru que tu serais un mauvais père.

— Je ne veux pas discuter de ça, Grace…

Mais apparemment, cette femme ne se laissait pas imposer le silence aussi facilement. Avant que Bas ait pu couper la conversation, Naomi entendit Grace dire une dernière chose.

— Tu n'es pas lui, Bas. Et tu n'es certainement pas comme elle.

Il appuya sur la touche et resta quelques secondes immobile, les yeux fixés sur l'écran.

Derrière elle, Naomi entendait le vent souffler dans les sycomores. Elle mourait d'envie de lui demander ce que Grace voulait dire, mais quelque chose l'arrêta.

Soudain, Bas se tourna vers elle.

— Tu as cinq minutes pour jeter quelques affaires dans un sac et me retrouver à la voiture.

6.

Naomi se mit à trembler de tout son corps de manière incontrôlable.

— Je ne comprends pas… À la dernière échographie, tout allait bien pour mon bébé.

Comme dans un brouillard, elle sentit la grande main de Bas envelopper la sienne. Elle était en train de vivre un cauchemar. C'était sans doute son châtiment pour avoir envisagé à un moment l'éventualité d'abandonner son bébé.

Ou peut-être parce qu'elle avait tant tardé à parler à Bas.

C'était plus qu'elle ne pouvait supporter.

— C'est ma faute, murmura-t-elle.

Grace secoua la tête.

— Non. Ce n'est pas du tout votre faute, Naomi. Nous ignorons comment et pourquoi ce problème survient pendant la grossesse, mais vous ne pouviez rien faire pour l'éviter.

Cela, Naomi ne pouvait pas l'admettre. Normalement, son bébé se trouvait à l'endroit où il était le plus en sécurité – dans son ventre. Son corps était censé le nourrir pour qu'il puisse grandir et se développer. Mais elle n'était même pas capable de le faire correctement.

Habituellement, elle était très calme et maîtrisait bien les situations médicales – même les plus dramatiques, comme cela avait été le cas dans l'armée… On réagissait tout à fait différemment quand on se trouvait de l'autre côté.

D'autant plus que là, elle n'était pas dans son domaine de compétence – et Bas non plus.

Voilà ce que devaient éprouver ses patients et leurs familles :

ce sentiment de totale impuissance quand elle leur expliquait leur cas. Une multitude d'émotions contradictoires la submergeaient.

D'après ce que Grace venait de constater, il y avait un excès de fluides indiquant que le bébé avait des difficultés à avaler.

— Ce que vous voyez là, c'est ce que l'on appelle une double bulle, dit-elle en montrant deux points sombres sur l'écran. Cela veut dire que l'estomac et le duodénum du bébé sont remplis de liquide. Mais comme vous pouvez le constater, il n'y a pas de liquide plus bas, dans le tractus gastro-intestinal.

— Ce qui est le signe d'une atrésie duodénale ? intervint Bas avec calme.

Naomi se rendit compte qu'elle appréciait sa présence rassurante dans un tel moment. Sans lui, elle se serait sentie encore plus submergée qu'elle ne l'était.

— Et maintenant ? questionna Bas. Faut-il opérer in utero ?

— Pas nécessairement. Souvent, les bébés sont opérés après la naissance.

— Alors on se contente d'attendre ?

Comme Naomi s'y attendait, Grace se montrait aussi positive et apaisante que possible. Mais pourquoi lui semblait-il qu'elle avait d'autres mauvaises nouvelles à annoncer ?

— Pour ce qui est de l'atrésie, oui, répondit Grace. Mais nous devons encore passer d'autres tests.

Cette fois, Naomi eut l'impression que son cœur s'arrêtait de battre. Elle voulut parler, mais en fut incapable.

Bas vint à son secours.

— Veux-tu dire que l'atrésie duodénale est associée à d'autres anomalies congénitales ?

— Pas toujours.

À l'évidence, Grace tentait d'adoucir le choc, mais Naomi ne connaissait que trop bien le langage employé par les médecins.

— Nous devons recueillir d'autres informations. Parfois, l'atrésie duodénale est la seule complication, mais il peut y avoir un problème cardiaque ou la présence de trisomie 21.

Naomi se figea sur place, les yeux fixés sur l'écran.

— Quelles sont les statistiques ? demanda Bas.

— Un bébé sur trois atteint d'atrésie duodénale est également trisomique. Un ou deux sur dix souffrent d'un défaut cardiaque congénital. C'est pourquoi, Naomi, il faudrait que je vous envoie faire une amniocentèse, ensuite vous devrez voir un cardiologue pédiatrique pour un échocardiogramme fœtal.

Instinctivement, Naomi posa la main sur son ventre comme pour protéger son bébé innocent.

— Tout ça ? murmura-t-elle.

— Plus nous aurons d'informations, mieux nous pourrons prendre soin de votre enfant une fois qu'il sera né.

Grace lui adressa un sourire encourageant.

— Le pronostic est excellent pour les bébés correctement diagnostiqués qui étaient juste atteints d'atrésie duodénale.

— Quand les tests pourront-ils avoir lieu ? questionna Bas.

— Je vais vous réserver un créneau horaire dès que possible. Ensuite il faut compter environ deux jours avant que le labo puisse fournir les résultats de l'amniocentèse.

Naomi sentit son cœur se serrer. Quarante-huit heures à douter, à se poser toutes sortes de questions…

— Et pour le bébé ? Est-ce qu'elle naîtra normalement ?

Car elle attendait une fille.

— En cas d'hydramnios, il est assez fréquent que le bébé naisse plus tôt. Mais avec les soins appropriés, vous pouvez au moins atteindre la trente-septième semaine. S'il n'y a pas d'urgence, on attendra deux ou trois jours avant de procéder à l'opération.

— Je suppose qu'elle consiste à ouvrir la partie bloquée et à la relier à l'intestin grêle ? dit Bas.

— Exactement. Pendant l'opération, nous poserons une sonde gastrique qu'il gardera quelques semaines après l'opération.

— Jusqu'à ce que l'intestin grêle ait cicatrisé, acheva Bas en hochant la tête.

— Et après l'opération… est-ce qu'elle pourra téter ? Je pourrai allaiter ? demanda Naomi en s'efforçant de cacher son anxiété.

Grace lui sourit d'un air compréhensif.

— Il faut généralement compter deux semaines pour que les

intestins du bébé soient capables de tolérer le lait. C'est pourquoi nous utilisons la sonde anastomotique pour que l'allaitement puisse commencer plus tôt. Si la convalescence du bébé se passe bien, vous pourrez le nourrir au sein ou au biberon.

— Et à long terme ? Y a-t-il d'autres problèmes à craindre dans le futur ?

— J'aimerais avoir les résultats de l'amniocentèse et de l'échocardiogramme avant de vous répondre, lui rappela doucement Grace. Mais en cas d'atrésie duodénale isolée, le pronostic est bon. Il n'y a habituellement pas d'effets à long terme.

Naomi aurait aimé se satisfaire de cette réponse, mais comment l'aurait-elle pu ? Tout ce qu'elle voulait, c'était que Grace lui dise qu'il s'agissait d'une erreur et que son bébé allait parfaitement bien.

Bas exerça une pression sur sa main.

— Je suppose que le risque élevé d'un accouchement prématuré avec l'hydramnios implique plus de repos, un accouchement programmé, et de contrôler la taille de l'estomac ? questionna-t-il.

Le cœur de Naomi se mit à battre plus vite et elle se sentit au bord de l'hystérie, mais elle refusa de se laisser abattre. Le fait que Bas semble également impliqué était pour elle un grand réconfort. Elle ne se sentait pas seule. Et curieusement, cela ne la surprenait pas.

— C'est plus facile à dire qu'à faire, je sais, lui dit Grace d'un air contrit. Mais essayez de ne pas vous inquiéter et réduisez le stress autant que vous le pouvez. Je sais que vous êtes en pleine reconversion, Naomi. Mais si vous pouvez faire une pause, ou réduire votre charge de travail, faites-le.

— J'arrangerai ça, ce ne sera pas un problème, assura Bas en lui lançant un regard de défi.

En d'autres circonstances, elle aurait probablement protesté, disant qu'elle ne pouvait pas renoncer à sa carrière aussi facilement. Mais elle posa de nouveau la main sur son ventre.

Toutes les futures mamans dans son cas ne pouvaient pas s'offrir le luxe de se concentrer uniquement sur leur bébé. Si Bas lui offrait cette chance, elle serait folle de ne pas la saisir.

Grace se dirigea vers la porte.

— Je vais vous laisser discuter entre vous pendant que j'essaierai d'organiser les rendez-vous, bien que je soupçonne les Drs Seddon et Rhodes d'être déjà partis pour le gala. Ce ne sera probablement pas avant demain au plus tôt… si je leur dis de qui il s'agit.

Bas acquiesça aussitôt.

— Dis-leur.

L'instant d'après, Naomi se retrouva en tête à tête avec lui.

— Merci, lui dit-elle avec effort. Maintenant, j'aimerais rentrer chez moi et…

— Je ne crois pas.

— Mais… nous venons juste d'établir que j'avais besoin de me reposer pour le bébé…

— Et c'est ce que tu vas faire, mais pas là-bas, dans ce petit appartement, avec de longs trajets en bus. Pas avec mon enfant.

— Je te signale que ce petit appartement est *mon* foyer, où je vis avec ma grand-mère et ma sœur. Ma famille.

— Ce n'est pas leur bébé que tu portes. C'est le mien. Tu vas donc venir chez moi.

— Non…, commença-t-elle.

Mais quelque chose en elle avait envie de faire exactement ce qu'il disait.

— Mon appartement est juste au coin, et non pas au fin fond de la banlieue, poursuivit-il. Il est plus grand, plus moderne, et ce sera beaucoup plus pratique pour les rendez-vous à l'hôpital.

— Et qu'est-ce que je suis censée raconter à ma famille ?

— Que tu es avec le père de ton bébé. Tu sais, celui avec qui tu as prétendu avoir une relation ? Tu n'as qu'à leur dire que tu vas t'installer dans ton nouveau foyer.

— Mais ce n'est pas mon foyer, protesta-t-elle, criant presque.

Il la regarda froidement.

— À partir de maintenant, et au moins jusqu'à ce que le bébé naisse en bonne santé, considère que tu y es chez toi.

— Tu es fou… Elles ne croiront jamais ça. Elles…

— Alors, à toi de les convaincre. Je te rappelle qu'il s'agit du sort de notre enfant, et qu'il est important de préparer sa venue dans les meilleures conditions.

Cette fois, Naomi ne protesta pas, malgré son désir de paraître indépendante. Après tout, Leila était maintenant suffisamment mûre pour s'occuper de sa grand-mère, et sans doute seraient-elles toutes les deux soulagées de savoir que quelqu'un allait prendre soin d'elle, pour une fois dans sa vie.

Bas avait probablement raison. Elle avait besoin qu'il veille sur elle, et sur leur bébé. Après le choc de cette journée, elle ne se sentait pas capable de tout assurer seule. Comment avait-elle pu ne pas se rendre compte que quelque chose n'allait pas avec son propre bébé ? Elle n'avait pas non plus envisagé une complication comme un accouchement prématuré. Que ce soit en tant que médecin ou en tant que future mère, elle n'avait pas été à la hauteur.

Elle hocha faiblement la tête.

— Entendu.

Il ne lui restait plus qu'à attendre. Et espérer.

Le lendemain, Naomi se réveilla dans un lit inconnu. Le silence était total, et la lumière du soleil matinal éclairait l'oreiller à côté d'elle.

Elle était dans la suite pour invités de Bas, merveilleusement décorée dans des tons de gris et de blanc, et nettement plus grande que son appartement tout entier. Curieusement, elle se sentit plus légère qu'elle ne l'avait été depuis des mois.

Son bébé avait toutes les chances d'aller bien. L'échocardiogramme avait eu lieu la veille avec le Dr Rhodes, qui s'était dépêché de revenir à l'hôpital après avoir été contacté par Bas. L'examen ne montrait aucun signe de défauts ou d'anormalités.

Restait à effectuer l'amniocentèse et à attendre les résultats. Elle était néanmoins beaucoup plus optimiste que la veille.

Aucune mère n'avait envie que son bébé doive subir une opération à la naissance, mais si l'atrésie duodénale était le seul problème, le pronostic global serait bon.

Le Dr Rhodes et Grace avaient semblé heureux de rendre service à Bas, qui avait apparemment pris sur son temps libre pour leur venir en aide à plusieurs occasions. Cela parlait plutôt en faveur de l'homme qui était le père de son bébé.

Mais une autre question commençait à la tracasser. À en juger par la façon dont lui et Grace communiquaient, il était clair qu'ils étaient plus proches que de simples collègues. Pour le bien de son bébé, elle devait en savoir davantage.

Rejetant les couvertures, elle sortit du lit et remarqua un sac à dos posé près de la porte, qui ressemblait étrangement à celui que Leila utilisait pour le lycée.

Curieuse, elle l'ouvrit et y trouva une sélection de ses propres vêtements, bien pliés, ainsi que la robe sur laquelle Leila avait travaillé toute la semaine. C'était son plus récent ouvrage réalisé pour le lycée et elle avait refusé que Naomi le voie avant qu'il soit terminé.

Elle tira la robe du sac et la déroula avec soin. C'était une des plus jolies robes qu'elle ait jamais vues, de sa couleur préférée et coupée dans un tissu qu'elle adorait. Cerise sur le gâteau : Leila lui avait donné une forme qui la rendait parfaitement adaptée à la maternité.

Naomi sentit ses yeux se mouiller. Elle pouvait compter sur sa sœur pour penser à tout.

Comment Bas avait-il obtenu ce sac ? Plus vite elle serait prête, plus tôt elle le saurait.

Entrant dans ce qui était visiblement sa salle de bains privée – et qui était plus vaste que son propre salon –, elle admira la luxueuse douche à l'italienne, tout en verre et en pierre. Elle se lava sous l'eau chaude jusqu'à ce qu'elle ait l'impression d'être flambant neuve.

Quelques minutes plus tard, après avoir revêtu la magnifique robe de sa sœur et rassemblé ses boucles humides au-dessus de sa tête, elle sortit de sa suite et marcha à pas de loup dans le couloir.

Elle s'était attendue à trouver un appartement pour célibataire branché, dans les tons sombres à la mode, mais découvrit un espace clair et aérien, aux murs blancs et aux lignes claires et épurées. Moderne, certes, mais pas froid et impersonnel.

En tout cas, ce n'était pas un endroit fait pour un petit enfant aux doigts collants, songea-t-elle. Pour sa part, elle préférait avoir une maison avec une salle de jeux et un jardin.

Naomi prit le temps de regarder autour d'elle. Il y avait un bureau avec de nouveau une vue incroyable sur la ville, la suite pour invités où elle avait dormi, et elle passa rapidement devant la suite du maître des lieux en préférant chasser l'idée de Bas en train de dormir.

Finalement, elle gagna la cuisine ouverte sur une vaste pièce à vivre, où elle trouva Bas en train de préparer du thé.

— As-tu trouvé ce que tu cherchais ? demanda-t-il poliment.

Elle se sentit rougir.

— Pardon ? dit-elle d'un air innocent.

— Une maîtresse séquestrée quelque part ? Une chambre sado-maso, peut-être ? Je devrais être vexé que la mère de mon bébé ait une si piètre opinion de moi.

Une fois de plus, il lisait en elle. Il n'était pas franchement amical, pourtant il lui parut moins distant que la veille.

— Peut-être parce que tu encourages les gens à penser le pire à ton sujet. Du moins, en ce qui concerne ta vie privée.

— Les gens peuvent penser de moi ce qu'ils veulent, répliqua-t-il.

Son ton s'était durci, et elle se dit qu'il était préférable de changer de sujet. Elle ne manquait pas de questions à poser.

— Qu'est-ce que nous faisons ici, Bas ? fut la première qui lui vint à l'esprit.

— Où ça ? Dans mon appartement ? Je te l'ai dit hier : je veux m'assurer que le bébé que tu portes se développe dans les meilleures conditions possibles.

— Il y a moins de vingt-quatre heures, tu mettais en doute le fait que tu sois le père de ce bébé. Et maintenant tu m'as amenée chez toi, dans ton super appartement, parce que tu crains que je ne prenne pas bien soin de *ton* bébé. Que se passe-t-il ?

Elle s'était efforcée de paraître calme, mais à la fin sa voix se brisa.

Bas la regarda longuement avant de parler.

— Il est temps de décider ce que nous allons faire.

— Ce que nous allons faire ?

— À propos du bébé. Ma fille. Nous devons trouver une solution.

— *Notre* fille, rectifia-t-elle. Et j'ai une solution, merci beaucoup.

Il gagna le salon et se laissa tomber dans un fauteuil de cuir marron, étendant ses longues jambes musclées devant lui.

Seule avec Bas, chez lui, elle commençait à se sentir tendue, et ce n'était pas seulement à cause de son état.

— Assieds-toi, lui dit-il.

Elle le foudroya du regard.

— Je ne suis pas un chien que tu peux dresser à ta guise.

— Oh ! Veux-tu bien t'asseoir, s'il te plaît, rectifia-t-il.

Prenant tout son temps, elle choisit la table ronde en verre et résine et tira une des chaises avant de s'immobiliser.

— Il y a un chat sous la table.

— C'est bien possible. C'est en dessous que passent les tuyaux du chauffage et il aime s'allonger là. Je le laisse faire, tant qu'il ne s'installe pas sur la table ou les chaises.

— Tu veux dire que c'est *ton* chat ?

Bas haussa les sourcils.

— Qu'y a-t-il de si choquant ? Il s'appelle Sonny, et je suis plus à lui qu'il n'est à moi. Je l'ai eu quand il n'était qu'un chaton, il y a maintenant onze ans.

Cela dévoilait un autre aspect de lui tout à fait inattendu. De nombreuses relations – et même des mariages – ne duraient pas aussi longtemps.

— Grace et moi sortions de l'hôpital et marchions sur un chemin de halage le long du canal, quand j'ai vu un sac en plastique bouger sur l'eau. À l'intérieur, j'ai trouvé deux chatons trempés et complètement frigorifiés – le troisième était déjà mort. Grace en a pris un, j'ai pris l'autre, et il est avec moi depuis.

Naomi ouvrit la bouche, puis la referma. Elle ne pouvait plus se dire que Bas Jansen ne comprenait pas ce que signifiait un engagement. Il était lié à ce chat depuis plus d'une décennie.

D'un seul coup, il lui semblait possible qu'il puisse s'engager envers leur fille, si c'était ce qu'il voulait. Elle ne savait plus que penser.

— Qu'est-ce que tu attends exactement de moi, Naomi ? demanda-t-il sans préambule.

— Je te l'ai dit, je n'attends rien du tout.

— Est-ce pour cela que tu n'avais pas l'intention de m'en parler ?

Naomi faillit s'étrangler.

— J'avais tout à fait l'intention de t'en parler, protesta-t-elle.

— Quand ? Une fois qu'elle serait née ? Quand elle serait devenue ado, ou qu'elle aurait atteint sa majorité ?

Elle se mordit la lèvre.

— Avant sa naissance.

— Et je suis censé te croire ? Tu es enceinte de vingt semaines, Naomi. Tu le sais depuis des mois, tu as passé des échographies, tu en as même parlé à ta famille. Et pendant tout ce temps, tu ne m'en as pas parlé à moi, le père !

Naomi baissa la tête. De toutes les choses qu'elle avait faites dans sa vie, c'était certainement la plus déplorable.

Ses mains se crispèrent sur ses genoux. Brusquement, sans qu'elle ait compris pourquoi, elle sentit un grand calme l'envahir et se redressa pour affronter le regard de Bas.

— Tu as raison, et je suis désolée. C'est juste que… je ne savais pas comment t'en parler. Ni même si tu avais envie de savoir. Avec ta réputation…

— Ce sont là tes excuses ?

Elle secoua vigoureusement la tête.

— Ce ne sont pas tant des excuses qu'une tentative pour expliquer ce qui se passait dans ma tête. Je craignais que tu penses que j'en avais après ton argent, ou tes relations. J'avais même peur de perdre ma bourse si ton père apprenait que j'étais enceinte. Alors je repoussais toujours le moment, jusqu'à ce que je trouve la bonne façon d'aborder le sujet avec toi, la bonne occasion pour t'en parler.

— Crois-tu vraiment qu'il puisse y avoir une bonne occasion ?

— Je suppose que non, soupira-t-elle. Or tu avais le droit de savoir. Je suis désolée de ne pas te l'avoir dit plus tôt.

Était-ce juste une impression, ou l'atmosphère venait-elle de se détendre ?

— Admettons que tu aies eu l'intention de m'en parler… à un certain moment avant la naissance. Tu me dis que c'était uniquement parce que c'est ton devoir de le faire ?

— Oui, répondit-elle sans hésiter.

— Mais tu ne veux rien de moi, insista Bas. Rien du tout ? Comme c'est noble de ta part.

Malgré l'ironie de sa remarque, il lui sembla que son ton s'était radouci et elle sentit l'optimisme la gagner.

— Nous ne nous connaissions pas, et nous avons eu juste une aventure d'une nuit…

— Pas même une nuit entière, précisa-t-il.

— Je suis tombée enceinte par accident, poursuivit-elle. Sauf que, pour moi, ce n'est pas un accident, c'est une chance. Je veux cet enfant. En tant que femme, c'est à moi de faire ce choix. Toi, tu n'y es pas obligé. Le moins que je puisse faire est de te permettre de t'en aller sans protester.

— C'est mon enfant, Naomi. Je ne peux pas m'en aller. Je ne suis pas le monstre que tu crois.

Elle écarquilla les yeux, choquée.

— Je ne pense pas du tout que tu sois un monstre. Comment le pourrais-je ? Tu m'as emmenée faire cette échographie. Tu t'es assuré que je passais les tests dont j'avais besoin. Tu as même enrôlé ma sœur pour qu'elle prépare mes vêtements quand tu as insisté pour que je vienne ici.

— Parce que ton idée de te débrouiller seule aurait consisté à continuer de travailler à plein temps en passant des heures dans le bus tous les jours. Et à vivre dans un appartement dont je doute qu'il soit assez grand pour trois, à plus forte raison pour trois et un bébé. Je parie que ta sœur et toi devez partager la même chambre. N'ai-je pas raison ?

— Non. En fait… je dors sur le canapé-lit du salon, avoua-t-elle après une longue hésitation.

Le regard de Bas s'assombrit, et Naomi se rendit compte que, sous son apparence souvent désinvolte, il était aussi capable qu'elle de refouler ses émotions.

— Et tu voulais introduire un bébé dans ce capharnaüm ? Je n'appelle pas ça une solution.

— Beaucoup de gens vivent avec moins que ça, se défendit-elle.

— Pas quand il s'agit de mon enfant. De même qu'elle ne grandira pas sans son père.

— Alors que proposes-tu exactement ? dit-elle avec défi. Éclaire-moi, s'il te plaît.

— Je dis simplement que je serai présent dans la vie de ma fille. Je serai toujours là quand elle aura besoin de moi.

Qu'est-ce que cela signifiait exactement ? se demanda-t-elle. Bas ne le savait peut-être pas lui-même.

Elle s'éclaircit la voix.

— Écoute. J'apprécie tout ce que tu as fait et les efforts que tu déploies actuellement, mais permets-moi de t'en épargner davantage. Tu n'y es pas obligé. En fait, je ne veux pas que tu t'en occupes.

— Peux-tu répéter ? Tu ne veux pas que je fasse partie de la vie de mon enfant ? demanda-t-il d'une voix tendue.

— Ce n'est pas ça… Je ne veux pas que tu fasses des apparitions dans la vie de notre fille, ni dans la mienne, et que tu disparaisses quand cela te chante.

— Nous sommes d'accord là-dessus. Je n'ai pas l'intention d'agir ainsi.

— C'est ce que tu dis maintenant parce que tu penses que tu dois prendre tes responsabilités, mais la réalité est différente. Tu ne tarderas pas à te lasser de tout ça.

— Et bien sûr, tu me connais suffisamment pour faire une telle affirmation ?

Naomi s'efforça de ne pas envenimer la situation.

— Toi-même, tu dois savoir que c'est inévitable, non ? dit-elle en esquissant un sourire compréhensif. Tu vas rapidement t'ennuyer, ou être plein de ressentiment. Probablement les deux. Avec de la chance, cela arrivera avant que notre bébé sache qui tu es, et elle ne remarquera pas ton absence. Mais je pense qu'il vaudrait mieux éviter d'en arriver là. Tu vis ta vie et moi, la mienne. Voilà l'arrangement que je propose.

— Assez !

Bas n'avait pas crié, ni même élevé la voix. Mais il était clair que la tension était montée d'un cran.

— Ce n'est pas ainsi que les choses se passeront, dit-il un peu trop calmement.

— C'est la meilleure solution. Tu es libre, Bas. Je te dégage de toute responsabilité.

Il lui jeta un regard noir.

— Tu te trompes complètement sur moi si tu crois que je pourrais accepter.

— Rien d'étonnant, tu es quelqu'un de très fermé, Bas. Et je doute que tu t'ouvres à moi.

— Si tu as des questions, pourquoi ne pas simplement les poser au lieu de tourner autour du pot ?

— De toute façon, tu n'y répondrais pas.

— Essaie.

Naomi ne s'était pas attendue à ça. Elle-même aurait-elle le courage de les poser ? Puis elle inspira profondément. C'était maintenant ou jamais. Elle le faisait pour sa fille, et pour elle.

— D'accord. Alors dis-moi quelle sorte de relation tu as avec Grace Henley. Et explique-moi ce que cela signifiait quand elle a dit hier au téléphone que tu pouvais être un bon père, parce « tu n'es pas lui, et tu n'es certainement pas comme elle ».

Bas ne répondit pas. Il n'ouvrit pas la bouche. L'air devenait peu à peu irrespirable.

Elle voulait qu'il parle, qu'il s'ouvre un peu à elle et qu'ils soient davantage des partenaires, sur un pied d'égalité, plutôt que d'avoir l'impression que sa grossesse était un problème qu'il devait résoudre.

Elle n'avait pas besoin qu'il résolve quoi que ce soit. Aussi loin que remontent ses souvenirs, elle avait toujours trouvé seule une solution à ses problèmes. Elle n'avait pas à être secourue.

Soudain, le téléphone de Bas qu'il avait posé sur la table basse bipa, et il le prit pour lire le message.

En une seconde, il fut sur ses pieds et finit son verre en une gorgée.

— Pour le bien du bébé, il vaudrait mieux que tu essaies de te reposer aujourd'hui. L'amniocentèse est prévue pour demain midi, sois prête pour 11 h 30. Phillip, mon chauffeur, passera te prendre.

— Mais… tu ne veux pas… ?

Bas lui jeta un regard froid.

— Tu as bien spécifié que tu voulais être vue le moins possible avec moi. Contrairement à hier soir, demain l'hôpital sera une véritable ruche en milieu de journée.

Elle hocha lentement la tête.

— Entendu.

— D'autre part, j'ai une journée chargée entre les consultations et les tournées du matin. Mais je serai dans le bureau du Dr Seddon à l'heure dite.

Sur ces mots, il s'éclipsa. Naomi se retrouva seule dans un salon, certes magnifique, mais où elle ne se sentait pas du tout comme chez elle.

7.

Jetant sa blouse et ses gants dans la corbeille, Bas passa les portes battantes pour aller se désinfecter.

L'opération de Jimi s'était bien passée. Mastectomie sous-cutanée avec résection du tissu glandulaire. L'approche péri-aréolaire avait été classique, et Bas avait réussi à obtenir une régularité du contour parfaitement symétrique. Seul le temps dirait si Jimi éprouvait des engourdissements ou une perte de sensations.

Le résultat était aussi bon que Bas pouvait l'espérer, et il aurait dû s'en réjouir. Mais maintenant qu'il n'avait plus cette chirurgie complexe pour le distraire, ses pensées le ramenaient à Naomi. Non pas à l'amniocentèse de la veille, mais aux questions qu'elle lui avait posées et auxquelles il n'avait pas répondu.

La dernière fois qu'il était rentré chez lui, c'était deux jours plus tôt. Depuis, il s'était caché à l'hôpital, ses patients lui servant de couverture. Il avait aussi accepté des gardes supplémentaires, tout ça pour ne pas avoir à se retrouver face à Naomi.

Parce qu'il n'avait pas pu répondre à ses questions. Il l'avait pourtant mise au défi de l'interroger, pensant qu'il l'amènerait ainsi à lui faire confiance. Mais elle avait posé une question complètement inattendue et il s'était défilé lamentablement, utilisant l'hôpital et ses patients comme excuse. La pièce de garde lui servait à se reposer de temps en temps.

Voilà à quoi il était réduit. L'ironie de la situation ne lui échappait pas.

Tout en se frottant énergiquement la peau, il se demanda ce qu'il devait faire. Il était pris au dépourvu et ce n'était pas une chose habituelle.

— Comment ça va ?

Son amie Grace l'avait rejoint.

— L'opération s'est bien passée, répondit-il d'un air détaché.

— Je ne parle pas de l'opération, mais de toi.

— Tu veux dire, en dehors du fait que mon bébé va devoir subir une opération dans les jours qui suivront sa naissance ?

— Je suis vraiment navrée, dit Grace d'un ton sincère. Je ne peux qu'imaginer ce que toi et Naomi devez traverser.

Bas sentit une boule se former dans sa gorge, mais il refusa de céder à l'émotion.

— Merci. Pas de résultats de l'amniocentèse ?

— Pas encore. Seddon a mis la pression, mais tu sais que ça prend du temps.

Il acquiesça en silence. Même s'il était au courant, cela ne rendait pas l'attente plus facile.

— Naomi et toi savez-vous ce que vous allez faire ? Je veux dire, pour élever le bébé ?

— Tu voudrais savoir jusqu'à quel point j'envisage de m'impliquer ? C'est mon enfant, Grace. Tu crois peut-être, comme Naomi, que je ne ferai que traverser sa vie ?

Grace ne broncha pas. D'une certaine façon, elle ressemblait à Naomi. Elle était calme, d'humeur égale. La principale différence, c'était que Grace était son amie, alors que Naomi était la femme dont le visage, de manière incompréhensible, avait hanté ses rêves ces derniers mois. Et dont il avait goûté et exploré le corps avec un tel zèle qu'il était certain de pouvoir la reconnaître les yeux bandés.

— C'est ce que pense Naomi ? interrogea Grace. Que tu ne serais pas fiable ? Elle ne te connaît pas. Celui que tu es vraiment, tu le caches bien. Alors tu peux la comprendre, non ?

— Pas vraiment, répondit-il, laconique.

Mais il savait que Grace ne le laisserait pas s'en tirer comme ça.

— Elle m'a demandé de lui expliquer pourquoi je n'étais pas comme Magnus. Ni comme ma mère.

Grace poussa un soupir.

— Et tu ne lui as pas répondu, n'est-ce pas ?

— Je ne vois pas en quoi ça la regarde.

— Et moi, je pense que tu te rends compte toi-même de l'absurdité de ta remarque, dit-elle avec douceur. Naomi est la mère de ton enfant à naître. Que cela te plaise ou non, elle a le droit de connaître un peu ton passé, et la manière dont il t'a façonné.

— Mais ce n'est pas comme si nous avions choisi d'être ensemble. S'il n'y avait pas eu cette grossesse, nous ne nous serions sans doute jamais reparlé, ajouta-t-il comme pour se convaincre lui-même.

— Vraiment ? dit Grace, avec l'air de douter.

— Que veux-tu dire ?

— Je ne t'avais encore jamais vu agir comme tu l'as fait avec Naomi. Et ce n'est pas juste parce qu'elle est enceinte ou à cause des problèmes du fœtus, parce que je l'avais remarqué avant même l'échographie.

Bas s'esclaffa.

— Tu as trop d'imagination.

— Je ne crois pas. Il y avait quelque chose de… différent dans ta façon d'être avec elle. J'ai aperçu ton côté tendre, que je ne vois habituellement que lorsque nous sommes seuls. Je pense qu'elle te plaît beaucoup, Bas. Et que tu le sais.

Il voulut répondre par la dérision en se moquant d'elle, mais en fut incapable et préféra changer de sujet.

— Comment s'est passé le gala ? demanda-t-il en se séchant les mains.

Grace fit une pause et le regarda comme si elle voulait ajouter quelque chose, avant de répondre à sa question.

— Il s'est déroulé dans la bonne humeur. Naturellement, tout le monde a demandé de tes nouvelles, mais j'ai juste dit que tu étais retenu à l'hôpital. En tout cas, le record de dons a été battu.

Ce qu'il voulait surtout savoir, c'est si son frère Henrik y avait fait une apparition.

— Tu n'as rien d'autre à me dire ?

Elle parut hésiter.

— Tu veux parler du nouveau médecin du programme d'échange ?

Bas sentit la colère monter en lui.

— Alors il était là ? Tu as fait sa connaissance ?

— Oui, répondit-elle, visiblement embarrassée. Est-ce que je n'aurais pas dû ?

— Il a eu cette audace ? Et tu n'as pas jugé bon de m'appeler ? rugit-il.

— J'ai pensé que tu avais déjà suffisamment de sujets de préoccupation.

— Pas plus importants que l'arrivée d'Henrik !

Grace en resta bouche bée.

— *Henrik ?* Tu veux dire que Rik…

— Rik ?

— Le Dr Rik Magnusson, le nouveau chirurgien.

À son tour d'être stupéfait.

— C'est comme ça qu'il se fait appeler ?

Quelques jours auparavant, il n'aurait pas hésité à affronter son prétendu frère directement, et il l'aurait renvoyé d'où il venait.

Mais à présent, il se sentait tiraillé en pensant à Naomi, qui attendait seule dans son appartement le résultat de l'amniocentèse, sans même avoir la possibilité de se changer les idées en travaillant.

Grace, quant à elle, s'efforçait toujours de comprendre.

— Le nouveau médecin m'a dit qu'il s'appelait Rik. Il serait aussi un Jansen ?

— Le prénom de notre père étant Magnus, il a dû trouver malin de se faire appeler Magnusson. Et de raccourcir son prénom.

Elle resta silencieuse quelques secondes.

— C'est peut-être pour rester discret. Pour qu'il n'y ait pas d'histoires…

— S'il ne voulait pas d'histoires, il ne fallait pas venir ici. Il aurait dû rester où il était depuis trente ans. D'autant plus que je n'ai pas répondu à ses lettres.

— Rik t'a écrit ? s'exclama Grace.

Il l'observa de plus près et la trouva étrangement troublée. Ou bien avait-elle l'air coupable ?

— *Rik ?* répéta-t-il. Y aurait-il quelque chose entre vous ?

Il y eut un autre silence.

— J'ignorais qui il était, murmura-t-elle enfin.

Cela répondait à sa question.

— Donc, tu as couché avec lui, dit-il d'un ton froid. De tous les hommes de l'hôpital et de cette région, il a fallu que tu choisisses mon frère…

— Comment pouvais-je deviner ?

— Je t'ai demandé de repérer toute personne qui n'aurait pas dû être là.

Pendant un long moment, ils restèrent face à face, immobiles, puis le regard de Grace se fit plus critique.

— Comment étais-je censée savoir que tu voulais parler de ton frère – quelqu'un que tu n'as pas vu depuis trente ans ? Et que l'étranger dont j'ai fait la connaissance – un homme parfaitement normal, qui m'a dit s'appeler Rik et qui était chirurgien, comme beaucoup de gens à ce bal – était quelqu'un *d'inhabituel* ?

Il laissa échapper un petit rire méprisant.

— Parce que tu crois que *tu* as fait sa connaissance ? Que tu es tombée sur lui par hasard – toi, la personne la plus proche de moi ?

Elle secoua la tête, l'air consterné.

— Tu veux dire qu'il a cherché à me rencontrer ?

Malgré sa colère, il se sentit peiné par la détresse de Grace et il en voulut encore plus à son frère. Mais il connaissait son amie, elle était forte et farouchement indépendante. Il ne pouvait pas lui laisser ignorer que, de toute évidence, son frère savait exactement qui elle était quand il l'avait séduite.

Puis il eut un pincement au cœur.

Si Henrik était allé jusqu'à coucher avec Grace pour glaner des renseignements sur lui, que se passerait-il s'il apprenait que Naomi… ?

Il devait la retrouver, pour la protéger. Après tout, elle était la mère de son enfant. Une petite voix en lui demanda si c'était la seule raison, mais il refusa de l'entendre.

L'équilibre était si fragile, entre elle et lui. Il n'avait certainement pas besoin qu'Henrik vienne s'immiscer entre eux. Ni que Naomi se rende compte à quel point la famille Jansen était déchirée et ne veuille plus rien avoir à faire avec lui.

— Je dois y aller, dit-il à Grace. Mais il faut que tu revoies Henrik.

Elle lui jeta un coup d'œil horrifié.

— Quoi ? *Non !*

— Si. Il faut que je sache ce qu'il est venu faire ici.

Peut-être aurait-il dû faire plus attention au contenu des lettres d'Henrik, mais il était trop tard. Désormais, il s'agissait de limiter les dégâts, comme pour certains de ses patients qui arrivaient en chirurgie atteints des traumatismes les plus sévères.

— Tu es en train de me demander d'espionner Henrik ? demanda Grace avec indignation. Je ne peux pas faire ça. Si tu veux savoir pourquoi ton frère est là, tu devras le lui demander toi-même.

Bas joua son dernier atout.

— Je t'en prie, Grace, dit-il d'un ton radouci. Je te le demande en tant qu'ami. Quelle que soit la raison pour laquelle mon frère est ici, ce n'est pas bon. Mais, actuellement, je dois me concentrer sur Naomi. Elle et mon bébé sont ma priorité. Je ne te demande pas de coucher de nouveau avec Henrik, juste de l'occuper et de le distraire. Pourquoi ne pas lui faire découvrir la ville ?

Elle ne répondit pas, et il considéra que c'était plutôt bon signe.

— J'y pense, tu pourrais même lui proposer de prendre ma place dans l'organisation de la fête annuelle de l'hôpital, ajouta-t-il.

— Tu veux vraiment que Rik… Henrik s'implique dans la vente de charité organisée par l'hôpital ? s'étonna Grace.

— Pas particulièrement, admit-il. Mais tu n'ignores pas que les préparatifs prennent beaucoup de temps. Il faut réparer et réinstaller les stands, leur redonner un coup de peinture et on a besoin de bonnes volontés. Cette année, je pourrais passer ce temps avec Naomi.

Au moins, tant qu'Henrik serait focalisé sur Grace, Naomi serait tranquille.

Grace se mordit la lèvre.

— Je ne sais pas, Bas…

Il accentua encore un peu la pression, même s'il n'en était pas particulièrement fier. C'était pour le bien de Naomi et de son bébé.

— Ne crois-tu pas que tu me le dois un peu, après avoir couché avec mon frère ?

Elle ouvrit la bouche pour protester, puis la referma sans rien dire.

— Bon, d'accord, marmonna-t-elle. Je vais essayer de le distraire, mais pas éternellement. Je t'accorde une semaine.

— Un mois.

— Quinze jours, et c'est mon dernier mot. Tu as intérêt à faire ce qu'il faut avec Naomi, Bas. Et vous feriez bien de trouver ensemble une solution rapidement.

— C'est d'accord.

Il sourit à son amie avant de se diriger vers la porte et se retourna brièvement.

— Grace… merci.

Dans la petite salle des médecins, Naomi sut qu'il était là avant même de le voir. Peut-être à cause du mouvement dans le couloir, ou parce que, sans vouloir se l'avouer, elle attendait sa venue.

Pourtant, elle ne se tourna pas vers lui, se concentrant sur le médecin pour qui elle était en train de résumer le cas d'une patiente. Mais elle pouvait sentir son regard peser sur elle.

Puis le médecin partit et elle entendit la voix grave de Bas derrière elle.

— Je peux savoir ce que tu es en train de faire ?

Elle se retourna en affectant un air détaché.

— Je suis de garde, répondit-elle posément. Tout comme toi.

La prenant doucement, mais fermement par le coude, il

l'entraîna dans une pièce vide voisine. Si elle avait été plus sensée, elle aurait pu se dégager et s'en aller – après tout, il n'avait pas à user d'autorité avec elle –, mais elle n'en fit rien.

— Tu es censée te reposer.

— Je me suis reposée. J'ai été contrôlée hier pendant une heure, selon tes instructions, puis ton chauffeur m'a ramenée chez toi. Et aujourd'hui je suis venue travailler. J'en avais assez de rester assise dans ton appartement, si confortable soit-il, à me ronger les sangs en attendant les résultats. Je l'ai fait suffisamment hier – ce que je t'aurais dit si tu avais daigné rentrer hier soir.

— Je travaillais.

— Comme c'est commode. Donc, tu m'as sortie de mon chez moi, où j'avais au moins de la compagnie, pour m'installer dans un lieu où je me trouve isolée de tout.

— Je ne dirais pas ça. Ta famille est libre de te rendre visite, du moment que je ne suis pas là.

— Quelle générosité..., commenta-t-elle avec ironie. À propos, je te rappelle que tu m'as invitée à te poser toutes les questions que je voulais, mais ensuite tu es parti et je ne t'ai plus revu.

Au moins, il eut l'air vaguement coupable.

— Tu avais besoin de te reposer. Tout comme maintenant.

— J'ai besoin de travailler ! s'exclama-t-elle. De me sentir utile. Et l'hôpital est toujours à la limite de ses capacités et en manque de personnel. Crois-moi, personne n'a protesté quand j'ai proposé mes services.

— Comment es-tu venue travailler ? En bus ? Ne me dis pas que tu as marché jusqu'ici ?

— Ça n'aurait pas été un problème, puisque ton appartement est tout près. En fait, j'ai demandé à Phillip de m'emmener.

— Phillip ? dit Bas avec irritation. Il aurait dû m'avertir dès que tu l'as appelé. Pour commencer, il n'aurait pas dû accepter de te conduire ici.

Elle laissa échapper un petit rire.

— Phillip est ton chauffeur, pas un garde chargé de ma sécurité. Il a probablement essayé de te contacter, mais tu devais être déjà en train d'opérer. Ne m'as-tu pas dit que tu avais du retard à rattraper, puisqu'il y a des opérations que tu as reportées afin de pouvoir m'accompagner pour le test ? S'il te plaît, ne fais rien d'impulsif comme de renvoyer ce pauvre Phillip. As-tu vérifié ton téléphone ?

— Pas encore.

— Ah ! Maintenant, si tu veux bien, je dois aller voir un nouveau patient qui m'attend.

Bas lui barra le passage avant qu'elle atteigne la porte.

— Pas question.

— Bas…

— Naomi, tu n'as peut-être pas conscience du sérieux de la situation, mais moi, oui. Et tu portes mon enfant.

— J'en suis parfaitement consciente, dit-elle fermement. Mais je refuse de rester enfermée dans une prison dorée, avec rien d'autre à faire de la journée que de me triturer les méninges en envisageant le pire. J'ai passé une échographie et j'ai fait les tests. L'échocardiogramme était net, et je me suis reposée toute la journée d'hier après l'amniocentèse, dont on attend encore les résultats. Tu as déjà mis en place toute une série d'échographies. Si je devais développer de l'hydramnios, alors j'opterais pour un repos total et garderais le lit. D'ici là, j'ai bien l'intention de travailler, comme je suis censée le faire en tant que bénéficiaire de la bourse Jansen.

Il la regarda de travers et elle se raidit pour lui faire face.

— Ou bien serais-tu du genre à estimer que ta position te donne le droit d'intervenir dans ma vie ?

— Je ne veux pas exercer un pouvoir sur toi, Naomi. Je veux juste veiller à que notre bébé soit le plus en sécurité possible.

— Parce que tu crois que ce n'est pas mon cas ?

Elle sentit que son armure commençait à se fendiller.

— Tu penses que je ne suis pas terrifiée ? Que je ne peux pas m'empêcher d'imaginer les pires scénarios ? J'ai justement besoin de travailler pour pouvoir les repousser et me focaliser sur les problèmes des autres en essayant de les résoudre, car je ne peux pas le faire pour moi-même.

Bas la fixa en silence, et elle se rendit compte qu'elle n'avait plus la force de se dresser contre lui. Ces derniers jours l'avaient vidée, mentalement et physiquement.

— Et si on faisait un compromis ? proposa-t-il soudain.

— Tu renonces à travailler si j'arrête ? dit-elle malicieusement.

— Où travailles-tu demain ?

— Ici.

— Pas au service de réanimation ? Ni aux urgences ? Ni en chirurgie ?

— Non. Juste ici, en salle.

— Bon.

Il poussa un long soupir.

— Fais comme tu veux, Naomi. Du moins jusqu'au résultat de l'amniocentèse. Mais s'il y a le moindre signe d'un problème, que tu es fatiguée, ou même que tu sens quelque chose qui sort de l'ordinaire, tu m'envoies un message. Peu importe ce que je serai en train de faire. D'accord ?

Naomi ne s'était pas attendue à ce qu'il capitule aussi facilement.

— Oui, répondit-elle.

— Quand tu auras fini de travailler, tu demanderas à Phillip de te ramener directement à la maison. Directement, Naomi.

— Directement, confirma-t-elle en hochant la tête.

— Alors, c'est bon, grommela-t-il. Je te reverrai ce soir en rentrant.

Dans son for intérieur, Naomi refusa de reconnaître qu'elle avait hâte d'y être.

8.

Naomi entendit le tintement de l'ascenseur qui s'arrêtait à l'étage. Elle aurait eu largement le temps de quitter le canapé avec son livre et de regagner la relative sécurité de sa suite, avant que Bas apparaisse à la porte.

Mais elle n'en fit rien, refusant de fuir et de se cacher. C'était Bas qui avait insisté pour qu'elle s'installe chez lui – du moins pour un certain temps – et maintenant, il allait devoir s'accommoder de sa présence.

Contrairement à ce qu'elle lui avait dit, elle avait finalement terminé sa journée de travail aux urgences pédiatriques. Elle avait soigné un bébé dont le rythme cardiaque était anormalement lent, un jeune garçon qui s'était introduit une pièce de lego dans l'oreille, et un autre qui s'était coincé un bonbon dans le nez. Sur le coup, rien de tout cela ne l'avait perturbée.

Mais une fois rentrée, elle était restée assise, tendue, les mots de la page qu'elle tentait de lire dansant devant ses yeux.

En arrivant, Bas posa ses clés et son sac sur la console.

— Ça s'est bien passé à l'hôpital ? demanda-t-il en se dirigeant vers un petit meuble vitré en chêne clair, dont il sortit deux verres.

— Oui. J'ai été… occupée.

Le fait est que cela lui avait fait beaucoup de bien de passer la journée à travailler – comme si tout était normal.

— Bien.

À en croire son expression, il n'avait pourtant pas l'air convaincu que ce soit bon pour elle. Mais après tout, elle le connaissait à peine.

Même s'il était le père de son enfant à naître.

Elle l'observait pendant qu'il préparait deux boissons, puis il traversa le salon et déposa un verre d'eau gazeuse devant elle avant de s'asseoir devant un cognac.

Bas entra aussitôt dans le vif du sujet.

— Tu craignais que je ne fasse que passer dans ta vie et dans celle de notre fille. Tu m'as demandé ce que Grace Henley signifiait pour moi. Et tu voulais savoir pourquoi elle m'a dit que je n'étais pas comme mon père. Par où veux-tu que je commence ?

Lentement, Naomi posa son livre sur ses genoux.

— Par où tu voudras.

Bas prit son verre de cognac et en avala une longue gorgée.

— Mon frère est ici. Au Royaume-Uni. À Thorncroft.

Elle n'avait pas dû bien comprendre.

— Ton… frère ?

Il reposa son verre et esquissa un sourire désabusé.

— Jusqu'à l'âge de sept ans, j'ai vécu en Suède avec mon frère jumeau – en fait, nous sommes de faux jumeaux, avec peu de ressemblances physiques. On vivait auprès de notre mère, qui se prenait pour une chanteuse, et de son compagnon, un musicien de pacotille au coup de poing facile que nous pensions être notre père.

Il fit une pause comme s'il attendait une réaction de sa part, mais elle ne bougea pas d'un cil, attendant la suite.

— Un jour, il a envoyé mon frère voler à travers la pièce et sa tête a heurté le mur. Cette fois, c'était parce que Henrik l'avait dérangé en parlant, alors que c'était moi qui avais demandé à notre mère si j'avais des sous-vêtements propres pour l'école. J'ai raconté à mon professeur ce que notre « père » nous faisait, et le service de protection de l'enfance est venu enquêter. Ma mère leur a dit que j'étais un enfant difficile et menteur. Quand ils lui ont montré les rapports médicaux, elle les a convaincus que c'était moi qui avais infligé ces blessures à mon frère dans une de mes crises de rage.

— Et ils l'ont crue ? s'indigna-t-elle.

— Ma mère a toujours été très… convaincante. Elle a dit que ça avait commencé lorsque j'avais découvert que notre vrai père nous avait abandonnés, et que je rejetais mon beau-père alors que c'était un homme bon qui nous avait acceptés, Henrik et moi, même si nous n'étions pas de lui. Je me rappelle encore le choc que j'ai ressenti en apprenant que nous avions un père inconnu.

— Mais ton frère ? Quand il leur a raconté ce qui s'était réellement passé, comment se fait-il qu'ils ne vous aient pas crus tous les deux ?

Le visage de Bas s'assombrit.

— Henrik a pris parti pour notre mère. Généralement, elle le protégeait, et c'était moi qui étais frappé. Mon frère et elle étaient plus… proches. Alors, quand ma mère a dit que c'était moi qui mentais, il l'a soutenue. Il m'a trahi.

— Bas…

Naomi hésita. Elle était terriblement touchée que Bas lui confie une partie de sa vie aussi intime, et elle aurait aimé trouver les mots qu'il fallait pour le réconforter. Mais elle devait lui dire ce qu'elle pensait.

— Je n'ose pas imaginer ce que tu as dû ressentir, à sept ans… Mais Henrik était aussi un jeune enfant, du même âge que toi. Crois-tu vraiment qu'il pouvait se douter des conséquences de ses paroles ?

Bas eut l'air d'hésiter une seconde.

— Tu veux dire, de son mensonge ?

— Est-ce que… ce n'est pas plus facile pour toi d'en vouloir à Henrik et de le détester, plutôt que de souffrir d'avoir été séparé pendant toutes ces années du frère que tu aimais ? questionna-t-elle avec douceur.

Il serra les mâchoires sans répondre.

— Même maintenant, est-ce encore trop douloureux de pardonner à ton frère ? Ou bien cela fait si longtemps que tu ne sais plus *comment* lui pardonner ?

Il la fixa en silence et elle se demanda si elle n'était pas allée trop loin. Alors qu'elle pensait qu'il ne lui confierait plus rien, il reprit la parole.

— Je n'ai aucune envie d'essayer, dit-il sèchement. Une

fois l'enquête terminée, ma mère m'a traité de tous les noms – je te passe les détails –, disant que j'étais un enfant ingrat et vindicatif, que j'aurais dû montrer davantage de respect envers celui qui m'avait accueilli comme son fils alors que j'étais une telle engeance. Et elle m'a annoncé que j'allais partir vivre avec mon vrai père.

— Avec Magnus, murmura Naomi. Cela a dû être un choc pour lui de découvrir qu'il avait deux fils.

— En fait, non.

— Il était au courant ?

— Oui. Il avait payé ma mère – généreusement, à ce qu'il paraît, mais elle a tout dilapidé en quelques années – pour qu'elle ne l'importune plus avec deux bébés dont il ne voulait pas.

— Oh !

— Elle m'a amené à l'aéroport, m'a collé sur un vol, et m'a dit de prendre un taxi à mon arrivée et que Magnus paierait.

— Mon Dieu…

— Naturellement, il était furieux. Il l'a contactée pour me renvoyer chez elle, mais quand elle l'a menacé de raconter à la presse que le grand Magnus Jansen était un père absent, à moins qu'il ne me prenne avec lui et lui envoie une autre généreuse compensation, il s'est incliné. Cette fois, en revanche, il avait de son côté un bataillon d'avocats qui ont préparé un contrat en béton qu'elle a dû signer.

Bas avala une autre gorgée de cognac avant de continuer.

— Dès le début, Magnus m'a dit qu'il n'avait jamais souhaité avoir un enfant dans les jambes, mais que c'était son devoir de me donner un toit et une bonne éducation. Il a ajouté que je devrais le payer de retour un jour en devenant au moins un chirurgien correct, digne du nom de Jansen.

Naomi s'agita sur son siège. Elle aurait voulu traverser la pièce et le prendre dans ses bras, lui donner un peu de l'amour qu'il semblait n'avoir jamais connu. Mais elle craignit qu'il ne la repousse.

Voilà pourquoi il donnait de lui l'image du play-boy sans attaches, ne se rapprochant jamais de personne.

— Par la suite, tu as toujours vécu chez ton père, et ton frère chez votre mère ?

— Henrik a toujours été son préféré. On avait la même corpulence, mais lui avait plus les traits de notre mère et moi, ceux de Magnus. Elle a toujours voulu croire que Magnus l'avait mise enceinte et était parti. Pour elle, c'est le diable en personne, qui a ruiné sa vie en l'empêchant de percer dans la chanson. Et comme je lui ressemblais…

Naomi hocha la tête, submergée par toutes ces révélations. Mais Bas n'avait pas terminé.

— Je pense que, à travers Henrik, notre mère a voulu vivre un peu par procuration, puisqu'elle n'a pas pu devenir la star qu'elle rêvait d'être. Comme Henrik chantait bien et moi pas du tout, elle voulait le pousser dans cette voie pour prendre sa revanche sur le destin à travers lui.

— Pourtant il est ici ? À Thorncroft ?

— Oui.

Bas laissa échapper un rire désabusé.

— Il n'est pas devenu une star de la chanson. Il est chirurgien plastique.

— Comme toi…

Et comme Magnus, ajouta-t-elle pour elle-même.

— Exactement comme moi, confirma Bas d'un ton amer.

N'était-ce pas là une forme d'hommage qu'Henrik rendait à son frère ? se demanda-t-elle silencieusement.

— Pour couronner le tout, j'ai découvert aujourd'hui qu'il avait séduit Grace au bal du gala, l'autre soir.

Ah, Grace.

— Qu'est-elle exactement pour toi, Bas ? Il y a des bruits qui courent…

D'après les rumeurs, Grace n'était pas seulement un brillant médecin, mais elle était la raison pour laquelle Bas ne sortait jamais deux fois avec la même femme. Car elle était son âme sœur. Et c'était elle qui avait rompu.

Rien qu'en y pensant, elle ressentit un pincement qui ressemblait fort à de la jalousie.

Or elle n'avait aucun droit d'éprouver ce genre d'émotion. Bas ne lui devait rien. Ils n'étaient pas un couple. Elle était juste la femme qui avait été assez stupide pour tomber enceinte de lui.

Bas lui jeta un coup d'œil irrité.

— Ce ne sont que des rumeurs, rien de plus. Nous avons toujours été bons amis depuis l'école de médecine.

Elle ne put s'empêcher d'insister.

— C'est tout ? Je ne risque pas de remuer trop de choses entre vous en allant passer avec elle une échographie alors que j'attends ton bébé ?

Il se gratta le menton, comme s'il hésitait à lui répondre.

— Je sais que certains me considèrent comme quelqu'un qui ne se refuse rien et apprécie les belles choses de la vie. Grace prétend que c'est chez moi une forme d'autoflagellation. Elle dit que c'est l'enfer que je me suis moi-même créé peu à peu depuis que je suis ici. Mais je trouve cette idée ridicule.

— Et que pense Grace de la situation actuelle ?

Bas plissa les yeux d'un air rusé.

— Tu veux savoir ce qu'elle pense de cette situation, ou ce qu'elle pense de toi ?

Décidément, il l'avait encore percée à jour. De toute façon, il ne lui dirait rien là-dessus.

— Oublie cette question.

— Ce n'est sûrement pas de la jalousie que je devine là, docteur Fox, dit-il avec ironie.

— Bien sûr que non, je ne suis pas jalouse, protesta-t-elle, ignorant la petite voix en elle qui la traitait de menteuse. Je voudrais juste m'assurer que la femme qui va opérer mon bébé peu après sa naissance ne lutte pas contre ses propres sentiments parce que tu en es le père.

— Il n'y a rien entre Grace et moi, affirma-t-il froidement. Et que les choses soient bien claires, Grace ne mettrait jamais en péril la vie du bébé sous prétexte qu'il est de moi. C'est une incroyable chirurgienne, et une bonne amie. Elle ne ferait jamais rien qui ne soit pas professionnel. Ai-je été assez précis ?

Peut-être parce qu'il s'était montré un peu trop véhément,

Naomi doutait toujours. Si Grace l'avait quitté, comment pourrait-elle lutter ? Ne s'était-elle pas promis, des années auparavant, qu'elle ne serait plus jamais le second choix de quelqu'un ?

Le pire, c'était que, pendant un moment, elle avait voulu croire qu'elle n'était pas le second choix de Bas. Qu'elle et le bébé comptaient réellement pour lui.

Elle ne referait pas cette erreur.

Bas consulta son téléphone pour la dixième fois au moins en quelques minutes.

Les résultats de l'amniocentèse devaient arriver aujourd'hui, et il s'était rendu compte que l'attente interminable de ces derniers jours avait failli le rendre fou.

Cela lui donnait une idée de ce que Naomi devait ressentir en ce moment. Il comprenait mieux aussi l'angoisse de ses patients quand ils se trouvaient dans la même situation. Dans ces cas-là, il leur expliquait qu'il était important que les tests soient effectués correctement, avec le plus de précision possible, et que cela prenait du temps. Il avait toujours cru qu'il faisait preuve d'empathie envers ces familles désemparées.

En fait, il n'avait pas compris grand-chose à leur situation. C'était très différent quand on se sentait à son tour impuissant et inutile.

Toutes ces petites phrases réconfortantes dont il usait pour exprimer sa sympathie sans pour autant ressentir la même détresse que les familles – sinon comment aurait-il pu faire son travail correctement ? – lui paraissaient à présent vides et sans consistance.

Quant à sa discussion de la veille avec Naomi, il la mit aussi sur le compte du chamboulement émotionnel qu'il avait éprouvé ces derniers jours. Sinon, comment expliquer qu'il ait pu s'ouvrir à elle plus qu'il ne l'avait jamais fait avec quiconque, y compris Grace ?

Il y avait quelque chose chez elle qui lui donnait envie de lui raconter ce qu'il avait passé ces trente dernières années à enfouir en lui. Et il ne comprenait pas pourquoi. Ou il ne *voulait* pas le comprendre.

À l'hôpital, il se jetait dans le travail, qui était son seul réconfort. C'était là qu'il se sentait le plus à l'aise.

Pourtant, il ne cessait de penser à Naomi, se demandant si elle allait bien et comment elle gérait cette attente qui n'en finissait pas. Jusqu'à la veille au soir, il avait même fini par croire qu'ils étaient devenus plus proches.

Comme s'il était possible de résoudre la difficulté qui se présentait à eux. Il était évident que, à long terme, la vie en commun n'était nullement envisageable. Pourtant, quand il essayait de prévoir à quel moment il vaudrait mieux que Naomi parte, il en était incapable.

Il ne pouvait imaginer être séparé de sa fille, tout en pensant que plus il aurait de contacts avec elle, plus il risquait de la perturber.

Tout comme ses parents l'avaient fait avec lui.

Comment Naomi, qui n'avait pas non plus eu de parents dans sa vie, parvenait-elle à maîtriser aussi bien la situation – mieux que lui, en tout cas ?

Être chirurgien était une chose. Mais être père… ? Il ne pouvait s'empêcher d'appréhender ce saut dans l'inconnu.

Il se rendit compte que, pour la première fois de sa carrière, il faisait son travail machinalement, en ayant l'esprit ailleurs, toutes ses pensées étant pour Naomi.

Il saisit son portable pour prendre de ses nouvelles et s'assurer qu'elle se reposait suffisamment – comme s'ils étaient un vrai couple. Pourtant, il n'appuya pas sur le bouton d'appel, craignant de se montrer trop envahissant, et rangea l'appareil dans sa poche.

Si Naomi avait accepté d'emménager avec lui pour quelque temps, c'était essentiellement pour des raisons pratiques, parce qu'il habitait près de l'hôpital et que leur bébé avait un problème sérieux.

Ils s'étaient mis d'accord rapidement, mais à présent que le choc initial était passé, il savait qu'ils devaient discuter de ce qui arriverait une fois que leur fille serait née.

Au fond de lui, il souhaitait que Naomi et leur bébé restent chez lui, afin que leur fille puisse bénéficier d'une famille et de la sécurité émotionnelle dont lui-même avait tant manqué étant enfant.

Mais n'était-il pas en train de se leurrer en voulant croire qu'il était capable de lui offrir cela ?

Et Naomi ne risquerait-elle pas d'imaginer qu'autre chose était possible entre eux ? Elle ne l'envisageait sans doute pas encore quelques jours plus tôt, mais il lui semblait que tout bougeait un peu dans tous les sens, et lui-même avait du mal à avoir les idées claires.

Il en était là de ses réflexions quand son téléphone bipa. Il se précipita en direction des urgences, l'appareil à l'oreille.

— De quoi s'agit-il ?

— On a un homme de cinquante-cinq ans avec une main à amputer, à cause d'un accident avec une scie circulaire. Il est dans la travée numéro cinq.

— Encore un accident domestique, nota sombrement Bas, en souhaitant que celui-ci ne soit pas trop sérieux.

D'autant plus qu'il avait entendu dire qu'Henrik était de garde quelque part dans l'hôpital. Il n'avait aucune envie de tomber à cette occasion sur son jumeau.

— Quelqu'un m'a bipé, annonça-t-il en arrivant dans la travée, son attention aussitôt attirée par l'homme livide et ensanglanté qui gisait sur le chariot.

Un coup d'œil lui suffit pour se rendre compte que son cas était sérieux. La main avait été gravement touchée en deux endroits et n'était plus rattachée à l'avant-bras que par des morceaux de peau et d'os.

Il jura entre ses dents. Il allait devoir faire appel à toutes ses compétences s'il voulait avoir une chance de sauver la main de cet homme. De nombreux chirurgiens auraient considéré qu'elle était perdue, mais Bas avait déjà réalisé quelques exploits dans ce domaine.

L'étape initiale – et la plus cruciale – allait consister à réparer tout ce qui était réparable afin de rétablir une bonne circulation sanguine et nerveuse jusqu'aux doigts – ou ce qu'il en restait.

— Réservez une salle, demanda-t-il à l'infirmière, tandis que le patient était emmené afin d'être préparé pour l'opération.

— C'est déjà fait, dit une voix d'homme derrière lui, teintée d'un léger accent suédois.

Bas se figea sur place, avant de réussir à faire volte-face.

— Henrik, articula-t-il. Qu'est-ce que tu fabriques ici ?

Il regardait son frère comme s'il s'était agi d'un fantôme. Pourtant, il avait souvent pensé à ce moment et aurait dû savoir comment réagir, mais il n'avait pas prévu la vague d'émotions qui le submergerait quand il reverrait ses yeux bleus.

Ce fut un véritable choc. Le rappel d'un temps où son frère et lui étaient si proches qu'il croyait que rien ne pourrait jamais s'immiscer entre eux. Où il n'aurait jamais imaginé qu'Henrik puisse le trahir. Le temps de l'innocence – non, de la naïveté.

— Je suis venu grâce au programme d'échange Jansen, dit Henrik.

Sous ce regard si douloureusement familier, Bas ne réagissait toujours pas.

— Je t'ai écrit trois lettres…

Peu à peu, Bas reprit l'usage de la parole.

— Je sais. Elles ont atterri dans la poubelle.

Mais il ne reconnaissait pas sa propre voix.

— J'aurais dû te dire de rester à distance…

— Comme je dois me tenir à distance de Grace ?

Bas fronça les sourcils.

— Grace est assez grande pour prendre ses propres décisions. Et je ne lui ai jamais demandé de se tenir éloignée de toi.

— Non. Tu lui as seulement dit que j'avais jeté mon dévolu sur elle parce que je savais que vous étiez amis.

— Je ne peux pas croire que Grace t'ait dit ça, objecta Bas.

— Bien sûr que non, elle est loyale envers toi. Mais comme elle m'a questionné à ce sujet, j'ai su que cela venait de toi.

— De toute façon, ce n'était pas faux, n'est-ce pas ? persista-t-il.

— Je suis venu au gala pour te parler, Basilius. J'ignorais qui était Grace avant ce bal.

— Mais tu savais qui elle était quand tu as couché avec elle.

Henrik ne répondit pas.

— C'est bien ce que je pensais…

Bas ne s'attendait pourtant pas à la question suivante de son frère.

— Que signifie Grace pour toi, Basilius ? Est-ce que tu l'aimes ?

— Elle est une amie, rien de plus, répondit-il sèchement. N'est-ce pas ce qu'elle t'a dit ?

— C'est exactement ce qu'elle m'a dit, mais je ne suis pas stupide. Je me doute que tu lui as demandé de me surveiller. Je te repose la question, Basilius. Est-ce que tu t'intéresses particulièrement à elle ? Parce que ce pourrait bien être mon cas, et je suis prêt à me battre pour elle s'il le faut.

Il avait l'air si sincère que, si Bas n'avait pas connu la duplicité de son frère, il aurait pu le croire.

— Tu n'es pas capable de te battre pour elle. Ni pour quiconque, lâcha-t-il. Tu ne sais pas ce qu'est l'amour, Henrik. Ni toi ni moi. Nos parents, ou qui se prétendaient tels, ne nous l'ont pas appris.

Il eut la surprise de voir une lueur de tristesse dans les yeux d'Henrik.

— C'est vraiment ce que tu crois ?

— C'est ce que je sais, affirma-t-il. Même si tu étais le préféré de notre mère. Elle était incapable d'un amour désintéressé.

Henrik secoua la tête.

— Et Mme P. ? Et Bertie ? N'en étaient-ils pas capables ? Ou bien les as-tu oubliés, Basilius ?

Bas eut soudain l'impression qu'une brèche s'ouvrait dans son cerveau.

Mme P… La seule évocation de ce nom suffit à déclencher une cascade d'émotions, faisant resurgir des souvenirs du fin fond de sa mémoire.

Elle avait été une adorable cuisinière, pleine de bonté, et son mari Bertie travaillait comme mécanicien dans le garage en bas de la rue. Comment avait-il pu tirer un trait sur eux ? Comment avait-il pu oublier que ce merveilleux couple les avait traités, lui et Henrik, comme les enfants qu'ils n'avaient jamais eus ?

Avec gentillesse. Avec sollicitude. Et avec *amour.*

Ils leur avaient apporté la stabilité affective que les jumeaux n'avaient jamais eue. Et puis, un jour, ils avaient simplement disparu.

— Ils nous ont abandonnés, dit-il amèrement.

— Ce ne sont pas eux qui sont partis, c'est nous, corrigea doucement Henrik. Nous avons quitté notre maison en banlieue pour un appartement en ville. Tu ne t'en souviens pas ?

Bas secoua brièvement la tête. Mais voilà que, d'un seul coup, sa mémoire commençait à se réveiller.

— Notre mère était jalouse d'eux, poursuivit Henrik. C'était toujours eux qu'on allait voir en premier quand on avait quelque chose à dire ou à demander. Tu ne te rappelles pas qu'on accourait dans leur cuisine en rentrant de l'école, et qu'ils nous écoutaient raconter notre journée devant un verre de lait et des gâteaux faits maison, qu'il nous arrivait même de décorer ?

Bas s'éclaircit la gorge sans pouvoir dire qu'il s'en souvenait exactement, mais les choses commençaient à prendre forme. Comme si son passé réapparaissait lentement. Très lentement.

Et dire qu'il avait occulté toute une partie de ses souvenirs… Il sentit que ses yeux se mouillaient et dut lutter contre l'émotion qui le gagnait.

Pas question de montrer de la faiblesse. N'était-ce pas ce que Magnus lui avait toujours enseigné ?

Croisant les bras sur sa poitrine, il redressa la tête.

— Est-ce pour me parler de ça que tu m'as appelé pour que je voie ce patient ? demanda-t-il d'un ton froid.

Henrik parut hésiter. De toute façon, il était clair que cette conversation n'était pas terminée, et ils le savaient tous les deux.

— J'ai appelé *un* chirurgien, rectifia-t-il. J'ignorais que ce serait toi et il s'agissait d'un cas urgent.

Même s'il ne le croyait pas, Bas ne s'étendit pas sur le sujet. Il y avait un cas urgent à traiter, et il n'avait pas d'autre choix que de travailler avec son frère pour sauver la vie de ce patient.

— Bon, grommela-t-il. Quelle est la situation ?

Henrik consulta ses notes sur sa tablette.

— Des tests préliminaires ont été effectués, ainsi qu'une scannographie. Plus tôt j'opérerai, mieux ce sera, mais cela risque de se prolonger tard dans la nuit. Si nous sommes deux chirurgiens à travailler ensemble, ce sera préférable pour le patient. Moins il passera de temps sous anesthésie, moins il ressentira de stress.

Bass n'ignorait pas que ce genre d'opération pouvait durer de dix à quinze heures – même à deux.

— J'ai vu des cas semblables auparavant, mais c'est probablement l'un des pires, commenta-t-il. Je suggère que tu me cèdes ce patient, et je pourrai demander à un chirurgien de mon équipe de m'assister.

Henrik le regarda fixement, et Bas reconnut son expression pour l'avoir souvent vue dans un miroir.

— Si tu n'as pas envie de m'assister, alors envoie-moi un autre membre de ton équipe, répondit son frère d'une voix ferme. J'ai réalisé plusieurs de ces procédures dans le passé, et le dernier cas était très similaire. Un morceau de peau a été prélevé sur l'aine de mon patient et greffé sur sa main.

— Tu as récolté des veines et des greffons de nerfs dans le pied et l'avant-bras pour reconstituer la main ?

— Et j'ai joint des tendons et des artères, oui, confirma Henrik. Je sais que tu l'as fait aussi. À toi de choisir si tu travailles avec moi sur ce patient, ou non. Mais je dois vraiment commencer au plus vite. Plus tôt je pourrai rétablir la circulation sanguine, meilleures seront ses chances de guérison. Alors, tu te joins à moi ou tu envoies quelqu'un d'autre ?

Apparemment, Henrik était plus compétent qu'il ne l'aurait cru – ou aurait voulu le croire. Il ne se rappelait pas avoir été second sur une opération de chirurgie réparatrice. Mais il s'agissait du patient d'Henrik et, toute considération personnelle mise à part, il ne pouvait pas se permettre, en tant que chirurgien, de refuser une telle opération.

— J'ai effectué de nombreuses réparations en microchirurgie, dit-il. C'est vraiment épuisant. Il va falloir que tu sois bon.

— Toi aussi.

Tous deux s'affrontèrent du regard.

— Pour ce qui est du pronostic, soyons réalistes, ajouta Bas. Ce patient n'aura plus jamais une main normale, mais avec du temps et des efforts, la kiné l'aidera à retrouver de la force.

— J'ai prévenu sa famille que s'il arrive à tenir ne serait-ce qu'un stylo, ce sera un grand progrès, précisa Henrik. Il devra subir de nombreuses opérations durant les mois, voire les années à venir. En attendant, il faut que je commence maintenant. Alors quelle est ta décision ? Veux-tu travailler avec moi ou non ?

Bas acquiesça en silence. Aussitôt, sur un signe d'Henrik, le reste de l'équipe se mit en mouvement et se prépara à emmener le patient en salle d'opération. Ils avaient des heures d'opération devant eux, et Bas allait se retrouver face à ce frère avec qui il s'était juré de ne plus avoir aucun contact jusqu'à la fin de ses jours…

Quatorze heures plus tard, lentement, méthodiquement, ils retirèrent leur blouse et leurs gants et les jetèrent dans la corbeille après avoir opéré avec succès.

— Bonne opération, marmonna Bas, avant de se diriger vers les portes menant à la suite où il allait se désinfecter.

— Très bonne, confirma son frère en le suivant. Veux-tu te joindre à moi pour parler à la famille ?

Bas était sur le point d'accepter, mais la vue d'un message sur son téléphone le stoppa net. Il déclina l'offre et, après avoir terminé la routine de stérilisation, consulta son écran.

Les résultats de l'amniocentèse.

Sans un regard en arrière, il se précipita hors de la pièce. À Henrik d'informer la famille de son patient.

De son côté, il devait retrouver Naomi. Et aussi digérer tous ces souvenirs et ces émotions que son frère avait fait resurgir.

9.

Bas essaya de se convaincre qu'il n'était pas en train de paniquer – puisqu'il ne connaissait pas la panique. Mais, tout en roulant à travers les rues sombres et désertées de la ville, il commençait à sentir monter en lui quelque chose qui devait y ressembler.

Naomi aurait dû l'attendre à la cafétéria, mais quand il était arrivé elle était déjà rentrée et il ne pouvait s'empêcher d'être inquiet.

Était-elle fatiguée ? Malade ? Est-ce que quelque chose n'allait pas ?

Il dut se retenir d'accélérer, quitte à dépasser la vitesse autorisée. Mais il était chirurgien et il avait vu tant d'accidents, réparé tant de corps brisés et fait face à tant de familles dévastées qu'il ne prendrait certainement pas de risques.

Au moins, elle était en sécurité chez lui.

Quand il se précipita à l'intérieur, il la vit debout sur le balcon couvert, les mains posées sur la balustrade métallique, en train de regarder la ville en contrebas.

Il fut aussitôt près d'elle.

— Naomi, est-ce que ça va ?

— Très bien. Je voulais juste respirer un peu d'air frais pour m'éclaircir les idées.

Elle tourna le regard vers lui et une sensation de chaleur mêlée de soulagement l'envahit.

— C'est tout ce que tu trouves à dire pour expliquer pourquoi tu ne m'as pas attendu à la cafétéria comme je te l'avais demandé ?

— Parce que tu espérais que j'allais sagement rester assise

sans bouger pendant des heures ? répliqua-t-elle sèchement. Décidément, tu devrais prendre un chien. Un border collie ou un berger allemand, cela te conviendrait très bien.

— Les résultats de l'amniocentèse sont arrivés, annonça-t-il d'une voix grave.

Il vit ses mains se crisper sur la balustrade.

— Que disent-ils ?

— Regarde par toi-même…

Il lui tendit son téléphone et elle se retourna pour prendre connaissance du message.

Au bout de quelques secondes, elle lui tomba dans les bras, moitié riant, moitié sanglotant.

— Oh mon Dieu ! merci.

— Nous devrions discuter de la manière dont nous allons procéder désormais, dit-il calmement, comme s'il ne ressentait rien de particulier.

Retrouvant rapidement son sang-froid, Naomi s'écarta de lui et regagna la balustrade.

— Nous n'avons rien à discuter, assura-t-elle. Je t'ai parlé du bébé comme je devais le faire et je te suis reconnaissante de m'avoir aidée pour les tests, mais je n'ai pas besoin de toi. *Nous* n'avons pas besoin de toi. Tu es libre, Bas. Pourquoi discuter davantage ?

Bas se retint d'exploser.

— Parce qu'il ne s'agit pas ici d'un objet inanimé ! C'est mon enfant que tu portes, et notre fille est donc aussi *ma* responsabilité.

— Ce n'est pas une obligation, dit-elle doucement. C'est ce que j'essaie de te dire. Je comprends bien que ce n'est pas ce que tu souhaitais, et je ne t'en voudrai pas si tu t'en vas.

— Comme c'est magnanime de ta part…

Pensait-elle vraiment qu'il la remercierait de l'écarter de la vie de son bébé ?

— Tu estimes peut-être que j'exagère, mais tu me remercieras plus tard. Tu es sûrement prêt à assumer ce bébé et à faire ton devoir en tant que père, mais je suis sûre que, tout au fond de toi, tu n'as pas envie d'avoir la charge d'un enfant.

— Alors que toi, oui ?

— Certes, ce n'est pas ce que j'avais projeté, mais je tiens à être là à chaque étape de son chemin. Je *veux* ce bébé, Bas. Et je suis prête à l'accueillir. Tu ne peux pas dire la même chose.

— Je suis aussi prêt que tu peux l'être, réussit-il à répondre avec calme.

Naomi fit une moue dubitative.

— Certainement pas. Tu t'attends à ce que le bébé et moi revenions ici. Dans un appartement high-tech de verre et de métal qui n'est pas du tout conçu pour les jeunes enfants.

— Contrairement sans doute à ta maison qui n'est déjà pas assez grande pour trois, à plus forte raison avec un bébé en plus.

— Au moins, c'est un vrai foyer. C'est chaleureux, cosy et *réel.* Ici, on a certes une vue superbe sur la ville, à travers des parois de verre qui vont du sol au plafond, mais combien de temps crois-tu qu'un enfant va tenir dans un tel endroit ? Je parie que tu n'as même pas envisagé cet aspect.

En effet. Et cela l'exaspérait d'avoir à le reconnaître.

— Où aimerais-tu vivre, Naomi ? Si tu pouvais choisir un endroit.

Elle esquissa un sourire et, pendant quelques secondes, son regard se fit lointain.

— C'est un peu cliché, je sais, mais j'ai toujours rêvé d'une maison à la campagne, avec des roses et un joli portail en bois. Pas besoin que ce soit chic, juste accueillant. Une maison pour une famille. Un vrai foyer. Avec un jardin, et une pièce où mon enfant pourrait jouer. Sa salle de jeux. Où il pourrait poser ses doigts collants un peu partout ou laisser des traces de stylo. Par-dessus tout, ce serait un endroit où on entendrait beaucoup de rires.

— Autrement dit, ce serait totalement incompatible avec ton travail à Thorncroft, conclut-il. C'est un fantasme irréalisable.

Les yeux de Naomi brillèrent.

— Je connais la réalité, Bas. C'est moi qui t'en ai parlé. Je veux cette enfant et je serai là pour elle.

— J'ai moi aussi l'intention de l'accompagner à chaque étape de son chemin.

— Comment ? En faisant de brèves apparitions dans sa vie en fonction de l'évolution de ta carrière ou de tes amours ?

Elle secoua la tête.

— Je veux que ma fille grandisse en sachant qu'elle est aimée, d'une manière totale et inconditionnelle. Par moi. Je veux qu'elle sente qu'elle est l'être le plus important de ma vie. Je ne voudrais surtout pas qu'elle pense qu'elle est un inconvénient dont on s'accommode. Ou, pire, qu'elle ne se sente pas aimée. Crois-moi, je sais de quoi je parle.

Elle s'interrompit et se mordit la lèvre, comme si elle craignait d'en dire plus.

Mais Bas réagissait déjà.

— Tu crois peut-être que tu as le monopole dans ce domaine ? Que tu es le seul enfant au monde qui n'a pas été voulu par ses parents ?

Naomi fronça les sourcils.

— Tu es le fils de Magnus Jansen. Ton père t'a tout appris dans le domaine de la chirurgie.

— Cela ne signifie pas qu'il voulait de moi. Si tu trouves que j'ai une réputation de play-boy, mon père, lui, est don Juan en personne. Quand il n'était pas à l'hôpital, il était avec une femme. Pratiquement une différente chaque nuit.

— Il t'a quand même enseigné tout ce qu'il savait. Imagine-nous enfants, ma petite sœur et moi, avec une mère qui nous laissait tomber chaque fois qu'un homme s'intéressait à elle. Les services sociaux nous ont rendu visite si souvent qu'à la fin ma grand-mère n'a pas eu d'autre option que de nous prendre avec elle.

— Tu as pourtant dit qu'elle vous aimait ?

— Oui, et elle a été bonne avec nous, mais cela ne m'a pas empêchée de sentir que j'étais un second choix. Comme ma mère ne m'avait jamais voulue, ma grand-mère *a dû* me prendre. Et la même chose s'est passée ensuite avec ma sœur.

— Je comprends, murmura-t-il.

— Ma grand-mère nous a fourni un toit, mais c'était moi qui faisais la cuisine et le ménage. Elle n'avait pas d'autre solution, bien sûr. Elle avait été femme de ménage toute sa vie et n'avait pas d'économies. La maigre pension qu'elle recevait ne suffisait pas à nourrir et habiller deux enfants qui grandissaient, et elle devait travailler à côté.

Bas hocha la tête sans rien dire et ils restèrent longtemps silencieux avant que Naomi reprenne la parole.

— Elle nous achetait des vêtements d'occasion, mais les autres enfants le savaient. Chaque fois qu'ils se moquaient de moi ou jetaient mes livres de classe par terre, j'avais l'impression d'être au rabais. De ne pas être assez bien.

— J'ai connu ça, moi aussi, dit-il. Mais cela n'arrivera pas à notre bébé.

Naomi le fixa d'un air songeur.

— Moi non plus, je ne veux pas de ça pour mon enfant. C'est pourquoi je me suis laissé convaincre de venir ici avec toi. Pour que l'on essaie d'élever ce bébé ensemble. Mais ça ne marchera pas.

— Cela marchera, martela-t-il.

— Non, persista-t-elle, secouant la tête avec véhémence. Cette famille n'est pas réelle, elle n'est qu'une illusion. Et que se passera-t-il quand l'illusion se dissipera ?

Bas serra les mâchoires, puis promena son regard sur elle. Se rendait-elle compte du nombre de fois où elle posait les mains sur ventre, comme pour protéger son bébé de tous les dangers de ce monde ?

— Cela n'arrivera pas, assura-t-il. Toi et moi ferons ce qu'il faut pour ça. Tous les deux, nous voulons ce qu'il y a de mieux pour ce bébé. Je veillerai à ce que toutes les possibilités lui soient offertes.

Naomi le regarda droit dans les yeux.

— Financièrement, je n'en doute pas. Mais pour ce qui est de faire partie de sa vie au quotidien… Je ne pense pas que tu en sois capable.

— Alors tu ne me connais pas, dit-il froidement.

— Bas…

— Jusqu'à présent, je me suis montré compréhensif. Mais que ce soit bien clair, je ne me laisserai pas écarter de la vie de cet enfant sous prétexte que *tu* as eu une enfance malheureuse et que tu ne veux faire confiance à personne d'autre qu'à toi.

— Ce n'est pas à cause de mon enfance. Mais cela m'aide à voir les choses sous un aspect réel.

— Tu ne connais même pas mon point de vue, coupa Bas. Cette enfant aura deux parents qui l'aiment et la chérissent. Quoi qu'il m'en coûte personnellement.

Elle leva les mains au ciel.

— C'est exactement ce que j'essaie de te faire comprendre ! En ce qui me concerne, cela ne me *coûtera* pas. Je *veux* cette enfant.

C'était complètement fou. Il comprenait la logique de son raisonnement, mais il ne pouvait pas s'y résigner.

— Je reconnaîtrai ce bébé, dit-il d'une voix ferme. Je serai présent dans sa vie. Et je ne vais pas y renoncer juste parce que tu as peur que je m'en aille. D'ailleurs, je ne poursuivrai pas cette conversation avec toi. Nous nous sommes déjà mis d'accord il y a une semaine, quand tu as accepté de venir t'installer chez moi.

— Je sais, mais… j'avais tort. J'ai accepté pour de mauvaises raisons. Je craignais d'affronter seule cette situation. Mais je sais que je peux le faire. C'est pourquoi je te propose de te retirer *maintenant*. Je désire ce qu'il y a de mieux pour mon bébé.

— Ce qui selon toi n'inclut pas un père qui veut être là concrètement pour son enfant.

— Encore une fois, il ne suffit pas d'être là de temps en temps, quand cela t'arrange. Je te parle de la banalité de la vie de tous les jours, du fait d'être parent au quotidien. Toi, tu aimes vivre à cent à l'heure. Ce n'est pas très compatible.

Naomi poussa un soupir de découragement.

— On tourne en rond…

— Tout à fait d'accord. Mais j'ai une explication, doublée d'une solution, dit-il.

Elle l'interrogea du regard.

— Tu hésites à m'accorder ta confiance de crainte que je ne t'abandonne. Alors tu essaies de dresser une barrière entre nous dès le début.

Naomi baissa la tête sans répondre.

— Nous allons donc faire en sorte que tu n'aies plus peur que je parte.

— Et comment comptes-tu t'y prendre ? demanda-t-elle avec ironie. Faire rédiger un contrat par ton équipe d'avocats ?

Il ne rit pas.

— En quelque sorte. Je parle d'un contrat de mariage, s'entendit-il répondre.

— Quoi ?

Elle le regarda, bouche bée, comme s'il avait soudain perdu la raison. Et c'était peut-être le cas.

— Mais de quoi parles-tu ?

— Je parle de mariage, Naomi.

Lui-même se demandait ce qu'il lui avait pris, et en même temps cela lui semblait une solution logique. Et pratique.

— Tu me proposes de t'épouser ?

— Il me semble que j'ai été clair, dit-il calmement.

Elle secoua la tête en silence.

— C'est une proposition complètement folle.

Pourtant, il avait la vague impression qu'elle était tentée de dire *oui*.

— Je ne suis pas d'accord, répondit-il. Ton principal souci, c'est de pouvoir me faire confiance. Tu ne veux pas avoir l'impression que tu es quelqu'un de second ordre.

— Je ne veux pas que mon enfant – notre fille – le ressente, rectifia-t-elle.

Mais le tremblement de sa voix la trahissait.

— C'est pourquoi tu veux te charger de tout dès le début. Tu crois que, ainsi, tu seras entraînée dès le départ à tout assumer seule et tu ne craindras pas de mauvaises surprises, devina-t-il.

Elle le fixa sans répondre, les yeux écarquillés, et il sut qu'il avait mis dans le mille.

— Tu m'épouseras, Naomi. Tu m'épouseras parce que tu

portes mon enfant et parce que je ne veux pas qu'il grandisse comme moi. Ni comme toi. Elle mérite mieux.

— Bas…

— C'est *notre* responsabilité, puisque nous l'avons conçue, de tout faire pour lui donner l'enfance que nous n'avons jamais eue. C'est aussi ce que tu ressens, je le sais.

Le mariage serait son châtiment pour ne pas avoir respecté ses propres règles, et pour désirer trop Naomi.

Et si une partie de lui se demandait pourquoi ce châtiment ne lui semblait pas plus… punitif, personne n'avait besoin de le savoir.

10.

C'était complètement fou.

Une centaine d'objections se bousculait dans la tête de Naomi, mais elle ne pouvait nier que Bas lisait en elle de plus en plus facilement.

De son côté, elle tenta vaillamment de se rappeler qui était en réalité l'homme en face d'elle. Si elle ne le faisait pas maintenant, elle craignait fort de finir par accepter sa suggestion délirante. Mais le don Juan résidant à Thorncroft n'était vraiment pas du genre à se marier.

— Qu'en est-il du play-boy ? demanda-t-elle.

— Cette partie de ma vie est terminée.

— Tu ne peux pas y renoncer juste comme ça, objecta-t-elle en fronçant les sourcils.

— Toutes ces histoires étaient exagérées, tu le sais bien.

— Pas complètement. Comment puis-je croire que tu vas t'arrêter juste parce que tu es marié ? Surtout si notre mariage n'est pas un vrai mariage. À moins que tu ne t'attendes à ce que je ferme les yeux ? Parce que je peux t'assurer que ça n'arrivera pas.

Bas esquissa un sourire.

— J'aime bien ton côté sauvage, *älskling*. Mais tu peux rentrer tes griffes, il n'y aura pas d'autres femmes.

— Tu as donc l'intention de devenir moine ? lâcha-t-elle avec un rire moqueur.

— Qui parle de ça ?

Soudain, il se retrouva à quelques centimètres d'elle, et elle n'eut plus envie de rire.

Avant d'avoir eu le temps de réfléchir, elle posa les mains

sur son torse et sentit aussitôt sa chaleur, retrouvant ce contact qui lui parut délicieusement familier.

Elle qui avait grandi en apprenant que les sentiments et la vie réelle n'avaient rien à voir, elle n'était pas naïve au point de croire à cette histoire de mariage ?

Elle déglutit pour affermir sa voix.

— Tu n'imagines tout de même pas qu'il va de nouveau être question de sexe entre nous ?

— Oh si ! répondit-il d'une voix rauque. Beaucoup de sexe. En tant que couple marié, nous n'allons pas nous en priver.

— Je n'en veux pas, mentit-elle faiblement.

Bas sourit d'un air entendu.

— Je ne te crois pas. Et tu n'y crois pas non plus.

Qu'est-ce qui n'allait pas chez elle pour qu'il lui fasse toujours autant d'effet ? C'était uniquement une réaction physiologique due à son état, décida-t-elle. La seule raison qui la retenait de se donner à lui.

— Bas, je…

— Pas maintenant, dit-il doucement. Notre bébé ne doit courir aucun risque. Dans les prochains mois, nous ferons tout ce qui est en notre pouvoir pour que notre fille arrive à terme. Et nous lui donnerons la stabilité familiale que nous n'avons pas connue.

Quand elle se tenait ainsi près de lui, elle avait tellement envie de le croire ! Elle trouva néanmoins la force de reculer.

— Ce n'est pas comme ça dans la vie réelle. Les couples qui restent ensemble pour leur bébé sont voués à l'échec, à plus forte raison après une simple aventure d'une nuit.

— On dirait que tu parles d'expérience…

Elle n'avait pas eu l'intention d'en dire davantage, mais les mots sortirent tout seuls de sa bouche.

— Ma mère a supplié mon père de rester, et c'est ce qu'il a fait pendant quelque temps. Je n'ai pas beaucoup de souvenirs de cette époque qui a précédé notre arrivée chez ma grand-mère, mais je me rappelle que l'on vivait au milieu des disputes, des cris et des pleurs.

— Nous ne serons pas comme la plupart des couples.

— Tu ne peux pas le promettre, objecta-t-elle.

Bas ne se laissait pas dissuader aussi facilement.

— Je peux t'assurer que je ne suis pas devenu chirurgien en étant comme la plupart des hommes, et que je ne suis pas devenu un chirurgien de premier plan en étant comme la plupart des chirurgiens.

De la part de quelqu'un d'autre, cette affirmation aurait semblé prétentieuse, mais pour Bas c'était juste un fait.

— Et tu n'as pas décidé de rejoindre l'armée pour aider ta famille en étant comme la plupart des femmes, ajouta-t-il.

Naomi apprécia ce compliment inattendu et se retint de regagner la sécurité de ses bras – un lieu qui était en même temps dangereusement excitant.

— La plupart des gens sont plus forts et plus résistants qu'ils ne le pensent, commenta-t-elle.

— En effet. Je le constate tous les jours, à la façon dont certaines familles se rassemblent quand un proche est soudain gravement malade. Je pense que nous pourrions très bien faire de même. Pour ce bébé.

— Sauf si je dois me retrouver en mauvaise posture quand tu te seras finalement rendu compte que tu ne peux pas renoncer à ta vie de play-boy. Et je ne peux pas t'imaginer en homme rangé, avec femme et enfants, une pipe et des pantoufles.

Bas éclata de rire, un rire spontané qu'elle n'avait entendu que rarement, quand il était en compagnie de Grace. Mais cette fois, c'était avec elle.

C'était une constatation enivrante, comme si quelque chose qu'elle ne parvenait pas à identifier remuait dans sa poitrine. Comment un simple rire pouvait-il tout chambouler en un instant ?

Soudain, elle se rendit compte que Bas avait comblé l'espace qui s'était recréé entre eux.

Il caressa ses lèvres du pouce.

— Pourquoi notre mariage devrait-il ressembler à ça ? Nous avons déjà prouvé que notre connexion pouvait être beaucoup plus… charnelle.

Un délicieux frisson lui parcourut le dos.

— Je retrouve ton goût, ton odeur dans mes rêves la nuit, murmura-t-il.

Comme un éclair, elle revit sa tête entre ses jambes, des mois plus tôt. Et ses yeux remplis de désir quand il s'était redressé pour la regarder, juste avant qu'elle s'abandonne complètement au plaisir.

Aucun homme ne l'avait jamais affectée de cette façon. Il n'y avait eu que Bas.

Comme pour en apporter la preuve, il glissa la main sous sa nuque et, penchant la tête, s'empara de sa bouche. Tous ses sens furent immédiatement sollicités, et même si une partie de son cerveau voulait résister pour lui montrer qu'elle ne capitulait pas chaque fois, elle ne put s'empêcher de s'ouvrir à son baiser, le corps déjà en feu.

Il l'embrassa encore, et encore, avec la même intensité sauvage que lors de la première nuit. Elle ne pouvait rien faire pour s'y opposer, et cela lui était égal.

Brusquement, Bas s'écarta et elle dut faire un effort pour recouvrer ses esprits.

Il la regarda, et ses yeux reflétaient son propre désir.

— Je crois que nous venons d'en faire la démonstration, non ? dit-il d'une voix éraillée.

Elle ne répondit pas, tentant de reprendre son souffle, et ce fut Bas qui se ressaisit le premier – comme toujours.

Parce qu'elle ne pouvait pas s'empêcher d'être à lui, que cela lui plaise ou non. Mais en échange, Bas Jansen n'était pas à elle.

Il ne le serait jamais.

Il était tard ce soir-là quand Naomi et Bas rentrèrent ensemble dans l'appartement, après avoir travaillé tous les deux en urgence sur le cas d'une femme brûlée à 60 % dans l'explosion de sa caravane, alors qu'elle passait des vacances en famille.

Aucun des deux ne paraissait avoir envie de parler. Cela

n'empêchait pas Naomi de se remémorer le terrible cas de cette jeune femme, qui lui avait rappelé combien la vie est courte.

Peu de temps auparavant, sa patiente était heureuse avec son mari et son enfant. Maintenant elle était allongée, inerte, dans une salle de l'unité de soins intensifs, luttant pour sa vie et pour revoir sa famille. Elle ignorait qu'il n'y avait plus de famille à retrouver.

Sa gorge se serra. Et s'il s'était agi d'elle ? Avec Bas et leur fille ? Elle n'en supportait même pas l'idée.

À peine entrée dans sa suite, elle se débarrassa de ses vêtements et alla prendre une longue douche très chaude, restant sous le jet jusqu'à ce que sa peau devienne rouge.

Quand elle alla rejoindre Bas, elle le trouva en train de taper sur un punching-ball accroché à son appareil de musculation et s'arrêta pour l'observer en silence depuis la porte. Il sautillait gracieusement autour de sa cible et, à en juger par la sueur qui coulait sur son visage et ses muscles gonflés, il était là depuis un moment – sans doute depuis leur retour – mais ne semblait pas vouloir s'arrêter.

Était-ce sa façon de se vider la tête ?

À cet instant, comme s'il sentait sa présence, il se tourna vers elle et son regard la cloua sur place. Puis il retourna à son punching-ball. *Gauche-droite-gauche. Droite-gauche-droite.*

— Mauvaise journée, hasarda-t-elle.

Gauche-droite-gauche.

— On n'a pas perdu notre patiente. En fait, on l'a sauvée, dit-il d'une voix hachée.

— Pour quoi ? questionna-t-elle. Quand elle connaîtra la vérité, elle regrettera qu'on ne l'ait pas laissée mourir avec son mari et son enfant.

Droite-gauche-droite.

— Pendant un temps. Mais ensuite… elle cessera de souhaiter être morte, même si elle n'aime pas être en vie. Après, avec le temps, elle recommencera à vivre. C'est dans la nature humaine.

Et de nouveau, le son des coups sur le punching-ball.

— Je suis désolée, je n'aurais pas dû te déranger, dit-elle en se dirigeant vers la porte.

Elle l'avait presque franchie quand Bas s'arrêta de frapper et retint le sac.

— Pourquoi es-tu ici, Naomi ?

Même si elle n'était pas sûre qu'il ait envie de l'entendre, elle devait le lui dire.

— Ce qui s'est passé aujourd'hui… m'a fait réfléchir.

— Ah oui ? grommela-t-il.

— Je me suis vraiment rendu compte combien la vie était courte. On ne sait pas ce qui nous attend au coin de la rue.

Bas ne parut guère impressionné.

— En travaillant comme infirmière dans l'armée, je suppose que tu as connu beaucoup de jours semblables.

— Aujourd'hui, c'était différent.

C'était peut-être à cause du bébé. Il lui avait fait prendre conscience de sa propre mortalité.

— Qu'es-tu venue me dire, Naomi ? insista Bas d'un ton qui n'avait rien d'encourageant.

Elle prit une profonde inspiration pour se donner de l'assurance.

— Aujourd'hui, j'ai pris conscience de ce qui était important pour moi. Je me suis rendu compte qu'un mariage uniquement de convenance n'était pas ce que je voulais.

Bas lâcha le punching-ball et s'avança vers elle.

— Je t'ai avertie qu'il ne faut pas essayer de m'enlever ma fille, Naomi, grogna-t-il.

— Je n'essaie pas de t'enlever qui que ce soit. Je suis en train de te dire que quoi qu'il en soit, je suis d'accord.

Il lui jeta un coup d'œil sceptique.

— Tu es d'accord ?

Elle voulut se convaincre qu'elle n'avait aucune raison de se sentir nerveuse.

— Notre bébé sera plus heureux s'il nous a tous les deux dans sa vie. Alors… j'accepte.

— Tu… acceptes ?

— Je vais t'épouser.

11.

— S'il vous plaît, aidez-moi !

En entendant cet appel angoissé depuis le poste des infirmières, Naomi leva la tête et vit une jeune femme qui s'agrippait désespérément au comptoir.

— Je cherche mon mari. On m'a appelée ce matin pour me dire qu'il avait eu un accident. Il a été heurté par une voiture en allant travailler à vélo.

Naomi se dirigea vers l'ordinateur, sans oublier au passage de poser la main sur le renflement de son ventre – maintenant visible, même s'il paraissait encore petit pour plus de trente semaines.

Comment pouvait-elle en être déjà à ce stade ? Ces derniers mois avaient passé si vite avec Bas !

— Quel est le nom de votre mari ? demanda-t-elle à la jeune femme.

— Dave Kiffleson.

Elle n'eut pas besoin de taper le nom, car elle avait travaillé sur ce cas avec Bas. Le patient était arrivé en réanimation deux heures plus tôt – un jeune marié qui avait plutôt l'air d'un gamin.

À présent, sa vie était entre les mains de Bas qui se trouvait toujours en salle d'opération, et sa toute jeune épouse semblait terrifiée.

Naomi lui adressa un sourire réconfortant.

— Je vais voir si je peux trouver quelqu'un pour vous parler.

La jeune femme porta les mains à sa bouche.

— Oh non ! C'est grave, n'est-ce pas ? Je vous en prie, ne me dites pas qu'il est… Je ne peux pas vivre sans lui. Je ne peux pas !

— Vous êtes Becky, n'est-ce pas ?

Étouffant une exclamation, la jeune femme acquiesça.

— Vous lui avez parlé ?

— Un peu. Dave était sérieusement blessé, il est en train d'être opéré. Il voulait qu'on attende votre arrivée et a dit que vous n'alliez plus tarder.

— Vraiment ?

Le soulagement se peignit sur son visage et Naomi sourit de nouveau. À ce stade, il était inutile de l'inquiéter en lui disant que, par moments, il perdait connaissance. Ou que ses blessures étaient graves.

— Nous sommes mariés depuis deux semaines, lui confia Becky, souriant à son tour. Nous nous sommes enfuis ensemble parce que nos familles disaient que nous étions trop jeunes. Mais nous nous aimons.

Naomi ne réagit pas. Elle n'avait pas à porter de jugement. D'une certaine façon, elle admirait la passion qui animait cette toute jeune femme. La même passion qu'il y avait chez son jeune époux, malgré ses souffrances évidentes.

Qu'est-ce que cela faisait d'aimer quelqu'un aussi fort ? D'avoir l'impression qu'on ne pourrait pas vivre sans l'autre ? D'éprouver un amour aussi pur ?

Comme celui que tu commences à ressentir pour Bas ? lui dit une petite voix en elle.

La question la prit par surprise et elle s'empressa de la chasser de son esprit.

La jeune femme la regarda à travers ses larmes.

— Vous comprenez exactement ce que je veux dire, n'est-ce pas ? Je le vois sur votre visage. Vous savez de quoi je parle.

Naomi voulut protester, mais aucun son ne sortit de sa bouche.

Elle aimait Bas. Cela s'était insinué peu à peu en elle sans qu'elle s'en rende compte, depuis le soir du punching-ball, quand elle avait accepté de l'épouser.

On aurait dit que cela avait agi comme un déclencheur. Comme si l'assurance qu'elle ne ferait rien pour lui enlever sa fille avait révélé un Bas différent, qu'elle n'avait pas soupçonné.

Un Bas gentil, attentif, prévenant, qui se révélait dans toutes les petites attentions qu'il avait pour rendre sa grossesse plus agréable. Il lui avait fait sentir qu'elle comptait vraiment pour lui et elle avait eu l'impression de revivre.

Les jours passant, puis les semaines, elle se retrouvait maintenant incapable de s'imaginer dans la situation de Becky. S'il lui arrivait la même chose avec Bas, ce serait… insupportable. Et pas seulement parce qu'il était le père de l'enfant qu'elle portait. Il comptait énormément pour elle.

Elle proposa à Becky de l'emmener voir un de ses collègues dès qu'il descendrait de chirurgie, pour qu'il lui donne des informations plus précises sur son mari, et offrit d'aller lui chercher quelque chose à boire en attendant.

— Thé ou café ?

— Thé, s'il vous plaît, répondit Becky avec un pauvre sourire.

Pendant qu'elle se dirigeait vers les machines, Naomi se dit que c'était le moins qu'elle pouvait faire.

Même si Bas parvenait à épargner à son patient le fauteuil roulant pour le restant de ses jours, les blessures de sa colonne vertébrale laissaient présager une longue, très longue période de convalescence. Il lui faudrait des mois pour réapprendre à marcher – peut-être des années.

— Dans la maladie et la santé, murmura Becky quand elle lui rapporta son thé.

Naomi la regarda, interdite.

— Pardon ?

— J'ai beaucoup fréquenté les hôpitaux étant enfant, dit Becky en haussant les épaules. J'avais une leucémie. J'ai appris à lire les micro-expressions des visages. Même si vous dissimulez très bien les vôtres, je sais que c'est grave.

— Mon collègue est le meilleur chirurgien que je connaisse, assura Naomi, incapable de la contredire.

La jeune femme esquissa un demi-sourire.

— Nous avons fait le vœu de nous aimer dans la maladie et la santé, et j'ai bien l'intention de l'honorer, quoi qu'il arrive, affirma-t-elle. Je ne m'attendais pas à ce que la maladie survienne aussi vite, et nous avions toujours pensé que ce serait le cancer qui se manifesterait de nouveau chez moi, mais cela ne change rien.

Naomi retint un sanglot. Ces deux jeunes mariés étaient loin d'être aussi immatures qu'on aurait pu le penser.

Becky but tranquillement une gorgée de thé.

— On dit toujours que la vie est trop courte, mais je doute que beaucoup le comprennent comme Dave et moi. Avec votre métier, vous devez le savoir aussi.

On aurait dit une vieille femme pleine de sagesse dans le corps d'une adolescente.

— En effet, la vie est trop courte, murmura-t-elle.

Que pouvait-elle contre ça ?

Bas regarda Naomi, incrédule. Il avait beau comprendre les mots qu'elle prononçait, c'étaient les réactions de son corps qui lui échappaient.

Ou plutôt, il les comprenait mais il en avait peur.

Vivre ces derniers mois avec elle dans son appartement avait été pour lui… une révélation. Il avait vu, senti, voulu des choses qu'il n'avait jamais voulues auparavant. Et il trouvait cela assez inquiétant.

Il y avait plus d'un mois qu'il avait décidé de prétendre que ce n'était rien, mais à présent il ne pouvait plus ignorer le problème. Pas quand Naomi se tenait devant lui et lui disait ce qu'il n'avait jamais imaginé qu'une femme lui dirait un jour.

Il ne voulait toujours pas l'entendre, se rappela-t-il brusquement.

— Je voudrais plus, répéta-t-elle.

— Plus ?

— Oui. Plus qu'un simple papier, un mariage de convenance pour le bien de notre fille.

— C'est-à-dire ?

Naomi passa sa langue sur ses lèvres sèches et il sentit son corps réagir immédiatement. De ce côté-là, ça n'avait pas été simple de vivre près d'elle ces derniers mois.

— Je veux que ce soit réel, Bas. Je veux de l'amour.

Il éclata d'un rire forcé, plutôt désagréable à entendre même pour lui.

— L'amour ? Ça n'existe pas, Naomi. Ce n'est pas réel. C'est une illusion créée par ceux qui se désespèrent d'être seuls.

Elle secoua la tête.

— C'est réel, Bas. Tu veux savoir comment je le sais ?

— Pas vraiment, grommela-t-il.

— Je le sais parce que c'est ce que je ressens. Pour toi.

— Non.

— Je t'aime, Bas.

Il y eut un long silence.

— Tu ne m'aimes pas, dit-il enfin, le cœur serré. Je ne suis pas quelqu'un qu'on aime.

— Et pourtant si.

Elle lui sourit si doucement qu'il crut qu'il allait suffoquer.

— Il n'y a rien qu'on ne puisse pas aimer chez toi, assura-t-elle. Je t'aime, et Grace aussi, d'une manière différente. C'est évident. Même Henrik t'aime, je pense. C'est pourquoi il a fait tout ce chemin.

Il secoua la tête avec obstination.

— C'est impossible. Henrik est incapable d'aimer, tout comme moi.

— Tu te trompes.

De nouveau ce même doux sourire.

— Je pense que tu es capable de beaucoup plus que tu ne le prétends.

— Non.

— Tu ne m'as pas accueillie chez toi simplement parce que tu estimais que c'était ton devoir, mais parce que je portais notre fille.

— Pourquoi persistes-tu à vouloir me voir meilleur que je ne suis ?

— Pourquoi persistes-tu à te voir moins bien que tu n'es ? rétorqua-t-elle.

Bas se dit que c'était sans doute cette gentillesse qui le désarmait et était en train de causer sa perte. Il aurait voulu réfuter ce qu'elle disait, mais en était incapable.

— Je prends mes responsabilités envers mon enfant. C'est une façon de faire ce qui est juste, ce n'est pas de l'amour.

— Sauf que tu n'as pas besoin de te marier pour endosser tes responsabilités.

— Ce bébé aura deux parents qui s'intéressent à elle, qui…

— Qui l'aiment ?

— Donc, parce que j'ai choisi d'être responsable alors que tu ne me demandais rien, tu penses que je t'aime ? Je n'ai pas l'intention de te blesser, Naomi, mais ce n'était pas de l'amour. Je te l'ai dit, je suis incapable d'une telle émotion. Je souhaiterais pouvoir l'être.

— Tu en *es* capable, Bas. Je pense qu'en fait tu souhaiterais *ne pas l'être.* Pour le coup, je me demande si parler à ton frère est la solution. Il y a quelque temps, je t'ai demandé si tu ne pouvais pas pardonner à Henrik parce que ce qui s'est passé quand vous étiez enfants était encore trop douloureux pour toi, ou parce que c'est si lointain que tu ne sais plus comment lui pardonner.

— Et je ne t'ai pas répondu.

— Maintenant je sais pourquoi. C'est pour les deux raisons à la fois. Et il y a encore autre chose.

— Non.

— Si, dit-elle calmement. La raison pour laquelle tu ne veux pas pardonner à Henrik, c'est parce que tu as peur de toi, Bas. Tu as peur d'aimer de nouveau. Lui. Moi. Notre bébé. C'est pourquoi tu tiens tout le monde à distance.

— Tu te trompes, protesta-t-il, refusant d'écouter cette infime partie de lui qui était prête à être d'accord avec elle.

— Tu en es sûr ?

Elle pinça les lèvres avec tristesse.

— Je me demande ce que ton frère est venu te dire. Pourquoi t'a-t-il tourné le dos pendant toutes ces années ?

— Ça m'est égal.

Si seulement c'était vrai. Il *fallait* que ce soit vrai.

— Je crois que nous savons tous les deux que c'est faux. Tu refuses de lui parler parce que tu te caches de lui, ou de toi-même.

Bas se figea. Finalement, il réussit à ouvrir la bouche, mais ne reconnut pas sa propre voix.

— Il m'a trahi, Naomi. Tu le sais. Il a menti aux services sociaux pour se ranger derrière ma mère et l'homme qu'elle faisait passer pour notre père. Alors que j'étais le seul à être de son côté.

— Depuis lors, cela t'a rongé de l'intérieur, acheva-t-elle. Mais maintenant tu as une chance de connaître la vérité sur ce qu'Henrik a fait, et pourquoi. Peut-être avait-il une bonne raison ? Ou peut-être veut-il s'excuser ?

— Il est trop tard, grogna-t-il.

— Je ne crois pas qu'il soit jamais trop tard, dit-elle doucement. Cela pourrait t'apporter la paix…

Il y eut un long silence.

— Si Henrik est venu pour s'excuser, il n'avait pas besoin de séduire mon amie la plus proche.

— Grace ne t'a jamais trahi. Elle a été catastrophée en apprenant qui il était. Et si Henrik était simplement tombé amoureux d'elle ce soir-là ?

— C'est ridicule !

— Comme ce que je ressens pour toi, persista-t-elle. Et comme ce que je pense que tu ressens pour moi. Si seulement tu te lâchais suffisamment pour t'en rendre compte par toi-même…

— Je ne tiens pas à poursuivre cette conversation.

Lui tournant le dos, il retourna à son punching-ball, mais elle le suivit et saisit le lourd sac en PVC pour l'empêcher de continuer.

— Tu dois lâcher prise, murmura-t-elle. Tes vieux démons sont toujours en train de rôder autour de toi. Tu n'as tout de même pas l'intention de refuser de les regarder en face pendant encore trente ans ?

— Cela n'arrivera pas. Tout ça appartient au passé et je ne parlerai pas à Henrik. C'est peut-être un bon chirurgien, mais il n'est mon frère que par le nom.

— Je ne peux m'empêcher de penser que tu risques de tout perdre.

— Qu'il en soit ainsi, répondit-il sèchement.

— Essaie de lâcher prise. Si tu tombes, je serai là pour te rattraper.

— Je ne tomberai pas. Et si c'était le cas, je n'aurais pas besoin que tu me rattrapes.

Il n'avait pas l'intention de la blesser, mais il fallait qu'elle s'arrête de parler.

Naomi le fixa longuement, et son regard était chargé d'angoisse et de tristesse.

— Alors… si tu ne peux pas te séparer de ces aspects si lourds de ton passé, il va falloir que tu te sépares de moi.

— Qu'est-ce que tu dis ?

— Je t'aime, Bas. Et parce que je t'aime, je ne peux pas te voir te dévorer de l'intérieur. Je ne veux pas continuer à te regarder entretenir cette souffrance.

— Qu'est-ce que cela signifie ? demanda-t-il froidement.

— Tu dois me laisser partir, Bas. Oublier le mariage et la vie commune. De toute façon, tu serais rapidement redevenu le chirurgien play-boy de Thorncroft.

— Il me semble que je ne t'ai jamais caché qui j'étais, dit-il crânement, s'efforçant de recouvrer ses esprits.

— Quelqu'un qui est incapable d'aimer, ou de pardonner. Oui, tu as bien insisté là-dessus. Eh bien, fais comme tu veux. Mais laisse-moi retourner auprès de ma grand-mère et de ma sœur.

— Je ne crois pas.

— Oh ! si. J'ai besoin de rentrer chez moi. Surtout, mon bébé a besoin de venir avec moi. Elle a besoin d'une vraie famille. D'être entourée de gens qui n'auront pas peur de lui dire qu'ils l'aiment, et qui lui apprendront à devenir quelqu'un de meilleur.

C'était comme si Naomi lui avait ouvert la poitrine avec un scalpel. Il resta muet un long moment, puis releva la tête.

— D'accord, dit-il enfin. Si c'est pour son bien…

Naomi semblait anéantie, mais de son côté il était dévasté.

C'était terrible de se rendre compte que sa fille serait finalement mieux sans lui.

— Pas de mariage. Pas de contacts entre toi et moi. Mais ce bébé reste ma fille, et je ne la laisserai pas s'éloigner de ma vie aussi facilement.

— Je vais retourner chez moi, ensuite nous conviendrons d'une sorte… d'arrangement.

Il hocha la tête, ignorant la sensation de déchirement qui s'emparait de lui.

— Je trouverai un appartement plus approprié pour toi, décida-t-il. Plus proche de l'hôpital, où tu pourras vivre avec ta famille sans que vous soyez les uns sur les autres.

— Je n'ai pas besoin que tu t'occupes de moi, dit-elle. Je voudrais que tu…

— Les jeux sont faits, Naomi, coupa-t-il.

Si seulement son esprit avait été aussi clair que sa voix ! Les pensées et les émotions s'enchevêtraient en lui.

Naomi venait juste de passer son dernier examen hebdomadaire de réactivité fœtale. Ce test vérifiait les mouvements du bébé, car elle ne pouvait plus sentir grand-chose à cause de l'abondance de fluide. Ces dernières semaines s'étaient bien passées. L'important était de ne rien faire qui puisse perturber Naomi.

Il vaudrait mieux, pour son bien, qu'il soit absent la prochaine fois.

Il aurait tant voulu les envelopper dans du coton, elle et son bébé, et les garder en sécurité dans son appartement jusqu'à la fin de la grossesse… Cela le déconcertait.

Lui, qui n'avait jamais voulu d'enfants, ni de famille. Ni même d'une épouse. Lui, qui ne s'était jamais senti aussi protecteur envers aucune femme avec qui il avait eu une aventure.

Est-ce que, d'une certaine façon, il avait espéré que l'amener chez lui, dans ce « sanctuaire » où il n'avait jamais fait entrer une seule conquête, l'aiderait à se ressaisir et faire le point sur cette *chose* qu'il y avait entre eux et qu'il ne parvenait pas à définir ?

Il s'était imaginé qu'en la voyant constamment, il se sentirait mal à l'aise, et que cela l'aiderait à étouffer cette attirance démesurée qu'il éprouvait pour elle.

Mais cela ne l'avait aidé en rien.

Elle était toujours là, remplissant toute sa poitrine. Curieusement, il n'en ressentait aucune gêne.

12.

Bas courait dans les rues à toute allure, avec la sensation d'être comme l'ombre de lui-même.

Le dernier mois sans Naomi avait été une vraie torture. Son enfer privé, dont il pensait de plus en plus qu'il l'avait provoqué lui-même.

Il était libre, de retour à sa vie d'avant Naomi. D'avant le bébé. Il avait de nouveau son appartement pour lui seul, et ses avocats étaient en train de rédiger des contrats pour qu'elle les signe. Il pouvait respirer.

Sauf que… il n'y arrivait pas. Il continuait à repasser dans sa tête chaque instant de leur dispute. Et il n'en était pas fier.

Il se rappelait son visage bouleversé quand il lui avait répondu durement, comme si elle croyait sérieusement ce qu'elle lui avait dit. Comme si elle ne voyait pas le côté sombre tapi en lui, qui le rendait impossible à aimer. C'était du moins ce qu'il avait toujours cru.

S'il méritait vraiment l'amour d'une femme comme Naomi, avait-elle raison de dire que lui aussi était capable d'amour ?

Il accéléra brusquement l'allure, mais cela ne l'aida pas.

Tout se bousculait dans son cerveau, depuis la première nuit avec elle jusqu'au soir où chacun avait repris sa vie.

Il se rappelait le soir du bal, quand il l'avait tenue dans ses bras et qu'ils avaient glissé ensemble sur le parquet. Elle ne savait pas danser, et pourtant elle l'avait suivi comme s'ils avaient formé une seule et même personne…

Rien ne parvenait à atténuer la douloureuse sensation de manque qu'il éprouvait. À une époque, le whisky engourdissait ses sensations, et il voulait croire que la vie qu'il menait était belle. Maintenant, il pouvait à peine y toucher. Naomi avait tout changé.

Il se rendit brusquement compte qu'il ne voulait plus se disputer avec elle. Pas avec la femme qui l'avait ramené à la vie, alors qu'il ne s'était même pas aperçu qu'il était mort à l'intérieur.

Même si l'idée de parler avec Henrik lui répugnait, il devait reconnaître que Naomi avait fait une remarque judicieuse en lui rappelant qu'ils étaient tous différents de ce qu'ils avaient été dix, vingt ou trente ans auparavant.

Aussi, même s'il pensait que son frère n'avait rien à lui dire qu'il ait envie d'entendre, il pouvait au moins l'écouter jusqu'au bout, ne serait-ce que pour Naomi. Et pour le bébé qui poussait dans son ventre.

Il serait bientôt père, avec tout ce que cela supposait. Autant en être un qui soit digne de leur fille.

En tournant dans la rue qui le ramenait chez lui, il se mit à courir plus vite, se sentant soudain pousser des ailes.

Un foyer. Son appartement le deviendrait, une fois qu'il y aurait ramené Naomi. Et bientôt, leur fille.

— Bon sang, que s'est-il passé ?

Bas se précipita dans l'hôpital, les poumons en feu. Il n'avait cessé de courir depuis qu'il était rentré chez lui et y avait trouvé un message.

Naomi tourna la tête vers lui et son estomac se serra quand il lut l'angoisse dans ses yeux.

— Qu'est-ce que tu fais ici, Bas ?

— Ta sœur m'a laissé un message.

En fait, Leila n'aurait pas dû avoir à l'appeler, car il aurait dû être là. Jamais il n'aurait dû laisser Naomi traverser ça toute seule.

— Que s'est-il passé ? lui demanda-t-il.

— Je n'ai pas besoin de toi ici, dit-elle froidement.

— Tu sais bien que c'est faux. Et moi, je sais que je me suis conduit comme un imbécile.

Il la vit contracter les mâchoires.

— Tu ne veux pas être avec moi. Tu l'as dit depuis le début. Et cela me va.

— J'avais tort. Je voulais venir te le dire quand j'ai reçu le message.

— Vraiment ?

Il prit ses mains dans les siennes.

— Oui, assura-t-il. Mais ce n'est pas le moment. Que s'est-il passé ?

Elle le regarda, puis laissa échapper un long soupir tremblé.

— Grace a trouvé un problème lors du dernier examen de réactivité. On m'a emmenée directement à l'hôpital.

Bas étouffa un juron.

— Quel problème ?

Naomi lui agrippa la main.

— Le rythme cardiaque du bébé a baissé à plusieurs reprises et on m'a fait passer une échographie. J'ai des contractions.

— Des contractions ?

Il sentit son cœur se serrer. Elle était à trente-six semaines. Si le bébé naissait maintenant, il serait prématuré. Pas beaucoup, mais tout de même.

— Je suis en travail, Bas.

L'angoisse était perceptible dans sa voix, faisant écho à sa propre inquiétude.

— Et je n'ai rien senti, ajouta-t-elle.

Grace entra dans la pièce.

— C'est assez courant, avec l'inconfort que vous avez ressenti jusqu'à présent à cause de l'abondance de fluides, dit-elle calmement. Votre col de l'utérus commence déjà à changer et le bébé ne supporte pas bien les contractions. Nous allons vous préparer maintenant pour la césarienne, Naomi.

— Je viens, décida Bas en se levant.

— Tu vas attendre ici, répondit Grace d'un ton ferme. Je prendrai bien soin d'elle, Bas. À cet instant, tu es le père, pas le chirurgien. Nous t'appellerons dès qu'elle sera prête.

— Allez-y, grommela-t-il.

Il se pencha pour embrasser Naomi sur le front. Il voulut

parler, mais ne dit rien. Pas maintenant. Pas avant d'avoir fait ce qu'elle lui avait demandé.

Alors il attendit dans la pièce pendant ce qui lui parut une éternité. C'était une chose d'être le chirurgien qui contrôlait tout, et une autre de se retrouver de l'autre côté, rempli d'inquiétude pour la mère et le bébé.

Enfin, une sage-femme vint le chercher. Il remarqua à peine que quelqu'un lui passait une blouse et on le laissa entrer.

Il avait pratiqué un nombre incalculable d'interventions au fils des années, mais il n'était pas préparé à la vue de Naomi couchée sur la table d'opération. C'était surréaliste.

Grace lui sourit gentiment.

— L'anesthésiste dit que vous ne ressentirez aucune douleur lorsque nous sortirons le bébé, Naomi. J'ai des patientes qui disent que ça ressemble à l'eau qui bouillonne dans une machine à laver.

— Compris, répondit Naomi avec un petit sourire tendu.

Mais elle lui reprit la main et la serra.

Bas n'osa pas regarder derrière le rideau, gardant ses yeux rivés sur ceux de Naomi. Il lui parla tranquillement sans bien savoir ce qu'il disait, mais l'important était de la réconforter.

Et puis, d'un seul coup, leur bébé fut dehors et Bas se figea pendant qu'on nettoyait ses voies respiratoires.

La pièce restait silencieuse, attendant le premier cri.

— Est-ce qu'elle va bien ? demanda Naomi d'une voix étranglée. Est-ce qu'elle est… vivante ?

Ne sachant que répondre, Bas dégagea une mèche de cheveux de son front. Soudain, un cri perçant emplit l'air, le plus beau son qu'il ait jamais entendu.

Grace apparut, portant le petit paquet dans ses bras.

— Elle est vigoureuse, déclara-t-elle. Est-ce que vous voulez la tenir avant qu'on l'emmène aux soins intensifs ?

Naomi leva aussitôt les bras et prit sa fille, contemplant, émerveillée, le petit visage plissé. S'il avait pu, Bas aurait figé ce moment pour l'éternité. Puis Naomi leva les yeux vers lui et, avec précaution, lui tendit leur fille.

— Je l'ai portée pendant huit mois, murmura-t-elle. Maintenant, c'est ton tour.

Il ne se le fit pas dire deux fois. Prenant délicatement le nouveau-né dans ses bras, il l'admira en silence, fasciné.

Il la trouvait absolument parfaite, mais était trop ému pour parler. Un coup d'œil sur le visage de Naomi lui dit qu'elle était d'accord.

Il approcha le bébé pour qu'elle l'embrasse et posa les lèvres sur son front.

— C'est Aneka, murmura-t-elle avec révérence.

— Aneka, répéta-t-il.

À cet instant, Grace réapparut – beaucoup trop tôt – pour la leur reprendre.

— Désolée, dit-elle en tendant les bras.

Bas ne répondit pas. Son monde venait d'être bouleversé en un instant, et un seul regard lui avait suffi pour comprendre qu'il n'y avait rien qu'il ne ferait pour ce bébé.

C'était l'amour – un amour réel, inconditionnel. Il en était capable.

Et soudain, il lui sembla qu'il avait toujours attendu que ces deux incroyables êtres humains, la mère et la fille, arrivent dans sa vie. Il ne s'agissait pas d'être un mari et un père parce qu'il le fallait, mais parce qu'il savait qu'il raterait sa vie s'il ne le faisait pas.

Il les aimait. Pour elles, il voulait être la meilleure version de lui-même.

Il lui restait une chose à faire.

— Merci, dit-il, sincère, à Grace dont le sourire s'élargit.

— Je t'en prie.

Naomi lui serra la main en le regardant, et elle n'eut pas besoin de parler.

Bas suivit des yeux l'infirmière qui emmenait le bébé dans l'unité de soins intensifs néonatals, puis il attendit que Naomi soit transportée en salle de récupération postopératoire.

Ensuite il retira sa blouse et partit.

Sa nouvelle vie avec Naomi et leur fille pourrait commencer

une fois qu'il aurait parlé à Henrik. Ce serait peut-être le dénouement dont elle pensait qu'il avait besoin.

— J'ai été surpris de recevoir ton appel, dit Henrik.

Quelques semaines plus tôt, Bas aurait dû invoquer tout son sang-froid pour pouvoir regarder son frère sans réagir.

Maintenant qu'ils se retrouvaient dans la cafétéria de l'hôpital, il n'éprouvait plus le même antagonisme. Naomi et maintenant leur belle petite Aneka avaient plus d'effet sur lui qu'il ne l'aurait cru possible. C'était comme si elles avaient le pouvoir de le guérir. Il se sentait complet pour la première fois de sa vie.

— Si on allait droit au but ? suggéra-t-il.

— Comment se passe la paternité ? demanda Henrik, à sa surprise.

— Très bien.

Il lui fut impossible de ne pas en dire plus, alors que sa poitrine se gonflait au point d'éclater.

— Je n'avais jamais pensé être parent un jour, et pourtant j'apprends à être un père digne de ce nom. Je commence à comprendre ce que c'est qu'aimer, et à accepter l'amour.

— Parce que tu ne le savais pas avant ?

Il lui sembla que cette question réveillait en lui l'ancien Bas.

— Comment aurais-je pu ? Je n'avais aucune idée de ce qu'était l'amour. Il a fallu que j'attende maintenant pour comprendre.

— Alors, je t'envie, dit Henrik.

— Comment ça ?

— Je t'ai toujours envié. Toi, tu es parti.

— C'était *moi* qui t'enviais !

Henrik parut sincèrement déconcerté.

— Je me demande bien pourquoi…

— Tu avais tout, lâcha Bas. C'était toi que notre mère voulait, et qu'elle a gardé. Moi, j'étais celui qu'on rejetait, dont elle s'est débarrassée dès qu'elle en a eu l'occasion.

— Tu n'as pas pu oublier comment c'était à la maison quand notre beau-père était de mauvais poil ? As-tu jamais pensé que, toi parti, j'étais le seul punching-ball qu'il lui restait ? Tu crois peut-être qu'elle a soudain cessé de fermer les yeux devant ses excès ?

— C'était ta décision. C'est toi qui as raconté aux autorités que je mentais. Au moins, elle voulait te garder. Moi, j'ai été envoyé chez un père qui ne voulait pas de moi. Qu'est-ce que tu crois que cela fait d'être un fils si épouvantable que même sa mère ne peut pas l'aimer ? J'ai passé des années à me demander ce qui n'allait pas chez moi, ce que j'avais de défectueux, qui n'était pas comme toi. Tu étais toujours le fils parfait.

Henrik secoua la tête, l'air incrédule.

— C'est ridicule.

— C'est la vérité, assura Bas, sentant l'irritation le gagner. Ce sont les derniers mots qu'elle m'a dits, que malgré le fait que nous soyons jumeaux, il me manquait ton côté compatissant. Que j'étais un affreux petit bâtard que personne ne pourrait jamais aimer.

Son frère éclata d'un rire bref.

— C'est vraiment ce que tu penses ? Que notre mère me favorisait ?

— N'est-ce pas ce qu'elle a fait ?

— Non, répondit Henrik sans hésiter. Elle maîtrisait à la perfection l'art de la manipulation. À moi, elle disait qu'il me manquait la personnalité que tu avais. Que j'étais un garçon raté, et que personne ne pourrait jamais m'aimer.

Bas ne répondit pas, ne sachant que dire.

— As-tu vraiment oublié la façon qu'avait notre mère de nous dresser l'un contre l'autre ? Comment elle essayait toujours de maintenir un fossé entre nous pour être celle qui tirait les ficelles ?

— Je me souviens, dit Bas. Elle cherchait tout le temps à attirer l'attention. Et toi, tu la lui donnais.

— J'essayais de l'amadouer, pour qu'elle soit de bonne humeur. Surtout lorsque *lui* rentrait, et que je me retrouvais entre ses poings.

Ils n'eurent pas besoin d'entrer dans les détails, tous deux savaient de quoi ils parlaient.

— Mais ce n'est pas toi qui as été le plus frappé, fit remarquer Bas.

Il ne s'attendait pas à la réponse de son frère.

— Pas autant que toi, je sais. Tu as fait ce qu'il fallait pour ça.

Les souvenirs de Bas étaient nébuleux.

— Tu ne te rappelles pas que tu supportais la responsabilité des bêtises que j'étais censé avoir faites ? s'étonna Henrik. Quand il n'y avait plus de lait. Quand une lumière était restée allumée. Même simplement quand on descendait l'escalier du mauvais côté.

— Je me souviens de tout ça, mais pas que j'en endossais la responsabilité…

— Pourtant, c'est ce que tu faisais. Presque tout le temps. Tu as toujours été protecteur, Basilius. Même pour moi. La seule raison pour laquelle tu n'as pas essayé de me protéger le jour où tout a basculé, c'est parce que tu étais commotionné.

— Qu'est-ce que tu dis ?

— Tu avais reçu une rouste la veille, si violente que tu as vomi. Tu m'as raconté que tout était devenu noir. Je suis certain que, sans cela, tu te serais encore interposé, comme tu le faisais toujours.

Bas regarda son frère, qui maintenant faisait son mètre quatre-vingt-dix tout comme lui. Les images étaient floues, mais maintenant qu'Henrik réveillait sa mémoire, elles devenaient plus précises.

Henrik était né une demi-heure après lui. Ne s'était-il pas effectivement vu comme le grand frère qui devait protéger le plus jeune ?

— Alors pourquoi m'as-tu trahi ?

La question qui l'avait le plus tracassé pendant toutes ces années venait finalement de jaillir.

— Pourquoi l'as-tu soutenue à la fin, au lieu de moi ?

Henrik le fixa, l'air perplexe.

— Parce qu'on s'était mis tous les deux d'accord pour que je le fasse…

Bas en resta bouche bée.

— Qu'est-ce que tu racontes ? Pourquoi aurions-nous fait ça ?

Son frère secoua la tête.

— Tu ne te souviens vraiment pas ?

— De quoi ? demanda-t-il, prêt à exploser.

— On s'était dit que si les services sociaux nous emmenaient, ils finiraient par nous séparer, et on ne le voulait pas.

— Nous n'avons jamais parlé de ça, protesta Bas.

Sa mémoire était peut-être confuse, mais pas inexistante.

— De toute façon, on a quand même été séparés.

— Comment aurions-nous pu le prévoir ? objecta Henrik. On ignorait l'existence de Magnus, et même que cette machine à frapper n'était pas notre père. Notre plan consistait à nous enfuir pour aller retrouver Mme P. et Bertie. Bien sûr, nous n'étions alors que des enfants et nous n'aurions pas pu les rejoindre juste comme ça. Alors, tu ne te souviens de rien ?

— Je ne m'en souviens pas parce que ça n'est pas arrivé !

Pourtant, curieusement, Bas avait l'impression que la boule de ressentiment et de colère en lui s'était fendue en deux.

— Ce doit être la commotion, dit soudain Henrik.

Et Bas dut admettre que c'était plausible. Au plus profond de son être, il espérait que ce soit vrai.

Peut-être que son frère ne l'avait jamais trahi, comme il l'avait cru pendant toutes ces années.

Tous les deux restèrent un long moment silencieux, et Bas finit par se dire qu'il n'était pas impossible qu'il croie son frère. Était-ce parce que son subconscient savait quelque chose qu'il ignorait ?

— J'ai essayé de te retrouver, dit enfin Henrik. Mais je ne savais pas comment m'y prendre ni par où commencer. J'ai questionné notre mère, qui naturellement ne m'a jamais rien dit.

— Je trouve ça difficile à croire. Même à l'époque, Magnus Jansen s'était déjà fait un nom en tant que chirurgien.

Henrik lui lança un long regard.

— Jusqu'à la mort de notre mère, c'est-à-dire avant le Noël de l'année dernière, j'ai cru que mon nom était Henrik Magnusson. Pendant une dizaine d'années, j'ai cherché parmi tous les Magnusson qu'il y avait en Suède. J'ignorais totalement que tu vivais au Royaume-Uni, et encore moins que j'aurais dû chercher le nom de Jansen. Le seul renseignement que j'ai pu obtenir de notre mère quand je suis devenu adulte, c'est qu'il était chirurgien. Je m'y suis accroché autant que j'ai pu, car c'était mon unique lien avec toi.

— Au point que tu es devenu chirurgien ?

— Oui.

C'était si simple. Si direct. L'idée que Bas ait pu se tromper pendant tout ce temps le troublait.

— Pour finir, c'est grâce à Mme P. que j'ai su la vérité, poursuivit Henrik. À la mort de notre mère, elle a vu un avis de décès dans le journal et m'a contacté. Quand je lui ai raconté ce qui s'était passé, elle a pu combler certaines lacunes. En mettant toutes les informations bout à bout, j'ai enfin pu te trouver.

Bas se sentit K.-O. Il lui fallut un moment pour se ressaisir.

— Mme P. est toujours là ?

— Oui.

— Et Bertie ?

L'expression d'Henrik changea.

— Il est mort il y a une dizaine d'années. Tous les deux espéraient qu'on les retrouverait un jour, car ils ignoraient où on était partis et ils ne voulaient pas risquer de réveiller la jalousie de notre mère en nous cherchant. Mme P. serait très heureuse d'apprendre la naissance de ton bébé.

Bas aurait aimé faire une pause pour digérer toutes ces informations. Mais son frère ne l'entendait pas de cette oreille.

— Tu as l'air de croire que tu as le monopole du rejet, mon frère. Que tu es le seul à avoir été maltraité, ou trompé. Mais de mon point de vue, c'est toi qui as eu la meilleure part. Tu es parti loin d'elle. Magnus n'était peut-être pas quelqu'un d'accueillant ni d'aimant, mais au moins il n'utilisait pas ses poings comme argument.

— Combien de temps es-tu resté ?

Le visage d'Henrik se ferma, mais il fit un visible effort pour répondre.

— Je suis parti quand j'avais quinze ans. Dès que j'ai pu, je me suis enrôlé dans l'armée et c'est ainsi que j'ai fait mes études.

De toute évidence, son frère ne lui racontait pas même la moitié de ce qu'il avait vécu. En fait, la vie d'Henrik ressemblait davantage à celle de Naomi que la sienne. Sauf qu'elle avait eu sa grand-mère et sa sœur, et lui avait eu Magnus.

Henrik avait raison : tout était préférable à leur mère. Ou, pire, leur beau-père.

— Et lui, où est-il ?

Son frère haussa les épaules.

— Aucune idée. Sans toi ou moi pour lui servir de punching-ball, il s'est concentré sur elle. Elle y a vu l'occasion de le traîner en justice en lui demandant des dommages et intérêts, et elle a divorcé.

Bas n'en revenait pas. Ainsi, leur mère était restée avec cet homme tant qu'il s'en prenait à ses enfants – des bébés innocents, tout comme sa précieuse Aneka – mais tout avait changé quand il avait levé la main sur elle ?

Il lui semblait qu'un énorme trou noir avait été mis au jour, qu'il avait passé toute sa vie à essayer de remplir avec le travail, le whisky, les femmes – peu importait alors.

Puis Naomi était arrivée. Son rayonnement, sa chaleur et… son amour étaient à l'opposé de ce vide en lui. Elle avait apporté de la couleur dans sa vie, pour la première fois depuis bien longtemps. Elle lui avait donné Aneka.

Une famille.

Et maintenant, elle venait même de lui rendre son frère – et Mme P. C'était plus que ce qu'il avait jamais osé rêvé.

Plus qu'il ne méritait. Toute une vie ne serait pas suffisante pour lui montrer sa reconnaissance.

Et soudain, il ne put attendre davantage pour commencer.

13.

— Où allons-nous exactement ? demanda Naomi au chauffeur tandis que la voiture roulait à travers les rues tranquilles.

Ce n'était pas la direction de l'appartement de Bas.

Ces dernières heures, elle était restée aux soins intensifs, vérifiant les données d'Aneka. Son bébé était de plus en plus vigoureux, et le lendemain serait être le jour tant attendu. Celui où Grace allait opérer sa toute petite fille. Naomi se sentait à la fois transportée de joie et terrifiée.

Bas était la seule raison qui pouvait la faire s'éloigner de la couveuse. Il n'était jamais là en même temps qu'elle, mais des infirmières informaient Bas de ses allées et venues et, une fois qu'elle avait passé la porte, elle l'apercevait au loin qui venait prendre sa place.

— J'ai juste pour instruction de vous conduire, madame, s'excusa Phillip.

Et dire que, pendant un moment, dans la salle d'accouchement, elle avait cru que quelque chose avait changé en Bas. Comme si elle avait réussi à percer la carapace de glace de cet homme…

De toute façon, ce n'était pas la faute de Phillip, et elle lui sourit.

— Je comprends.

D'une certaine façon, il était inquiétant de constater avec quelle rapidité elle s'était mise à dépendre de Bas, pensa-t-elle en regardant par la fenêtre. Elle qui avait toujours été celle sur qui les autres se reposaient.

Depuis le moment où ils avaient décidé d'en rester là, elle s'était sentie perdue. Seule. Le dernier mois avait été difficile, même si elle n'en avait rien laissé paraître et avait continué de sourire. Elle n'avait personne avec qui partager ses inquiétudes concernant le bébé, et il était inutile d'alarmer sa grand-mère et sa sœur.

Mais n'était-ce pas ce qu'elle avait voulu ?

Il valait mieux être seule et le savoir, plutôt que d'être avec quelqu'un qu'elle aimait mais qui ne s'autoriserait jamais à l'aimer en retour. Et s'il ne pouvait pas les aimer, elle et leur précieuse fille, ce serait trop douloureux pour toutes les deux.

Pourtant, elle croyait qu'il l'aimait, mais c'était à lui de s'en rendre compte. Pour le moment, elle concentrait toute son attention sur sa magnifique petite fille.

Ce fut seulement lorsque la voiture tourna dans une rue puis s'arrêta qu'elle eut comme un pressentiment et retint sa respiration.

Soudain, il apparut. *Bas.*

Ouvrant la portière, il lui tendit la main pour l'aider à sortir de la limousine.

Elle la saisit sans un mot, s'attendant à ce qu'il la prenne dans ses bras et se penche sur sa bouche…

Mais il n'en fit rien.

— Qu'est-ce que cela veut dire, Bas ?

La prenant par le coude, il l'entraîna vers la maison qui se dressait devant eux.

— Ce n'est pas une maison de campagne avec des roses partout et un joli portail, mais c'est une maison familiale, avec une salle de jeux, un jardin et une vraie cuisine où tu pourrais faire des confitures. Et elle n'est pas loin de l'hôpital.

Elle lui jeta un regard de côté, sensible à l'émotion et la chaleur qui se dégageaient de sa voix. Puis elle leva les yeux vers la maison de style géorgien, dont les marches de pierre menaient à la grande porte d'entrée surplombée d'une belle marquise vitrée semi-circulaire.

— Elle est parfaite…

— Elle est à nous, si tu le veux, déclara-t-il. Une maison pour une famille, dont nous pouvons faire un vrai foyer.

Naomi eut l'impression que le temps s'était arrêté. Lorsque Bas la regardait de cette façon, avec tant d'amour dans les yeux, elle avait du mal à se rappeler toutes les raisons pour lesquelles elle était partie de chez lui.

Mais elle ne devait pas les oublier, car rien n'avait changé.

— J'aurais dû me rendre compte il y a huit mois que tu étais ce que j'avais cherché toute ma vie, commença-t-il. J'ai su que tu étais différente dès que je t'ai rencontrée la première fois. Quand je t'ai vue t'avancer dans cette pièce, j'ai eu le souffle coupé, mais j'aurais dû me rendre compte que tu m'avais pris quelque chose de très précieux.

— Je voudrais te croire, murmura-t-elle. Je t'assure. Mais tu me parles de demi-mesures. Tu ne veux même pas discuter avec ton frère parce que tu ne crois pas à l'amour. Ni au pardon.

— J'y crois maintenant, assura-t-il d'une voix ferme. Et je ne veux pas non plus de demi-mesures, *älskling*. Je pensais que j'étais mieux seul. Je pensais que j'étais incapable d'aimer. Mais je me trompais. Tu as libéré quelque chose en moi dont je ne soupçonnais pas l'existence.

Naomi fut incapable de parler. Elle ne pouvait que l'écouter, immobile.

— Je suis un homme différent avec toi dans ma vie. Un homme meilleur. Et je voudrais que notre fille connaisse cet homme. Contrairement à ce que je croyais, je ne veux pas être comme mon père. Je me rends compte maintenant de tout ce à côté de quoi il est passé.

D'un seul coup, il mit un genou à terre.

— Pendant une trentaine d'années, j'ai appris à faire taire toute ma rage et ma frustration. En même temps, j'étouffais tout ce qui pouvait faire de moi un homme meilleur. Ce n'est pas le genre de père ou de mari que je veux être. Je veux être la meilleure version de moi-même, et tu es la personne qui m'a aidé à la trouver.

— Bas…

Sortant un élégant écrin de sa poche, il le tint dans sa main sans l'ouvrir.

— Tu m'as dit que tu voulais plus, que tu méritais plus. Et tu avais raison. Tu m'as amené à affronter mes démons, et plus encore, Naomi, tu m'as donné les armes dont j'avais besoin pour les vaincre. Tu m'as appris à aimer. Tu m'as montré comment écouter. Et comment pardonner.

— Tu as pardonné à ton frère ? s'exclama-t-elle.

C'était trop beau pour être vrai.

— Il va nous falloir un peu de temps pour nous retrouver, admit-il, mais il s'avère qu'il n'avait pas vraiment besoin d'être pardonné.

— Non ?

— En fait, il s'est plutôt sacrifié pour moi. Sans toi, je ne l'aurais jamais su. J'aurais continué à porter ce fardeau pesant et débilitant le reste de ma vie. Tu m'as donné une chance de devenir un autre homme. Et tu m'as rendu ma relation avec mon frère.

Naomi sentit une douce chaleur s'insinuer dans sa poitrine. C'était là le Bas qu'elle avait toujours deviné derrière l'homme au physique avantageux et à la mauvaise réputation. Mais elle n'avait jamais été sûre qu'elle le verrait un jour.

— C'est toi-même qui l'as fait, murmura-t-elle en souriant, sentant les larmes lui monter aux yeux.

Il ne répondit pas et, l'attirant dans ses bras, posa les lèvres sur son front.

— Tu es la seule pour moi, Naomi. Comment ai-je pu penser autrement ? Ma vie n'est rien si tu n'en fais pas partie. Toi, et notre bébé.

N'y tenant plus, elle prit son visage dans ses mains.

— Je ressens la même chose…

— Je crois qu'il est temps que je fasse ma demande comme il faut.

Il ouvrit l'écrin et elle resta muette d'admiration, les yeux rivés sur la bague, sertie de trois diamants et de deux magnifiques émeraudes, dont elle aurait pu jurer qu'elles étaient de la nuance exacte de la robe qu'elle portait au gala.

— Acceptes-tu de me prendre pour époux, Naomi Fox ? demanda-t-il solennellement. Je te promets que je passerai chaque jour de ma vie à tout faire pour que tu ne regrettes pas cette décision.

C'était au-delà de tout ce qu'elle aurait pu imaginer, avec une touche de romantisme en plus, alors qu'elle lui avait assuré qu'elle n'en avait pas besoin. À croire qu'il la connaissait mieux qu'elle ne se connaissait elle-même.

Peut-être avait-il de son côté quelques leçons à lui enseigner, et elle découvrait que cela lui plaisait beaucoup.

— J'ai tatoué ton nom sur mon cœur, poursuivit-il. Je n'étais que la moitié d'un homme avant de te connaître. Je le serais toujours, si tu n'avais pas été là. Je t'aime, Naomi. Je pense que je suis tombé amoureux de toi cette première nuit, mais je ne pouvais pas croire que l'amour existait aussi pour moi. Maintenant, nous pouvons être une vraie famille. Rentre avec moi, et promets-moi de ne jamais repartir.

— Je le promets, dit-elle d'une voix tremblante. Tu m'as donné tout ce que j'ai toujours voulu. Je t'aime aussi, Bas. Et je t'aimerai toujours.

Elle le regarda sortir la bague de l'écrin et la glisser à son doigt, la reconnaissant comme sienne. Puis ils scellèrent leur promesse par un long baiser.

Enfin ensemble. Pour toujours.

Vous avez aimé *Une si tendre attache* ?
Découvrez le prochain roman de Charlotte Hawkes
dès le mois prochain dans votre collection Blanche !

ALLIE KINCHELOE

Le rêve d'un enfant

Traduction française de
SOPHIE BRUN

BLANCHE

HARLEQUIN

Titre original :
SAVING THE SINGLE MUM'S HEART

1.

— Tu sais ce qui serait vraiment cool ? C'est que j'aie un papa pour venir me chercher à l'école.

Réprimant à grand-peine un soupir de lassitude, Jess Daniels jeta un coup d'œil à son fils dans le rétroviseur intérieur. Toujours la même rengaine ! Décidément, cette lubie tournait à l'obsession ! Mason la harcelait pour qu'elle se décide enfin à partager sa vie avec un homme. Si elle ne le faisait pas pour elle, estimait-il, elle pouvait au moins le faire pour lui.

— Même Freya ne comprend pas. Elle dit qu'elle aussi, elle a beaucoup de travail, mais qu'elle prend le temps de sortir avec ses amis. As-tu des amis en dehors de Freya, maman ?

— Oui, mon chéri, j'en ai.

Des amis qui ne se privaient pas de lui reprocher de ne pas la voir assez souvent. Toutefois, cumuler le rôle de femme active et celui de mère célibataire d'un garçon de sept ans se révélait parfois un véritable casse-tête. D'autant que les baby-sitters dignes de confiance ne couraient pas les rues et finissaient par coûter cher.

— Freya et moi sommes d'accord : pour que j'aie un papa, il faut d'abord que tu fréquentes un homme. Le problème, c'est qu'aucun ne t'intéresse ! Peut-être que tu ne sais pas comment te trouver un amoureux… Pourquoi tu ne suivrais pas des cours, comme moi pour apprendre le karaté ?

— Des cours de séduction ? Quelle idée lumineuse ! Je n'y aurais pas pensé ! s'exclama Jess, luttant contre une furieuse envie de rire.

Il y avait fort à parier que Mason ne se montrerait pas trop regardant au sujet du candidat potentiel. Il suffirait que celui-ci s'y connaisse en jeux vidéo et en base-ball pour remporter son adhésion. Depuis qu'il était assez vieux pour se rendre compte que la plupart des enfants avaient un papa quelque part dans leur univers, Mason n'avait cessé de poser des questions au sujet du sien. Un interrogatoire en règle auquel il s'avérait de plus en plus délicat d'apporter des explications crédibles, car le jeune garçon ne se contentait plus de la réponse initiale : son père avait disparu avant sa naissance. Un demi-mensonge. Pour autant, Jess ne se sentait pas prête à lui avouer la vérité.

Elle devrait en toucher deux mots à Freya afin que celle-ci cesse de conforter Mason dans son idée fixe. Pourquoi personne ne voulait-il respecter son souhait de célibat ? Elle s'était justifiée auprès de Freya en prétendant ne pas parvenir à faire le deuil de son histoire avec le père de Mason. En réalité, certaines épreuves se révélaient plus difficiles à surmonter que la douleur de la séparation. La trahison et l'humiliation, par exemple !

La rupture avec Clint remontait à près de huit ans et il s'écoulerait sans doute autant d'années avant qu'elle se décide à accorder de nouveau sa confiance à un représentant de la gent masculine. Elle en avait assez d'entendre qu'il était temps pour elle de tourner la page, qu'il ne fallait pas mettre tous les hommes dans le même panier, que tous n'étaient pas des égoïstes ou des lâches, qu'elle devait se laisser une seconde chance et avoir foi en l'amour.

Pour ce qui la concernait, sa vie de célibataire lui convenait. Enfin, le plus souvent…

— Il y a un goûter avec les papas à l'école, la semaine prochaine, annonça Mason. Et moi, je ne pourrai pas y aller parce que je n'ai pas de papa.

— Tu ne crois pas que tu en fais un peu trop ? Tu sais parfaitement que j'aurai le droit de t'y accompagner.

Elle ne comprenait pas que, au XXIe siècle, l'Éducation nationale s'obstine encore à organiser ce genre d'événements dédiés soit au père, soit à la mère. Elle jugeait ce concept injuste, voire discriminatoire, à l'égard des enfants qui n'avaient pas une famille dite « traditionnelle ».

— D'accord, mais ce ne sera pas pareil, grommela son fils.

Il se mura dans un silence boudeur avant de s'exclamer :

— Maman, regarde ! Ça s'allume de partout !

Jess, qui observait son fils dans le rétroviseur, baissa les yeux sur le tableau de bord. Plusieurs voyants lumineux s'étaient effectivement mis à clignoter, ce qui n'augurait rien de bon. Encore des dépenses en perspective. Depuis quelque temps, sa vieille berline lui coûtait une fortune en entretien. Jess se rabattit sur la voie de droite puis, actionnant les feux de détresse, elle se déporta sur la bande d'arrêt d'urgence où elle se rangea le plus près possible de la glissière de sécurité. Elle s'empressa de couper le contact.

— J'ai l'impression que notre vieux tacot est en train de rendre l'âme, déclara-t-elle, feignant une désinvolture qu'elle était loin d'éprouver.

— Zut alors ! Et ma glace ?

— Écoute, mon chéri, pour l'instant, ta glace n'est pas ma priorité. Quoi qu'il en soit, je t'ai promis de t'en offrir une, et je tiendrai parole… une fois que j'aurai réglé ce léger problème.

Pas si léger que ça ; de la fumée s'échappait de sous le capot. Pourvu que le coût des réparations – à supposer que ce soit réparable – n'excède pas la valeur de la voiture ! En ce moment, elle n'avait franchement pas les moyens d'investir dans un nouveau véhicule, même d'occasion.

— Je vais voir ce qui se passe. Je compte sur toi pour rester à l'intérieur. Promis ?

Mason se contenta de hocher la tête en guise de réponse. Connaissant l'énergie débordante de son fils qui l'incitait parfois à des initiatives malheureuses, Jess estima néanmoins préférable de lui confier de quoi l'occuper pendant quelques minutes au moins.

— J'ai une mission pour toi. Appelle Freya et demande-lui de venir nous chercher car, à mon avis, cette fichue berline ne redémarrera pas. Précise-lui bien que nous sommes sur l'autoroute, environ à mi-chemin entre le stade de base-ball et la maison. D'accord ?

De nouveau, il hocha la tête.

Elle lui tendit son téléphone portable, puis se glissa à l'extérieur et souleva le capot. Le moteur exhalait une fumée qui ne lui disait rien qui vaille. Jess n'y connaissait pas grand-chose en mécanique automobile, mais suffisamment tout de même pour en déduire qu'il faudrait faire remorquer son véhicule. Impuissante, elle rejoignit son fils, prenant soin de longer la voiture du côté des glissières de sécurité.

— Tu as eu Freya en ligne ?

— Oui. Elle ne peut pas venir tout de suite parce qu'elle est en meeting avec le conseil des ministres de l'hôpital, déclara Mason d'un ton pompeux.

— Tu veux sans doute dire le conseil d'administration de l'hôpital ?

— Oui, ça doit être ça, répondit-il avec un haussement d'épaules.

Jess pesta intérieurement. Ces réunions avaient tendance à durer des heures. Mieux valait trouver une autre solution. Elle composa le numéro de son garagiste sans consulter son répertoire. À force de le contacter, elle le connaissait par cœur. Son interlocuteur lui répondit que son unique dépanneuse intervenait déjà sur les lieux d'un accident, mais qu'il la lui enverrait dès que possible.

Décidément, les événements se liguaient contre elle ! Elle laissa échapper un soupir de contrariété.

— Je parie qu'on va poireauter un moment, grogna Mason.

— Comment l'as-tu deviné ? répondit-elle, s'efforçant de détendre l'atmosphère.

— C'est pareil chaque fois. Il faut toujours attendre longtemps quand t'appelles la dépanneuse. On joue à un jeu ?

Beckett Wilder se gara derrière la berline noire stationnée, capot ouvert, sur la bande d'arrêt d'urgence. Il l'avait d'abord dépassée puis, ses réflexes professionnels prenant le dessus, il avait emprunté la bretelle de sortie suivante pour faire demi-tour. Il n'était pas dans sa nature d'ignorer une personne en détresse sur le bord de la route. Profitant d'une brève accalmie de la circulation, il ouvrit sa portière et sauta à bas du pick-up.

Alors qu'il s'approchait, une très jolie blonde vêtue d'un T-shirt arborant le logo de l'équipe de base-ball de Woodvale descendit de la voiture.

— Merci de vous être arrêté, mais j'ai déjà téléphoné pour avoir une dépanneuse.

— Quel délai vous a-t-on annoncé ?

À moins que les choses aient considérablement changé depuis son départ, les dépanneuses se comptaient sur les doigts d'une main dans sa ville natale.

Elle hésita avant de répondre.

— Deux heures.

Impossible de la laisser attendre ici deux heures. Son expérience au sein du SAMU lui avait enseigné que ce genre de situation représentait un danger non négligeable, surtout sur une artère aussi fréquentée que celle-ci. Il suffisait qu'un conducteur perde le contrôle de son véhicule et vienne percuter l'automobile en panne pour causer un grave accident.

Une angoisse sourde lui étreignit la gorge. Il s'alarmait d'autant plus depuis que sa sœur avait perdu la vie sur cette même autoroute, à environ cinq kilomètres de là.

— Vous êtes seule ?

Il surprit une lueur de méfiance dans les superbes prunelles vertes. *Quel idiot !* Une telle entrée en matière ne pouvait que mettre la jeune femme sur ses gardes.

— Au fait, je m'appelle Beckett. Quand je ne me comporte pas comme un crétin en effrayant les gens que je cherche à aider, je travaille au SAMU.

Sa tentative de plaisanterie tomba à plat. Elle ne lui valut pas même l'ombre d'un sourire.

— Je connais l'équipe du SAMU local et vous n'en faites pas partie, rétorqua sèchement la belle inconnue.

— Exact. Je ne suis pas basé à Woodvale. Néanmoins, j'ai grandi ici. Vous connaissez peut-être mes parents, Richard et Elaine Wilder ?

Pour prouver ses dires, il sortit son portefeuille de sa poche et exhiba sa pièce d'identité.

En lisant son nom de famille sur le document, son interlocutrice parut se détendre un peu. En l'occurrence, être le fils du couple le plus riche de la région lui facilitait la tâche. Cela n'avait pas toujours été le cas, ce qui l'avait contraint à déménager afin de poursuivre librement sa carrière professionnelle.

— Vous ressemblez à votre père.

— On me le dit souvent. Maintenant que vous voici rassurée sur le fait que vous n'avez pas affaire à un tueur en série, vous ne verrez sans doute pas d'inconvénient à ce que je vous raccompagne chez vous. Il est extrêmement dangereux de s'attarder sur le bas-côté d'un axe aussi passant.

Ses yeux se posèrent involontairement sur la petite croix plantée à une trentaine de mètres. Il y en avait une identique à l'endroit où sa sœur était morte.

La jeune femme suivit la direction de son regard.

— Le garagiste m'a dit que si je n'avais pas la patience d'attendre, je n'avais qu'à cacher la clé de contact sous le tapis de sol du côté passager, admit-elle comme à regret.

— Dans ce cas, partons d'ici.

Elle se mordilla la lèvre tandis qu'elle pesait le pour et le contre.

— C'est vraiment très gentil à vous. À propos, je me présente : Jess Daniels.

— Ravi de faire votre connaissance… malgré les circonstances.

Elle ouvrit la porte arrière gauche et un jeune garçon blond comme les blés apparut.

— Viens, mon chéri, dit-elle en le tenant fermement par la main. Mason, voici M. Wilder. Il a fort gentiment proposé de nous raccompagner à la maison.

— Bonjour, Mason.

La frimousse constellée de taches de rousseur se fendit d'un grand sourire.

— Il lui faut un réhausseur, n'est-ce pas ?

— Oui, mais je préfère savoir mon fils à l'abri dans la cabine de votre pick-up avant de prendre le risque de lui tourner le dos. Il déborde d'énergie.

— Ne vous inquiétez pas, je me charge de récupérer son siège-auto.

Sans lui laisser le temps de protester, il se dépêcha de transférer le réhausseur de la berline à son propre véhicule et le fixa sans difficulté sur le siège arrière du pick-up.

— Merci, murmura-t-elle après avoir bouclé la ceinture de sécurité du gamin. Je vous suis vraiment reconnaissante. D'autant que vous devez avoir une tonne de choses plus importantes à faire.

— Rien qui ne puisse être reporté.

À ses yeux, la sécurité passait avant toute autre considération. Il ne souhaitait à personne de subir la perte brutale d'un être cher dans un stupide accident de la circulation. Obéissant à une impulsion, il lui saisit la main. Contre toute attente, elle ne la retira pas aussitôt et lui offrit même un sourire timide. Alors que son rythme cardiaque commençait à s'accélérer, Beckett vit l'expression de son interlocutrice se fermer de nouveau. La jeune femme rompit le contact d'un geste brusque puis, sans prononcer un mot, elle grimpa dans la cabine, à l'avant.

Quand il se glissa derrière le volant, il eut la nette impression qu'elle fuyait son regard. Il aimait les femmes indépendantes et déterminées. L'attitude de Jess évoquait néanmoins davantage un rempart inexpugnable destiné à protéger la mère et l'enfant qu'un caractère bien trempé.

Si le contexte s'y était prêté, il aurait sans doute tenté de percer une brèche. Jess Daniels correspondait parfaitement à son type de femme, à une exception près, mais de taille : elle avait un enfant et donc probablement un mari, malgré l'absence d'alliance. De toute façon, même célibataire, elle représentait un danger, car les mères avaient tendance à privilégier une relation durable, ce qui n'était pas son cas. Sa liaison la plus longue n'avait pas excédé six mois. Il ne se considérait pas comme un séducteur et n'épinglait pas ses conquêtes à un quelconque tableau de chasse, mais une chose était sûre : les enfants n'entraient pas dans l'équation, ce qui éliminait d'emblée cette splendide créature. Qui plus est, dans six mois, il retournerait à Lexington.

— Vous voyez ce front nuageux à l'horizon ? demanda-t-il tout en s'engageant sur la voie de droite. Il laisse présager de sacrées intempéries, peut-être même des crues subites.

La météo offrait un sujet de conversation assez anodin pour

rompre le silence gênant dans lequel s'était murée sa passagère après leur bref contact physique.

— Oui, c'est ce qu'a annoncé le dernier bulletin météorologique. Par chance, Mason a pu disputer son match de base-ball sans problème.

L'enfant restant étrangement silencieux, Beckett jeta un coup d'œil dans le rétroviseur et le surprit en train de grimacer.

— Ça va, bonhomme ?

— J'ai envie de faire pipi, gémit le garçon.

— Tiens bon encore cinq minutes.

Beckett accéléra pour rejoindre la sortie menant à Woodvale. Il ne put réprimer un soupir en dépassant l'endroit où deux croix côte à côte marquaient le lieu du drame. Même au bout de plusieurs années, cette vision lui tordait l'estomac.

— Quelqu'un de votre connaissance ? s'enquit la jeune femme d'un ton prudent, comme si elle avait conscience de s'aventurer en terrain miné.

— Ma sœur.

— Oh ! je suis désolée. Je ne voulais pas être indiscrète.

— Elle me manque toujours autant. Sloane avait une fâcheuse tendance à se comporter en fille à papa. Cependant, malgré nos différences, nous étions très complices. Parfois, j'ai du mal à réaliser qu'elle nous a quittés pour de bon.

— Je comprends. J'ai perdu ma mère il y a quatre ans, et il m'arrive encore de décrocher mon téléphone dans l'intention de lui passer un coup de fil pour prendre de ses nouvelles.

— Je vais m'arrêter à cette station-service. Elle a des toilettes.

— Merci.

Une fois seul, Beckett s'efforça de refouler le flot d'émotions qui l'avait submergé à l'évocation de sa sœur. Huit ans s'étaient écoulés, mais la douleur se ravivait à chacune de ses visites. Il se remémorait les événements comme si c'était hier : Sloane agonisant sur le bord de l'autoroute, parce que l'unique véhicule du SAMU disponible avait donné la priorité à l'autre conducteur, dont les blessures apparentes semblaient plus graves. Sloane et son fiancé avaient succombé à une hémorragie interne.

Sentant la colère l'envahir, Beckett inspira profondément. Il s'acquitterait de la mission confiée par son père et doterait l'hôpital de cette ville des infrastructures qui lui faisaient cruellement défaut, puis il s'en irait, loin des souvenirs douloureux qui l'assaillaient à chaque coin de rue, et sa vie reprendrait son cours normal.

Il en était là de ses pensées lorsque Jess et son fils revinrent. À l'expression de la jeune femme, il devina que celle-ci avait mal interprété son changement d'humeur. Il en eut la confirmation sans tarder.

— Je suis vraiment désolée pour le dérangement. Si vous pouviez juste nous déposer un ou deux pâtés de maisons plus loin, nous ferons le reste du trajet à pied.

Il s'apprêtait à la détromper quand Mason s'exclama :

— Et ma glace, alors ?

— Ce sera pour une autre fois. Nous ne pouvons pas embêter davantage M. Wilder.

— Mais tu m'avais promis !

— C'est vrai, mais à ce moment-là, j'ignorais que la voiture allait tomber en panne, figure-toi ! Tu n'auras qu'à manger un esquimau à la maison, je crois qu'il en reste.

— Ce n'est pas pareil !

Beckett crut bon d'intervenir avant que la situation s'envenime. Il comprenait parfaitement la frustration du bambin pour l'avoir éprouvée à de nombreuses reprises, enfant, quand son père, homme d'affaires très occupé, « oubliait » de tenir sa parole.

— Et pourquoi ne pas aller tous les trois chez le glacier ? Ensuite, je vous raccompagnerai jusque chez vous.

— Oui ! s'écria Mason qui était passé en un clin d'œil de l'abattement à l'enthousiasme.

— Vous n'êtes pas obligé, je vous assure, protesta Jess.

— Une promesse est une promesse. Par ailleurs, je ne suis pas à une heure près, et j'ai très envie d'une glace, moi aussi.

Son mensonge lui valut un sourire lumineux de la part de la jeune femme.

— Mason, tu peux remercier M. Wilder. Il semble que tu aies trouvé un allié.

— Entre joueurs de base-ball, il faut bien se serrer les coudes.

— Parce que vous jouez au base-ball ?

Le gamin paraissait aux anges.

— Mon entraîneur, cette année, c'est le père de Colby, ajouta-t-il sans attendre la réponse à sa question, mais il y connaît rien.

Jess le rappela à l'ordre.

— Ben quoi ? C'est vrai ! Il lance comme une fille.

— Mason !

— Tu as raison, maman, beaucoup de filles lancent bien mieux que lui, rétorqua le jeune garçon sans se démonter.

Il adressa une grimace de connivence à Beckett, qui eut toutes les peines du monde à ne pas éclater de rire. Les enfants ne l'attiraient pas particulièrement, mais celui-ci était franchement craquant !

Dès qu'ils arrivèrent sur le parking du marchand de glaces, Mason se précipita à l'intérieur de la boutique pour choisir son parfum.

— J'apprécie vraiment votre aide et votre gentillesse, déclara sa mère. Néanmoins, je profite de ce que mon fils s'est éloigné pour vous demander de ne pas lui consacrer trop de temps et d'attention. Il risquerait de se méprendre.

— Comment ?

Beckett tombait des nues. Cette femme avait une curieuse manière de lui témoigner sa gratitude.

— Vous craignez que j'aie une mauvaise influence sur lui ?

— Non, pas du tout ! Ce n'est pas ce que je voulais dire. Permettez-moi de me montrer directe, ajouta-t-elle après un instant de réflexion. Vous n'habitez pas à Woodvale, n'est-ce pas ?

— Non, répondit-il, décontenancé.

— Comptez-vous vous y installer ?

Bon sang ! À quoi rimait cet interrogatoire ?

— Non plus.

— Dans ce cas, mieux vaut qu'il ne s'entiche pas de vous. Il n'a pas besoin de ça. Il est plus fragile qu'il en a l'air.

Elle ponctua ses paroles sibyllines d'un sourire triste, et Beckett eut la vague impression que la mère cherchait tout autant à se protéger qu'à épargner à son fils une hypothétique désillusion.

Qu'elle se rassure : une fois le projet familial lancé et la chimiothérapie de son père achevée, il bouclerait ses valises.

Avait-elle heurté la sensibilité de Beckett ? Telle n'était pourtant pas son intention. En revanche, s'attacher à un inconnu et le perdre ensuite ne pouvait que blesser son fils. Les hommes étaient ainsi câblés : ils se lassaient vite. Elle en avait fait l'amère expérience. Que chacun garde ses distances, et personne ne souffrirait.

Beckett avait rejoint Mason dont il écoutait le bavardage avec un intérêt manifeste. Jess tenta de se raisonner. L'enfant ne se laisserait pas subjuguer aussi facilement. Elle détectait cependant dans l'attitude de son fils les premiers symptômes du culte du héros. Elle en comprenait les raisons : non seulement Beckett Wilder les avait secourus sur l'autoroute, leur épargnant une attente interminable, mais il les avait conduits chez le glacier et s'y connaissait en base-ball. Il ne manquerait plus qu'il ne déteste pas les salles de jeux vidéo, et il aurait toutes les qualités requises, du moins selon les critères de Mason ! Elle allait devoir redoubler de vigilance, bien qu'il y ait peu de risques pour que Superman croise de nouveau leur route.

Jess entra à son tour dans la boutique.

Une heure à tenir. Après, elle retrouverait sa vie solitaire… ou plutôt sa vie *normale*. Car, finalement, elle n'était pas si seule. Elle avait Mason, Freya et quelques autres amis, sans oublier ses collègues de travail. Tout cela manquait tout de même de fantaisie…

Elle poussa un soupir involontaire.

— Rien qui vous tente ? s'enquit Beckett.

Elle eut l'impression que la question ne concernait pas uniquement le choix des parfums, et elle se sentit rougir. D'autant que s'il s'était agi de se choisir un partenaire, elle n'aurait pas hésité une seconde. Grand, brun, charmant, viril : Beckett Wilder avait tout pour la tenter.

Heureusement qu'une liaison amoureuse ne figurait pas à son programme à court ou moyen terme, surtout avec un homme n'habitant pas dans la région.

Ils commandèrent leurs coupes glacées. Jess n'eut pas le temps d'extraire son portefeuille de son sac à main que Beckett avait déjà sorti sa carte bancaire pour régler l'addition.

— Si, si, j'insiste, déclara-t-il alors qu'elle s'apprêtait à protester.

Elle accepta à contrecœur. Ce geste, quoique généreux, lui rappelait trop Clint et sa manie de toujours vouloir tout payer. Comme si elle n'avait pas les moyens. Certes, elle ne roulait pas sur l'or, et certaines fins de mois s'avéraient difficiles. Mais ils n'avaient pas à se serrer la ceinture, vivaient dans une maison agréable et confortable, avec un toit robuste au-dessus de leurs têtes, et son fils ne manquait de rien.

Ils prirent place autour d'une table dans le patio. Il faisait doux en cette journée de printemps, et les rayons du soleil perçaient à travers les nuages. En d'autres circonstances, Jess aurait apprécié ce moment, d'autant que l'hiver avait été rigoureux. La présence de Beckett l'empêchait toutefois d'en profiter pleinement. Jamais depuis sa rupture avec Clint, elle n'avait ressenti une telle attirance pour un homme.

La volubilité de Mason évita qu'un silence pesant s'installe. Cet enfant n'était jamais à court de sujets de conversation. Jess commençait à se détendre quand la jambe de Beckett frôla la sienne. Elle frémit et s'empressa de ranger ses pieds sous son siège.

— Désolé, murmura Beckett.

Au regard appuyé qu'il lui lança, elle sut qu'il n'en était rien. Au fond de ses yeux brillait une étincelle qui ne trompait pas. Cet homme était en train de la draguer !

Par chance, il reporta son attention sur Mason qui racontait avec animation son match de base-ball, n'épargnant aucun détail à son auditeur. Jess s'efforça de reprendre le contrôle de ses émotions. Il y avait une éternité qu'elle ne s'était pas blottie entre des bras vigoureux, qu'elle avait relégué aux oubliettes ses désirs de femme : voilà pourquoi elle surréagissait et pourquoi sa libido, longtemps sevrée – trop longtemps, se plaisait à lui répéter Freya –, s'affolait.

Elle saurait néanmoins la dompter. Ce qui l'inquiétait plus, en revanche, c'est qu'elle n'avait pas vu Mason aussi joyeux depuis un bon moment. Elle détestait l'idée que sa seule compagnie ne suffise pas au bien-être de son fils. En son for intérieur, elle avait conscience de surprotéger son enfant. Depuis la naissance de celui-ci, ils formaient un duo soudé, indestructible, face au reste du monde. Difficile d'accepter, après toutes ces années consacrées à veiller au bien-être de ce petit être qu'elle n'attendait pas, mais qu'elle considérait comme un don du ciel, l'intrusion d'une tierce personne susceptible de bouleverser ce bel équilibre. Avait-elle eu raison d'agir en mère exclusive ? À présent, elle commençait à en douter. Mason avait tout ce dont il avait besoin pour s'épanouir, sauf ce qu'il appelait de ses vœux : un papa.

— Nous y allons ? suggéra Beckett, interrompant le cours de ses pensées.

— Oui. Pardon, je n'ai pas été très loquace.

— Pas de problème.

Il prit une serviette en papier et essuya les traces de chocolat sur le menton de Mason.

— Vous avez des enfants ? s'enquit ce dernier.

— Mason ! intervint Jess, devinant ce qui allait suivre. Excusez-le, monsieur Wilder, ce jeune homme a une fâcheuse tendance à se mêler de ce qui ne le regarde pas.

— Cela ne me dérange pas, répondit-il en riant. Non, mon grand, je n'en ai pas. Pourtant, ce n'est pas faute de subir des pressions. Ma mère rêverait d'avoir des petits-enfants.

— Dommage. Je pense que vous feriez un chouette père. Moi, j'aimerais beaucoup avoir un papa comme vous.

Jess sentit le rouge de la honte lui monter aux joues. Décidément, rien ne lui serait épargné aujourd'hui !

2.

Le lundi matin, les membres du comité spécial pénétraient tour à tour dans la salle de conférences où se tenaient déjà son père et Freya, une amie de longue date. Posté en retrait à l'extérieur, Beckett se réjouit de voir au moins un visage familier, celui d'un ancien camarade de lycée. Il tira nerveusement sur sa cravate, ce qui eut pour effet de resserrer un peu plus le nœud autour de son cou. Il ne se sentait pas à l'aise dans cette tenue d'homme d'affaires, ni dans son rôle de représentant de la fondation familiale. Il inspira profondément dans l'espoir de chasser sa tension, avant de se résoudre à entrer dans la pièce.

C'est à contrecœur qu'il était revenu à Woodvale. Cette localité lui rappelait trop de souvenirs douloureux. Toutefois, en fils dévoué, il avait répondu présent lorsque son père, affaibli par son traitement contre le cancer, avait sollicité son concours.

Beckett découvrit, non sans surprise, la femme qu'il avait dépannée le samedi. Elle était assise en face de la place qui lui était réservée. Ainsi, elle travaillait à l'hôpital. Il comprenait mieux comment elle avait tout de suite su qu'il n'exerçait pas au sein de l'équipe du SAMU local. Profitant de ce que son père conversait avec quelqu'un, il hasarda un coup d'œil dans sa direction.

Rejetant sa longue tresse blonde vers l'arrière, elle soutint son regard et finit par lui adresser un bref signe de tête. La personnalité de cette ravissante créature constituait pour lui un mystère. Il se serait volontiers penché sur le sujet si elle n'avait pas eu d'enfant. Il pressentait qu'elle n'était pas du genre à s'autoriser une aventure passagère. Son truc, c'était sans doute plutôt de construire une relation stable et durable, qui ne mette pas en danger l'équilibre de son fils. Ce qui ne faisait pas partie de ses propres plans. Il ne pouvait cependant nier que sa présence le déstabilisait.

Mieux valait ne pas l'approcher de trop près. Dans sa petite ville natale, les rumeurs se répandaient comme une traînée de poudre. Pas question de risquer d'entacher la réputation des Wilder par un comportement inadéquat. Pas question non plus de céder à la pression que sa mère exerçait sur lui d'une façon peu subtile. Pas plus tard que ce matin, au petit déjeuner, elle lui avait déclaré que s'il ne se décidait pas plus vite à fonder un foyer, son père mourrait avant de connaître ses petits-enfants.

Beckett aimait les enfants, tant qu'il s'agissait de ceux des autres et qu'il n'avait pas à les éduquer. Un jour peut-être, il sauterait le pas, mais pour le moment il ne se sentait franchement pas prêt.

— Puisque nous sommes au complet, je vous propose de commencer la réunion sans attendre. Pour ceux qui ne me connaissent pas encore, je me présente : je suis Richard Wilder. Certains d'entre vous ont déjà entendu dire que la Fondation Wilder a décidé d'effectuer un don d'un montant important à l'hôpital.

Un murmure d'excitation parcourut l'assistance à cette annonce. Sur les visages, la résignation avait cédé la place à l'enthousiasme. Jess ne faisait pas exception à la règle et, pour une fois, Beckett eut le sentiment que la fortune de sa famille pouvait réellement servir une cause utile.

— Une part importante de cette dotation financera la création d'une unité d'oncologie, reprit son père quand le calme fut revenu. Je connais, hélas, par expérience les difficultés auxquelles les habitants de Woodvale atteints d'un cancer se trouvent confrontés pour se faire soigner. Il me paraît inacceptable qu'ils aient au XXIe siècle à supporter quatre heures de trajet aller-retour pour suivre une chimiothérapie ou une radiothérapie.

Bon nombre de personnes autour de la table acquiescèrent. Combien d'entre elles avaient eu à pâtir, directement ou indirectement, du manque de ressources hospitalières de leur communauté ?

Beckett effleura machinalement le cadran de sa montre, le dernier cadeau que lui avait offert sa sœur. S'il y avait eu plusieurs véhicules de secours, Sloane serait probablement toujours en vie. Parviendrait-il un jour à pardonner ses manquements à la municipalité ? Beckett en doutait.

Or, voilà que l'histoire se répétait, et que la maladie de son père avait mis en évidence d'autres lacunes médicales. Tout le monde n'avait pas les moyens financiers, physiques ou logistiques de se rendre au centre spécialisé dans le traitement du cancer le plus proche, situé à plus de cent kilomètres.

— J'ai donc demandé à la direction de constituer ce groupe de travail afin d'étudier dans quels autres domaines il s'avère impératif d'investir. Au cours de réunions collectives et individuelles avec le représentant de chaque service, la fondation Wilder examinera les différentes demandes et décidera lesquelles satisfaire. J'ai confié cette mission à mon fils, Beckett, ici présent. C'est auprès de lui que vous devrez défendre vos dossiers respectifs.

La réaction de Jess Daniels n'échappa pas à Beckett. La jeune femme ne semblait pas ravie de cette nouvelle. Il se racla la gorge et prit la parole.

— Au cours des deux prochaines semaines, je souhaite rencontrer chacun d'entre vous avant que vous me soumettiez la version finale de vos projets. Les décisions seront ensuite prises et communiquées dans les meilleurs délais. Je ne suis ici que pour six mois et je compte bien avoir bouclé l'ensemble du processus d'ici mon départ.

— À quoi serviront les sessions individuelles ?

Beckett se tourna vers l'homme d'un certain âge qui venait de lui poser la question.

— Elles vous fourniront l'occasion de me présenter le fonctionnement de votre service, de m'exposer vos besoins. Ainsi, je pourrai évaluer l'adéquation entre vos attentes et l'objectif que nous poursuivons. Lorsque vous rédigerez vos dossiers, veillez bien à mettre l'accent sur ce en quoi vos projets sont susceptibles de bénéficier à la collectivité et non à un petit groupe de privilégiés.

— Ne vaudrait-il pas mieux répartir les fonds de façon équitable entre les différents services concernés et nous laisser choisir la meilleure manière de les employer ?

Comme pour donner plus de poids à sa suggestion, Jess Daniels se pencha vers l'avant, les coudes appuyés sur la table.

— Cette méthode s'avérerait plus efficace, en nous offrant plus de souplesse, et nous permettrait par ailleurs d'économiser un temps précieux. Vous n'êtes pas sans savoir que nos journées sont déjà très chargées.

— Bien entendu, ce serait une possibilité. Toutefois, nous préférons que l'argent bénéficie à des projets spécifiques, dont nous aurons défini ensemble le périmètre.

Il se pencha à son tour et posa ses mains à plat sur la table.

— Libre à vous de faire l'impasse sur ces réunions et de soumettre une demande générique, non documentée. Le cas échéant, votre dossier risque fort de ne pas être considéré comme prioritaire par rapport à ceux de vos collègues qui se seront donné la peine de justifier en détail l'usage prévisionnel des fonds.

Il pouvait presque entendre Jess grincer des dents. Manifestement, elle n'appréciait guère d'être remise à sa place devant ses confrères. Il avait la nette impression qu'elle cherchait à limiter au maximum les contacts avec lui. Pour quelle raison ? Parce que son fils lui avait témoigné un vif intérêt ? Ou parce qu'elle se sentait autant attirée par lui que lui par elle ? Quoi qu'il en soit, elle n'avait pas à s'inquiéter ; il n'avait nullement l'intention de mélanger vie professionnelle et vie privée.

— Dans quel domaine travaillez-vous ?

— Les urgences.

— Je vois, répondit-il avec aigreur. C'est bien votre entité qui a la responsabilité des ambulances et du SAMU ?

— Beckett, gronda Richard Wilder, le rappelant à l'ordre.

Après l'accident de Sloane, ils avaient tous deux réagi très différemment. Tandis que son père ressassait sa rancune contre un manque d'efficacité et de compétences qui lui avait enlevé sa fille unique, Beckett avait choisi de s'orienter vers une carrière au SAMU – décision qui n'avait pas obtenu la bénédiction paternelle –, afin de sauver des vies et d'éviter, dans la mesure du possible, que d'autres familles souffrent de la perte prématurée d'un être cher. C'est aussi en grande partie pour cette raison qu'il avait accepté cette mission de six mois. Avec l'argent de la fondation Wilder, il espérait pouvoir augmenter le nombre de véhicules de secours et embaucher du personnel qualifié.

Une ambition qui allait dans le sens de l'intérêt de Jess Daniels. Pourquoi, alors, la jeune femme affichait-elle une telle réticence ?

— Faute d'équipements en nombre suffisant, la réactivité des urgences de cet hôpital laisse à désirer depuis des années, ne put-il s'empêcher d'ajouter d'un ton sec. La perspective de modernisation de ce service grâce à des capitaux privés vaut bien un léger sacrifice de votre part !

Au comble de l'indignation, Jess se leva d'un bond. L'accusait-il de mal gérer son service ? Et pourquoi pas de détourner des fonds, tant qu'il y était ? Pas question de se laisser insulter sans réagir, et devant ses collègues par-dessus le marché ! Il avait beau l'avoir secourue sur le bord de l'autoroute, cela ne l'autorisait pas pour autant à la traiter d'incapable. Pour qui se prenait-il, ce type à l'ego démesuré, pour venir ici lui donner des leçons ?

Pour l'unique héritier de la richissime famille Wilder…

Jess avait appris à ses dépens qu'on ne pouvait pas se fier à quelqu'un qui appartenait à ce milieu hyper-privilégié, déconnecté de la réalité. Elle se défendrait bec et ongles pour empêcher ce don Juan plein aux as de démolir sa carrière et de piétiner son amour-propre. Elle ne courberait pas l'échine.

Elle n'avait ménagé ni son temps ni son énergie pour cet hôpital. Huit ans plus tôt, elle avait perdu sa dignité, ses illusions et sa capacité à se fier à un homme en costume de luxe. Lorsqu'elle s'était réinstallée à Woodvale, elle avait dû tout recommencer de zéro, travailler dur pour se faire une place. Aujourd'hui, elle jouissait d'une excellente réputation professionnelle, et elle refusait qu'il la salisse.

— Qu'insinuez-vous exactement, monsieur Wilder ?

Si elle avait su à qui elle avait affaire, elle n'aurait pas… *Pas quoi ?* Accepté son aide, samedi, et encore moins son invitation chez le marchand de glaces ? Réagi telle une midinette à sa tentative de séduction ? Pourquoi fallait-il que cet homme soit non seulement beau à tomber par terre, mais aussi célibataire et, a priori, disponible ?

Il croisa les bras et la dévisagea, les traits crispés. Elle eut l'impression qu'il la mettait au défi de le contredire.

— Je n'insinue rien. Je souhaite juste ce qu'il y a de mieux pour cet établissement et pour cette ville. Tout comme vous, je présume.

Elle sentit sa colère monter d'un cran. Elle luttait pour ne perdre ni son sang-froid ni la face, quand Freya jugea bon d'intervenir.

— Cela suffit maintenant, décréta-t-elle sèchement. Je crois que tout le monde aura compris.

Jess inspira profondément et se rassit. Sa confidente depuis cinq ans ne pouvait ignorer à quel point les propos de Beckett Wilder l'avaient blessée. S'exprimait-elle en tant qu'assistante de direction de l'hôpital ou meilleure amie ? Jess admit à contrecœur que, dans un cas comme dans l'autre, sa confidente avait eu raison d'interrompre le pugilat. Le service des urgences avait désespérément besoin de cet apport de fonds, et Jess n'avait pas intérêt à se mettre à dos celui qui, *in fine*, déciderait du montant de la dotation et de la façon de la dépenser.

Elle lança à Beckett un regard de défi. Celui-ci ne baissa pas les yeux. Son maintien trahissait une vive tension. À cet instant précis, il lui fit l'effet d'un fauve prêt à bondir sur sa proie. Cet homme était beaucoup plus dangereux qu'il ne le paraissait.

Lorsqu'elle avait intégré le Woodvale Memorial Hospital, Jess s'était forgé une carapace qui la protégeait, tel le chevalier son armure. Elle avait prouvé à maintes reprises qu'elle savait garder la tête froide. Les préoccupations d'ordre personnel n'avaient pas leur place au travail. À cause de Beckett, elle avait perdu de vue ce principe. Difficile de conserver le recul indispensable après la gentillesse qu'il leur avait témoignée ce week-end et les émotions qu'il avait suscitées en elle. Sa présence l'avait mise tellement mal à l'aise qu'elle avait bien failli se ridiculiser en public en montant sur ses grands chevaux.

— Je vous propose de lever la séance, déclara Richard Wilder. Un document de synthèse mentionnant les coordonnées de Beckett vous attend à la sortie. N'hésitez pas à le contacter pour organiser ces fameux entretiens individuels.

La salle se vida tandis que Jess demeurait immobile, soutenant le regard de Beckett qui, lui non plus, n'avait manifestement pas l'intention de se lever.

— Franchement, j'ignore ce qui vous a pris à tous les deux, lança Freya sur un ton qui trahissait une réelle exaspération. Rendez-vous à l'évidence, bon sang ! Vous poursuivez le même objectif : améliorer le niveau de service des urgences. Alors, à quoi rimait cette joute oratoire ?

La réprimande piqua au vif Jess qui, cependant, ravala sa fierté. Après tout, elle l'avait un peu méritée.

— Il faut davantage de véhicules et de personnel compétent au SAMU.

— Je ne le nie pas. Cependant, mon budget ne m'a jamais permis de les financer. Je n'ai pas une grande marge de manœuvre sur ce plan. Or, vous laissez entendre que l'argent aurait été dépensé à mauvais escient, pour ne pas dire gaspillé. Épluchez mes états comptables et vous constaterez que tout investissement de cette nature se ferait au détriment du personnel infirmier et des approvisionnements en médicaments.

— Quand il s'agit de sauver des vies, le SAMU intervient en première ligne, objecta Beckett.

— Je suis d'accord, mais…

— Il n'y a pas à discuter. La modernisation du SAMU local constitue une priorité et doit être traitée comme telle.

Il s'interrompit une seconde et l'observa avec attention.

— Cela vous arrive souvent ? s'enquit-il sur un ton radouci.

— Quoi donc ?

— Ce léger tressautement de la paupière.

— Uniquement quand quelqu'un met en doute mes compétences et mon intégrité.

Il parut sur le point de répondre du tac au tac, puis se ravisa.

— Et si nous enterrions la hache de guerre ? Peut-être pourrais-je jeter un coup d'œil à votre budget ? On a parfois du mal à prendre du recul sur un sujet quand on est plongé dedans du matin au soir. Avec un peu de chance, j'arriverai à détecter une possibilité qui vous aura échappé. Dans le cas contraire, nous aurons au moins une idée plus claire de l'orientation à donner à votre projet.

— Voilà une attitude nettement plus constructive, ne put s'empêcher de rétorquer Jess. Je dois d'abord en toucher deux mots pour des raisons de confidentialité. Toutefois, au vu de notre situation actuelle, je ne pense pas que cela pose un problème.

— Puis-je avoir votre numéro de portable ?

Elle fut tellement prise de court qu'une rougeur intempestive lui envahit les joues.

— Comme ça, je vous contacterai directement afin que nous fixions un rendez-vous lorsque j'aurai fini d'examiner les chiffres.

Jess déglutit avec difficulté. Bien qu'elle s'astreigne à une vie monacale sur le plan de la sexualité, elle n'était pas insensible au jeu de la séduction. Elle pria intérieurement pour que son trouble soit passé inaperçu, ce dont elle doutait fortement. Elle était devenue rouge comme une pivoine, et Beckett arborait un sourire malicieux. Il devait s'imaginer qu'elle était sous le charme… ce qui n'était pas totalement faux. Voilà ce qui arrivait à force de tenir les hommes à l'écart. Elle ne savait même plus identifier quand l'un d'eux flirtait avec elle ou non !

Furieuse contre ce moment de faiblesse, elle griffonna son numéro.

— Je vous promets de ne vous contacter qu'à des fins professionnelles.

Il se pencha vers elle, et elle sentit son souffle lui caresser le visage, tandis que son rythme cardiaque s'accélérait.

— Sauf si vous préférez changer les règles, ajouta-t-il sur un ton qui ne laissait pas place à l'équivoque.

— Cela ne risque pas de se produire.

— Libre à vous. De toute façon, vous avez mon numéro si jamais vous changez d'avis.

3.

Si Beckett pensait qu'elle s'était radoucie après leur confrontation de la semaine précédente, il se rendit vite compte de son erreur lors de leur réunion individuelle. Jess se montra tout aussi professionnelle que distante.

Pourtant, il avait surpris à plusieurs reprises au fond de ses beaux yeux verts une lueur particulière dont elle n'avait sans doute pas conscience, comme si, à son insu, elle baissait parfois sa garde et laissait s'exprimer ses émotions féminines. Elle n'appréciait manifestement pas ce qu'il représentait, en revanche, elle éprouvait de l'attirance physique pour lui, même si elle s'avérait, la plupart du temps, aussi épineuse qu'un cactus.

Cette femme l'intriguait au plus haut point. Non parce qu'elle résistait à son charme, contrairement à bon nombre de ses congénères… non, il s'agissait d'autre chose de plus profond, de plus subtil. Loin de le décourager, cette froideur lui donnait envie de trouver une fissure dans son armure, plus pour essayer de comprendre sa personnalité que pour la séduire. Car il ne pouvait pas promettre à Jess ce qu'elle attendait vraisemblablement d'une relation amoureuse : le long terme et la stabilité.

Il avait néanmoins réussi à lui arracher un ou deux sourires, ce qui lui avait valu d'éprouver chaque fois une poussée d'adrénaline comparable à celles que lui procurait son travail au SAMU et qui lui manquaient tant dans sa mission actuelle.

— Maintenant que nous avons fait le tour du sujet, que diriez-vous de déjeuner avec moi ? demanda-t-il quand ils se retrouvèrent dans le couloir. Il me semble important d'apprendre à nous connaître.

Il réalisa trop tard le double sens de sa suggestion. Et pourquoi pas ? Après tout, ils avaient l'un et l'autre conscience de la ligne jaune à ne pas franchir. Malgré leur attirance mutuelle, elle n'avait pas plus que lui l'intention de céder à ses pulsions… pour la même raison que lui, finalement.

Comme il s'y attendait, la jeune femme hocha la tête en signe de dénégation.

— Je ne crois pas que ce soit une bonne idée.

— Vraiment ?

Elle ne lui opposait pas un refus catégorique, et le regard timide qu'elle coula vers lui, surprenant chez une femme en apparence si sûre d'elle, l'encouragea à avancer un pion supplémentaire.

— Et si je vous invitais à dîner ?

— Très mauvaise idée, capitaine !

Elle rougit légèrement, comme si cela lui avait échappé, ce qui la rendit plus adorable encore. Toutefois, son expression indiquait clairement qu'elle demeurait sur la défensive. Jess Daniels ne s'était pas contentée d'ériger un rempart pour se protéger, elle avait aussi creusé une douve où attendaient des alligators !

Beckett savait que le personnel de l'hôpital s'amusait à l'appeler capitaine, son grade au sein des services médicaux d'urgence. De même, il avait entendu certains spéculer sur le montant de son compte en banque. Ce qu'ils ignoraient, c'est que, ce pécule, il l'avait gagné à la sueur de son front. Certes, il hériterait de la fortune familiale, mais pour l'heure il n'y avait pas accès, son père en ayant décidé ainsi pour éviter de le voir se livrer aux mêmes excès que sa sœur aînée. C'était mal le connaître : Beckett avait un tempérament très différent de celui de Sloane, laquelle semblait prendre un malin plaisir à jeter l'argent par les fenêtres. Rien n'était trop beau ni trop cher pour elle, à commencer par ce maudit bolide hors de prix qu'elle laissait son fiancé piloter à toute allure et qui leur avait coûté la vie.

Beckett, pour sa part, préférait mener une vie plus discrète, loin des strass et des paillettes. Il s'était cependant résigné à troquer temporairement son uniforme de capitaine contre un costume de couturier lorsque son père l'avait appelé à la rescousse, les médecins lui ayant diagnostiqué un cancer. Il avait alors accepté d'endosser de nouveau le rôle du futur héritier à qui échoirait, un jour, la responsabilité de gérer le patrimoine familial.

Il adressa à Jess un sourire enjôleur.

— Juste une fois ! Il suffirait de confier Mason à une baby-sitter samedi soir.

— Inutile d'insister, marmonna-t-elle. Il faut que j'aille travailler.

Elle tourna les talons et s'éloigna sans se retourner.

— Je ne considère pas ça comme un non ! lança-t-il dans son dos.

Il entendit un petit rire étouffé et, pour une raison qu'il jugea préférable de ne pas s'expliquer, son cœur se gonfla d'allégresse. Un jour, il obtiendrait un rire franc et spontané.

— Beckett ?

— Oui ? répondit-il distraitement tandis que la ravissante silhouette de Jess disparaissait derrière les portes du service des urgences.

Il se tourna vers Freya qui l'observait d'un œil désapprobateur.

— Ne joue pas avec elle. Ne l'entraîne pas dans une relation qui, pour toi, ne signifierait rien de sérieux.

— Telle n'est pas mon intention, rassure-toi. Jess et moi sommes sur la même longueur d'onde. Elle ne craint rien avec moi.

La jeune femme eut une moue sceptique, mais changea de sujet.

— Comment s'est déroulée votre session de travail ?

— Nous avons passé en revue les chiffres, et je dois admettre qu'elle a raison. Le budget ne suffit pas à augmenter le nombre de véhicules de secours, ni à financer le salaire du poste vacant depuis des mois. Il faudrait envisager une rallonge par rapport à la dotation initiale. C'est pourquoi j'ai demandé à Jess de me soumettre une proposition plus globale, qui prenne en compte ces surcoûts.

— D'où cette ride de contrariété qui te barre le front ! Ainsi, tu ressembles à ton père.

Beckett esquissa une grimace. Le plus tard serait le mieux.

— Ce projet me tient particulièrement à cœur. Je ne veux

pas que le drame qui nous a frappés se répète. Avec plus de moyens, la mort de Sloane et de son fiancé aurait probablement pu être évitée.

— Je comprends. Si seulement ces vieilles barbes du conseil d'administration n'étaient pas aussi près de leurs sous ! Cela fait des années que je me bats pour moderniser notre hôpital et j'avoue que, par moments, le manque de réactivité me porte sur les nerfs… Tu enchaînes avec une autre réunion ?

— J'étais censé rencontrer le représentant de la chirurgie générale, mais l'entrevue a dû être reportée à cause d'une urgence au bloc opératoire.

— Si tu prévois de t'éclipser, ne tarde pas. J'ai l'impression qu'un déluge nous guette. Bon, je te laisse. Salut !

Beckett projetait effectivement d'aller se défouler au club de sport de la ville. Il ressentait le besoin d'évacuer la tension accumulée au cours de la matinée, tension à laquelle n'était pas étrangère la promiscuité avec Jess, dans ce minuscule bureau de la taille d'un placard.

Quand il rejoignit le hall d'entrée, il était déjà trop tard. La pluie tombait de façon si drue que c'est à peine s'il parvenait à distinguer les voitures garées sur le parking. Soudain, une bâche jaune vif, emportée par une bourrasque, passa devant la baie vitrée et finit sa course plaquée contre un réverbère, ses deux extrémités battant au vent, telles les ailes d'un canari géant.

Mieux valait, en effet, ne pas s'aventurer dehors maintenant. Son téléphone portable vibra dans sa poche. Jess chercherait-elle à le joindre ? Aurait-elle changé d'avis au sujet du déjeuner ou du dîner ?

Ses espoirs furent vite douchés. Sur l'écran s'affichait un bulletin d'alerte météo qui lui fit froid dans le dos.

— Tout le monde à l'abri ! s'écria-t-il en repoussant les personnes proches de la grande façade entièrement vitrée. Une tornade approche !

Au service des urgences régnait une sacrée pagaille. Paniqués, les patients valides se bousculaient vers les couloirs mieux protégés, tandis que médecins et infirmières, débordés, s'employaient à évacuer les malades incapables de se déplacer.

Jess, pour sa part, s'efforçait de conserver son calme et de garder le contrôle de la situation. Du coin de l'œil, elle vit Sasha, l'une des secrétaires médicales, se glisser sous son bureau au lieu de suivre le mouvement. Tant pis, elle s'en occuperait plus tard. Pour le moment, elle devait se concentrer sur les personnes ayant le plus besoin d'assistance.

— On dirait qu'ils n'ont jamais vu une tempête, grommela-t-elle pour elle-même.

Elle aida une vieille dame à s'asseoir dans un fauteuil roulant qu'elle poussa vers l'intérieur du bâtiment. Une fois dans la zone de sécurité, elle la laissa aux soins d'une infirmière, avant de regagner les urgences au pas de charge. Elle croisa les derniers retardataires, notamment un vieillard qui boitait, accroché au bras d'un adolescent. Elle avisa un fauteuil de transfert abandonné dans un coin, s'en saisit et courut vers le couple qui avançait avec une lenteur exaspérante.

— Tenez, utilisez ça. Vous irez plus vite.

Soulagée, elle constata que tout le monde avait quitté les lieux. Elle adressa une prière muette pour que l'hôpital s'en sorte sans trop de dégâts et que l'école de Mason ne se trouve pas sur la trajectoire de la tornade. Dès qu'elle se serait abritée, elle consulterait l'application météo pour se renseigner. Elle s'apprêtait à battre en retraite quand des sanglots étouffés l'alertèrent.

Bon sang, elle avait failli oublier Sasha !

Elle approcha du bureau. Paralysée par la peur, la jeune fille se terrait, tel un animal blessé. Il fallait absolument la convaincre de sortir de là, car l'immense baie vitrée toute proche représentait un réel danger.

— Sasha, nous devons rejoindre les autres. Ici, nous ne sommes pas en sécurité. Viens avec moi.

Jess s'efforçait de parler d'une voix douce et égale, malgré son cœur qui tambourinait dans sa poitrine. Elle n'obtint aucune réaction.

— Nous ne pouvons pas rester ici, insista-t-elle. Il faut nous éloigner le plus vite possible de cette vitre.

Au-dehors, les nuages étaient devenus d'un noir d'encre. Un grondement effroyable s'éleva, s'amplifiant de seconde en seconde. Il n'y avait pas une minute à perdre, la tornade ne tarderait pas à frapper. Jess s'agenouilla et tendit la main vers l'assistante médicale.

— S'il te plaît, Sasha, dépêche-toi !

La méthode douce n'opérant pas, elle décida d'employer un ton autoritaire.

— Sasha, sors de là-dessous *immédiatement* !

Accroupie, la jeune fille se balançait d'avant en arrière, l'air hagard. Entre deux sanglots, elle ânonnait une prière.

— Aide-toi, le ciel t'aidera. Tu connais ce proverbe ? Alors, bouge-toi !

— Tu n'en tireras rien, elle est terrorisée. Laisse-la où elle est, décréta une voix masculine.

Jess sursauta et se cogna la tête contre le plateau du bureau. Une douleur aiguë irradia dans son crâne. Elle en serait quitte pour une belle bosse ce qui, compte tenu de la situation, serait un moindre mal.

— Désolé de t'avoir fait peur. Viens, tu es en danger si tu restes ici.

Elle accepta la main que Beckett lui tendait, notant au passage qu'il avait adopté le tutoiement. Les circonstances, sans doute… mais après tout, pourquoi pas ? Elle se redressa et jeta un coup d'œil en direction de la baie vitrée. Le ciel avait pris une teinte verte trouble et inquiétante. C'est alors qu'elle distingua l'entonnoir nuageux.

— Mon Dieu !

Beckett dut l'apercevoir en même temps qu'elle, car il l'entraîna sans ménagement vers un autre bureau, la poussa dessous et plongea à son tour. Il était temps ! Deux secondes plus tard, un objet apparemment lourd et volumineux, à en juger par le bruit, fracassa la baie vitrée et s'écrasa sur le sol carrelé. Jess restait blottie contre le torse de Beckett qui faisait barrage de son corps et bloquait son champ de vision.

Un craquement sinistre leur déchira les tympans, se mêlant au rugissement du vent, puis un crépitement métallique terrifiant, comme si une pluie de balles s'abattait par terre, se fit entendre.

— Qu'est-ce que c'est ? hurla Jess à l'oreille de Beckett pour surmonter le vacarme. De la grêle ?

— Je ne sais pas. En tout cas, ça me fouette le dos et ça pique affreusement.

Leur abri de fortune commença à glisser sous l'assaut combiné des bourrasques et du déluge qui inondait le carrelage. L'eau glaciale ayant imbibé ses vêtements, Jess se mit à claquer des dents.

Tout à coup, aussi soudainement que le cataclysme s'était déclenché, le vent tomba. Un silence lourd succéda au vacarme assourdissant.

— C'est fini, tu crois ?

— Oui, on dirait.

Beckett poussa un gémissement de douleur et s'extirpa de leur cachette. Jess sortit à son tour à quatre pattes et se releva péniblement.

— On l'a échappé belle.

Était-ce le soulagement d'avoir survécu à ce cauchemar, ou de la gratitude à l'égard de celui qui l'avait protégée ? Avant d'avoir pris le temps d'élucider la question, elle se plaqua contre son sauveur. La pulsion l'emporta sur la raison. Jess se hissa sur la pointe des pieds, noua les bras autour de son cou. Ses lèvres n'étaient plus qu'à quelques centimètres de celles de Beckett quand son cerveau se reconnecta à la réalité. Elle avait failli commettre une erreur monumentale. Il ne pouvait s'agir que d'un effet du stress.

Elle s'écarta brusquement.

— Désolée. Je ne sais pas ce qui m'a pris. Sans doute une poussée d'adrénaline.

— Inutile de t'excuser. C'est déjà oublié.

L'intensité de son regard ténébreux démentait néanmoins ses propos.

Elle devait vite faire diversion. Sinon, elle risquait de se consumer de honte.

— Quel désastre ! murmura-t-elle en contemplant l'étendue des dégâts d'un air abattu.

Le service des urgences ressemblait à une zone de guerre. Des plaques du faux plafond pendaient lamentablement, des bris de verre jonchaient le sol, papiers et documents étaient éparpillés sur le carrelage inondé, et les écrans d'ordinateur étaient renversés sur les bureaux. Autour d'eux, tout était cassé ou trempé, voire les deux à la fois. Les éclairages, en partie arrachés, clignotaient, renforçant l'aspect lugubre des lieux.

— Tu n'as rien ? s'enquit Beckett.

— Je suis indemne, et c'est grâce à toi.

Lui, en revanche, était anormalement pâle. Rien d'étonnant après ce qu'ils venaient de vivre.

— Et toi ? Tu as mauvaise mine.

— J'ai été touché dans le dos, je crois.

— Tourne-toi.

Il s'exécuta et elle découvrit une multitude de perforations.

— Je te le confirme. Enlève ton veston.

— Tes désirs sont des ordres, répondit-il.

Il grimaça de douleur en ôtant sa veste. Sa chemise était constellée de taches rouges.

— La chemise, maintenant. Il faut que je t'examine.

— Tu as une curieuse façon de demander à un homme de se déshabiller.

Il fit l'ébauche d'un sourire moqueur, lequel se mua en rictus.

Jess retint de justesse une exclamation horrifiée. Une bonne dizaine de petites échardes métalliques étaient piquées dans la peau, des omoplates à la taille. Si Beckett ne l'avait pas propulsée sous le bureau, ces éclats de métal se seraient plantés dans son visage, et elle serait probablement défigurée à cette heure.

— On croirait que quelqu'un s'est amusé à jouer aux fléchettes, avec toi pour cible.

— Très drôle. En attendant, j'ai mal.

— Je vais essayer de trouver de quoi te soigner dans ce capharnaüm.

Elle entreprit d'explorer le champ de bataille.

— Peux-tu te renseigner sur Internet pour savoir quels autres bâtiments ont été touchés ? demanda Jess tandis qu'elle fouillait le contenu d'une armoire à pharmacie qui gisait sur le flanc. Commence par l'école primaire de Mason, s'il te plaît.

— OK, mais fais attention à ce que ce fichu plafond ne te tombe pas sur la tête.

Elle leva les yeux et vit une dalle en équilibre précaire juste au-dessus d'elle. Pourquoi n'avait-on pas construit l'hôpital avec des matériaux plus solides ? Probablement pour que des hommes aussi riches que Clint ou les Wilder obtiennent un meilleur retour sur investissement. Elle s'en voulut aussitôt. Elle était injuste envers Beckett qui lui avait été d'un grand secours.

Elle finit par dénicher une pince à échardes, de la gaze, une solution antiseptique et des pansements.

— Attention ! hurla Beckett.

Avant qu'elle ait eu le temps de réaliser ce qui se passait, il l'avait saisie à bras-le-corps et s'était projeté sur le côté, l'entraînant avec lui. Une seconde plus tard, un énorme pan du plafond s'écrasa par terre, à l'endroit précis où elle se trouvait auparavant.

En l'espace d'une heure, cet homme lui avait sauvé la vie à deux reprises.

— Merci, marmonna-t-elle en s'écartant de ce corps puissant et viril qui faisait naître dans son imagination des images un peu trop érotiques à son goût.

Elle se devait de garder la tête froide, de se comporter en professionnelle, non comme une femme sevrée de sexe, incapable de contrôler sa libido.

— Tu auras encore plus mal au dos si tu ne te tiens pas tranquille.

— Tu as une curieuse manière de me témoigner ta gratitude !

— Une fois ce cauchemar derrière nous, je te promets de

chanter tes louanges dans toute la ville, à commencer par Main Street.

Main Street… Combien de ravages la tornade avait-elle causés ? Avait-elle détruit sa maison ? L'école primaire ? *Oh ! mon Dieu, Mason !*

Il fallait absolument qu'elle joigne quelqu'un pour s'assurer qu'il était sain et sauf.

Jess tâta ses poches à la recherche de son portable. En vain. En désespoir de cause, elle se rabattit sur l'un des téléphones fixes. Aucune tonalité.

— Tu as ton portable à portée de main ?

Beckett le tira de la poche intérieure de son veston et le lui tendit.

— Qui souhaites-tu appeler ?

— L'école de Mason.

Ses mains tremblaient si fort qu'elle faillit lâcher l'appareil. Bon sang, c'était quoi, déjà, le numéro ? À force d'enregistrer ses contacts dans son répertoire téléphonique, plus personne ne faisait l'effort de les mémoriser.

— Tu ne te rappelles plus le numéro ?

— Je vais y arriver. Il *faut* que j'y arrive !

Elle inspira profondément pour calmer son anxiété. Si elle cédait à la panique, jamais elle ne parviendrait à se le remémorer. Peut-être que la mémoire lui reviendrait quand elle composerait les premiers chiffres qui, ceux-là, lui étaient familiers ? Elle tenta sa chance… avec succès. Elle tomba hélas sur un message préenregistré de l'opérateur l'informant d'un problème technique et l'invitant à renouveler son appel ultérieurement.

— Ça ne marche pas, dit-elle d'une voix étranglée.

— À mon avis, plus aucun réseau ne fonctionne.

— Il faut pourtant réussir à la joindre, car si la tornade est passée dans ce quartier, il y a forcément des blessés parmi les écoliers.

Beckett acquiesça.

— Essaie de ne pas trop t'inquiéter. Les enseignants sont

formés aux premiers secours. Ils sauront prendre en charge les enfants. Voilà ce que je te propose : tu me débarrasses de cette mitraille qui me fait un mal de chien, et ensuite je vais aux nouvelles.

4.

Jess restant les bras ballants, Beckett jugea utile d'insister en invoquant sa conscience professionnelle.

— Tu ne voudrais quand même pas que mon dos s'infecte, faute de soins, alors que je t'ai sauvé la vie ?

Elle le fusilla du regard.

— J'ai l'impression que tu n'as pas fini de me le rappeler, répliqua-t-elle sèchement.

Il ne put réprimer un sourire satisfait. Il avait appuyé sur le bon bouton.

— Songe au plaisir que tu vas éprouver à me torturer.

Elle ne répondit pas à la provocation. Il comprenait qu'elle se ronge les sangs à propos de Mason. Lui-même s'inquiétait du sort de ce petit bonhomme qu'il n'avait rencontré qu'une seule fois, mais qui avait su gagner son affection. Pourvu qu'il ne lui soit rien arrivé de grave ! Il l'espérait de tout son cœur, de même qu'il espérait que ces événements dramatiques lui permettraient de se rapprocher de Jess, d'établir avec elle une relation sinon amicale, du moins cordiale. À plusieurs occasions, il avait cru avoir apprivoisé la jeune femme, mais dès qu'il ouvrait la bouche, elle le rembarrait et se réfugiait de nouveau sous son armure.

Il nota cependant que, parfois, le contact de ses doigts sur sa peau se muait en caresse. Il ne cessait de s'interroger sur la réaction impulsive de Jess. Pourquoi s'était-elle jetée à son cou et avait-elle failli l'embrasser ? S'agissait-il d'un élan provoqué par l'adrénaline, comme elle le prétendait, ou y avait-il une autre cause ? Son beau visage exprimait alors bien plus que de la gratitude. Beckett se souvenait aussi de son émoi quand, en dépit des circonstances, elle avait baissé sa garde et s'était instinctivement blottie contre lui, sous le bureau.

Les mâchoires crispées, il étouffa un juron. Avait-elle pris au pied de la lettre sa plaisanterie au sujet de la torture ? L'extraction de ces maudites échardes n'était franchement pas une partie de plaisir.

— Voilà, c'est terminé. Le dernier éclat était enfoncé plus profondément que les autres.

Elle vint se placer devant lui, mais garda les yeux baissés, son regard semblant se fixer plutôt sur son torse nu.

— Je ne me vois pas te coller une multitude de pansements qui, de toute façon, risquent de ne pas tenir. Que dirais-tu d'un bandage à la place ?

— Fais pour le mieux. Je me fie à ton jugement médical.

Lorsqu'elle eut fini de le bander et jeté ses gants chirurgicaux, Beckett put enfin souffler. Il se rendait compte que la tension au niveau de ses épaules et de sa nuque n'était pas seulement due à la douleur, mais aussi à la proximité de la jeune femme. Il avait suffi qu'elle le touche pour que ses pensées s'égarent dangereusement.

Beckett ramassa sa chemise et examina avec répugnance les taches de sang qui, en séchant, s'étaient transformées en croûtes noirâtres. Il n'avait pas la moindre envie de l'enfiler. D'un autre côté, la décence voulait qu'il ne se promène pas à moitié nu dans l'hôpital.

— Mets plutôt ça que ce truc dégoûtant, déclara Jess en lui tendant une blouse de chirurgien. Elle n'ira pas avec ton pantalon de dandy, mais au moins elle est propre.

— Je n'ai pas un pantalon de dandy ! Il est tout ce qu'il y a de plus classique.

— Ce costume a dû coûter plus cher que ma voiture, répliqua-t-elle sèchement.

Il se retint de rétorquer que son vieux tas de ferraille ne valait de toute façon pas grand-chose. Son instinct lui soufflait que sa remarque serait interprétée comme une agression. Il avait déjà eu l'occasion de constater que Jess avait tendance à se fermer comme une huître lorsqu'on s'avisait d'émettre une critique la concernant.

Il se contenta donc de hausser les épaules.

— Il existe certaines contraintes locales liées au patronyme de Wilder. Soigner son image en est une.

D'où les tenues haute couture, les restaurants gastronomiques ou encore l'immense propriété au bord du lac. Pour autant, ces signes ostentatoires de richesse ne l'attiraient pas. Il avait accepté d'endosser le rôle d'héritier parce qu'il faisait partie de la mission confiée par son père. Ses parents ne lui avaient pas encore confisqué les clés de son pick-up, mais il sentait venir le jour où son père lui dirait : « Que vont penser les gens s'ils te voient au volant de cette… camionnette ? Tu es un Wilder, je te le rappelle. Tu te dois de ne jamais oublier ton statut et de tenir ton rang. » Il y avait fort à parier que, ce jour-là, il lui aurait déjà commandé une voiture de luxe.

— Imagine le nombre d'ambulances que tu pourrais financer en réduisant un train de vie qui ne semble pas te plaire tant que ça ! lança Jess par-dessus son épaule.

Que les Wilder possèdent de la fortune paraissait l'irriter. Elle ne ratait jamais une occasion d'émettre des remarques acerbes sur l'arrogance des nantis. Pourquoi ? Il n'en avait pas la moindre idée. Si elle s'était donné la peine d'apprendre à le connaître, elle aurait su qu'il n'appartenait pas à cette catégorie d'individus.

Lorsqu'il la rejoignit, Jess avait entrepris de déblayer les gravats qui bloquaient le couloir, isolant les urgences du bâtiment principal de l'hôpital. Voilà pourquoi aucun membre du personnel, ni aucun patient ne s'étaient encore manifestés.

Ils travaillèrent en silence, chacun plongé dans ses pensées. Le moindre mouvement réveillait chez Beckett la douleur provoquée par la multitude de petites plaies sous son bandage, et il devait serrer les dents pour ne rien laisser paraître. Quel spectacle les attendait-il de l'autre côté de cette barricade ? La tornade avait-elle également dévasté le reste de l'établissement ? Il avait hâte d'en avoir le cœur net.

Dès qu'ils eurent fini de dégager la voie, Freya apparut. Elle avait l'air exténuée, mais indemne. Derrière elle, Beckett aperçut des bris de verre et du mobilier sens dessus dessous. Mis à part cela, aucun dommage majeur n'était à déplorer.

— Oh ! merci, mon Dieu ! s'écria Freya en se précipitant vers son amie. J'étais morte d'inquiétude.

Elle la serra dans ses bras.

— Je vais bien. Je n'ai pas une seule égratignure.

Jess coula un regard en direction de Beckett avant d'ajouter :

— En revanche, ce n'est pas le cas de tout le monde. Et toi, comment vas-tu ?

Freya lui prit les mains. Sur son visage, le soulagement avait cédé la place à une expression d'une profonde gravité. Beckett eut le pressentiment qu'elle s'apprêtait à leur révéler une très mauvaise nouvelle. Son intuition ne l'avait pas trompé.

— Nous avons reçu un appel radio. L'école primaire de Mason se trouvait sur la trajectoire de la tornade. Quelle est l'ampleur des dégâts ? Nous l'ignorons. La seule certitude que nous ayons, c'est qu'une partie du bâtiment s'est effondrée.

— Non, pas ça, gémit Jess.

Le choc fut tel que la jeune femme tituba. Elle serait tombée s'il ne l'avait rattrapée de justesse. Il la maintint contre lui le temps qu'elle se ressaisisse. Son corps était agité de tremblements. Son fils représentait ce qu'elle avait de plus cher au monde. Si un malheur était arrivé au petit garçon, Beckett doutait qu'elle parvienne à surmonter l'épreuve. Son désir de la protéger, qu'elle le veuille ou non, décupla.

— Il faut que j'y aille, murmura-t-elle d'une voix rauque, comme se parlant à elle-même.

— Pas dans cet état, répondit Freya avec douceur, mais fermeté. Je ne te laisserai pas partir. Après ce que tu viens d'apprendre, il est impératif que tu reprennes tes esprits. Écoute : nous allons envoyer quelqu'un afin d'installer sur site un poste médical avancé. Nous rassemblons actuellement le matériel nécessaire. Reste à décider qui dépêcher sur place. Le problème, c'est que le cataclysme a fait de nombreux blessés, que nous sommes en effectif réduit et que nous ne savons plus où donner de la tête.

— Je me porte volontaire, insista Jess.

— Ma chérie, je te comprends, mais je ne pense vraiment pas que ce soit une bonne idée. Tu es trop impliquée personnellement. Nous essayons de contacter le personnel des urgences qui était de repos aujourd'hui. Malheureusement, aucun réseau téléphonique ne semble fonctionner.

— C'est moi qui irai, décréta Beckett. Je suis disponible et j'ai l'expérience requise. Inutile de puiser dans les ressources déjà restreintes de l'hôpital.

Freya acquiesça, manifestement soulagée.

— D'accord. Merci, Beckett.

Jess croisa les bras et les considéra avec un air de défi.

— Personne ne m'empêchera de m'y rendre. Que vous le croyez ou non, je me sens parfaitement capable de gérer la situation.

— Nous ignorons combien d'écoliers sont blessés. Si Mason fait partie du lot, es-tu certaine de conserver le sang-froid nécessaire pour t'occuper des autres enfants ?

Il lut de la terreur dans son regard. Elle ferma les yeux. Quand elle les rouvrit, la détermination avait remplacé la peur.

— Que cela vous plaise ou non, je n'ai pas l'intention d'abandonner mon fils. Et maintenant, si vous voulez bien m'excuser, je n'ai pas de temps à perdre en palabres.

Des scénarios dignes d'un film catastrophe se succédaient dans son esprit enfiévré. Jess se représentait des enfants mutilés, des enseignants affolés et Mason, blessé, terrifié au milieu de ce chaos.

Son fils, son bébé, la chair de sa chair…

Elle imaginait son petit corps meurtri, criblé de tessons de verre, ses membres brisés, ou pire encore… Elle se sentait oppressée et luttait contre les larmes qui lui brûlaient les paupières.

Surtout, ne pas perdre pied.

Après tout, Mason avait peut-être réchappé au cataclysme.

Peut-être était-il indemne. Elle avait beau essayer de s'en convaincre, l'étau qui lui comprimait la poitrine refusait de se desserrer. Tant qu'elle n'aurait pas constaté de ses propres yeux comment allait son fils, tant qu'elle ne serait pas fixée sur son sort, elle ne respirerait pas normalement.

— Tu t'estimes sincèrement en pleine possession de tes moyens pour assurer cette mission ? insista Beckett dans son dos.

Elle fit volte-face. De quoi se mêlait-il ? Pourquoi s'obstinait-il à tenter de la dissuader ? Ne comprenait-il pas qu'elle avait besoin de se rendre sur place ?

— Oui, je suis certaine d'être opérationnelle.

De toute façon, elle n'avait pas le choix. Paniquer s'avérait un luxe qu'elle ne pouvait se permettre. Elle avait l'habitude du stress et savait le gérer. Il faisait partie de son quotidien, de mère célibataire et d'infirmière urgentiste. Certes, elle avait marqué un moment de faiblesse, mais à présent elle sentait ses forces et sa détermination revenir. Son métier exigeait d'elle qu'elle compartimente les choses pour évaluer les situations, souvent dramatiques, et qu'elle mette de côté ses émotions. Le drame touchant directement son fils, l'exercice s'annonçait plus délicat. Toutefois, elle y parviendrait.

— Dans ce cas, nous irons ensemble. En revanche, j'ai plus l'expérience des premiers secours que toi, et il faudra que tu me fasses confiance.

Lui faire confiance ?

Quelques années auparavant, elle aurait acquiescé spontanément, sans réfléchir. À l'époque, elle se fiait à tout le monde. Lorsqu'elle était une jeune étudiante idéaliste, elle débordait d'optimisme… et de naïveté. Elle croyait en la loyauté des hommes et aux histoires sentimentales – coup de foudre, âmes sœurs, etc. Quand elle avait rencontré Clint, elle avait aussitôt succombé. Elle avait vécu sur un petit nuage. Cela avait été merveilleux jusqu'à ce qu'elle découvre que leur belle aventure ne reposait sur rien de solide, que tout n'avait été que mensonge et double jeu.

Cette révélation l'avait dévastée. Elle en avait conservé des séquelles indélébiles, mais elle avait réussi à remonter la pente, à se construire une nouvelle vie. Elle avait appris à ses dépens qu'il fallait se méfier de la gent masculine, a fortiori de ceux qui, comme Clint ou Beckett, avaient un compte en banque bien garni.

Pour autant, sa relation avec Clint n'avait pas engendré que de cuisantes déceptions. Elle avait aussi donné lieu à un petit miracle inattendu : la maternité. Aujourd'hui, Mason était en danger, et Jess ne laisserait personne l'empêcher de voler à sa rescousse.

— Nous verrons, se contenta-t-elle de répondre. Et maintenant, mettons-nous en route. Nous avons suffisamment perdu de temps comme ça.

Elle se dirigeait vers la sortie quand, tout à coup, elle se souvint qu'elle avait oublié quelque chose... ou plutôt quelqu'un.

Qu'était-il advenu de Sasha ?

Au pas de course, elle repartit en direction des urgences.

— Sasha ? Tu es toujours là ? Si tu m'entends, manifeste-toi.

— Est-ce la jeune fille qui s'est cachée sous le bureau ? s'enquit Beckett qui ne la quittait pas d'une semelle.

Décidément, il avait de la suite dans les idées ! Un bon point pour lui.

— Oui. Il s'agit de la dernière recrue du service.

Elle entreprit d'explorer les lieux. Pas le moindre signe de vie de la jeune fille. Bon sang, où pouvait-elle bien se trouver ?

— Ici ! s'écria Beckett en désignant une basket blanche qui dépassait d'un amas de fragments de meuble, de ferraille tordue et de verre brisé. Aide-moi à la dégager.

Ils se mirent aussitôt à déblayer les débris. Ils travaillaient vite, concentrés sur leur tâche afin de ne pas déséquilibrer l'amoncellement et provoquer ainsi son effondrement.

— Penses-tu que la compression est telle qu'il faille craindre un crush syndrome ?

Si Jess ne doutait pas de ses compétences en soins infirmiers, elle n'avait jamais exercé au sein d'une équipe du SAMU. Aux urgences, elle recevait des victimes ayant déjà bénéficié des premiers secours.

— À mon avis, elle ne sera pas restée coincée là-dessous assez longtemps pour causer une nécrose de la masse musculaire, répondit Beckett. En général, ce phénomène se produit au bout de plusieurs heures, voire plusieurs jours. Nous ne courons donc qu'un risque minime au moment de la décompression. En revanche, il faut nous attendre à des lésions traumatiques plus ou moins graves.

Elle prit le pouls au niveau de la cheville de Sasha.

— Je ne sens rien, annonça-t-elle.

Beckett fit de même à l'autre jambe.

— Rien ici non plus.

Ils se dépêchèrent de finir de débarrasser le corps des débris qui l'avaient enseveli. Le torse et la tête avaient été en partie protégés par un fauteuil de bureau renversé. Jess se livra à un examen préliminaire des fonctions vitales.

— Le pouls est très faible, et j'ai l'impression qu'elle ne respire plus.

Elle décida de recourir à un stimulus douloureux dans l'espoir de susciter une réaction de conscience, et se mit à lui frotter vigoureusement le sternum.

— Sasha ? Tu m'entends, Sasha ?

N'obtenant aucun succès, elle pressa une paume contre le front de la jeune fille et l'autre sous la mâchoire pour libérer les voies aériennes. Puis elle se pencha et approcha sa joue de la bouche. Aucun souffle n'était perceptible.

— Elle ne respire pas, répéta-t-elle.

— Il faut pratiquer la RCP.

Beckett s'agenouilla à côté des épaules de Sasha. Il plaça le talon de la main gauche au centre du thorax, celui de la droite par-dessus, et commença le massage cardiaque. Au bout de trente compressions thoraciques, qu'il comptait à voix haute, Jess effectua deux insufflations. Ils répétèrent la procédure jusqu'à ce que Sasha se mette à tousser et tente de repousser Beckett.

— Que… que s'est-il passé ? demanda-t-elle d'une voix faible en essayant de relever la tête.

— Ne bougez pas.

Il appliqua doucement la paume sur l'épaule de la jeune fille pour la maintenir immobile.

— Une tornade a frappé l'hôpital, expliqua-t-il. Vous avez perdu connaissance un certain temps. Ne faites pas le moindre mouvement avant que nous ayons procédé à un examen complet.

Sasha cligna plusieurs fois des paupières, manifestement désorientée.

— J'ai très mal à la tête, gémit-elle.

Jess était convaincue que l'assistante souffrait d'une commotion cérébrale. Peut-être même présentait-elle des lésions internes.

— Cela n'a rien d'étonnant. Jess, peux-tu aller chercher de l'aide ? Moi, je reste ici afin de veiller à ce qu'elle ne s'agite pas.

Jess faillit objecter, mais, voyant que la jeune fille réagissait bien au ton calme et posé de Beckett, elle se ravisa.

— Je fais aussi vite que possible.

Elle se précipita en direction du hall principal où, d'après les informations transmises par Freya, le service des urgences avait été transféré temporairement.

— Nous avons dégagé une personne des décombres. Il s'agit de Sasha. Il me faut un médecin et un brancard. Je ne suis néanmoins pas certaine qu'on puisse la transporter. Nous avons dû pratiquer la RCP. Elle a repris conscience et est capable de parler.

Deux minutes plus tard, elle revenait auprès de la victime, accompagnée d'une urgentiste et d'une infirmière. Tandis que la nouvelle équipe prenait le relais sous la supervision de Beckett, Freya l'entraîna à l'écart.

— Nous avons rassemblé l'équipement destiné au poste médical avancé. Si Beckett et toi êtes prêts, je suggère que vous confiez la patiente aux soins du Dr Newton et que vous vous rendiez à l'école immédiatement. Soyez prudents et, surtout, tenez-moi informée de la situation sur place. Je peux compter sur toi ?

La gorge nouée, Jess se contenta d'acquiescer d'un signe de tête. La véritable épreuve commençait car, à présent, il s'agissait de secourir son propre fils.

5.

— Je vais chercher ma voiture.

La jeune femme se précipita à l'extérieur, et Beckett n'eut pas d'autre choix que de lui emboîter le pas. Maintenant que Sasha était prise en charge par une équipe d'urgentistes, Jess n'avait apparemment plus qu'une idée en tête : retrouver Mason, ce qu'il concevait parfaitement.

Quand il sortit à son tour, il fut ébloui par la différence de luminosité. Il dut cligner des yeux à plusieurs reprises avant que ses rétines s'adaptent à la lumière. C'est alors qu'il vit Jess, quelques mètres plus loin, pétrifiée, la main plaquée contre sa bouche.

— Jess ? Qu'y a-t-il ?

Il la rattrapa au pas de course et comprit sa stupéfaction en découvrant la scène d'apocalypse qui s'offrait au regard. Arbres déracinés et poteaux électriques arrachés jonchaient le sol un peu partout. Sur le parking, certaines automobiles étaient retournées sur le toit, d'autres gisaient sur le flanc. La plupart des vitres latérales et des pare-brise avaient volé en éclats.

Avec prudence, ils se frayèrent un chemin parmi ce champ de bataille. A priori, aucun véhicule n'avait été épargné. Les rares qui reposaient encore sur leurs quatre roues étaient recouverts de branches et de débris en tout genre. Jess stoppa net.

— Et dire qu'elle sort de chez le garagiste ! soupira-t-elle d'un ton plaintif.

Sa vieille berline noire disparaissait à moitié sous un SUV qui avait écrasé le capot et une partie du toit. C'est sans doute pour cette raison qu'elle n'avait pas été renversée par les bourrasques.

— Je propose de prendre mon pick-up, suggéra prudemment Beckett.

Quelques heures seulement s'étaient écoulées depuis qu'il l'avait garé dans le parking couvert, mais il avait l'impression que cela faisait des jours. Face à des événements d'une telle ampleur dramatique, comment ne pas perdre la notion du temps ?

Ils n'avaient pas parcouru une centaine de mètres qu'ils aperçurent un poteau électrique couché en travers de la sortie du parking couvert. Une branche rabattue par le vent frôlait le câble par intermittence, provoquant des gerbes d'étincelles. Beckett ne put retenir un juron. C'était à croire que le sort s'acharnait contre eux !

— Il semble que ton pick-up ne soit pas plus utilisable. Que fait-on maintenant ?

Jess ferma les yeux et leva son visage vers le ciel, comme si elle l'implorait de leur venir en aide.

— L'école se trouve à huit pâtés de maison d'ici, déclara-t-elle quand elle les rouvrit. Pourquoi ne pas nous y rendre à pied ? Cela suppose juste d'emporter moins de matériel.

La perspective de marcher des kilomètres avec ses chaussures de ville, trempées de surcroît, ne l'enchantait guère. C'était des ampoules assurées ! Il se souvint alors qu'il avait laissé son sac de sport à l'arrière du pick-up. Avec un peu de chance, ses baskets se trouvaient à l'intérieur.

Il observa le parking couvert. Celui-ci s'élevait sur plusieurs étages. Malheureusement, les rampes d'accès n'étaient pas assez larges pour permettre à deux voitures de s'y croiser. À moins que…

— Je crois que j'ai une idée. Je pourrais sortir le pick-up en empruntant la rampe d'entrée qui, elle, n'est pas obstruée. Pour cela, il faudrait que tu empêches tout véhicule d'entrer en sens inverse le temps de l'opération. Qu'en dis-tu ?

Sans prendre la peine de lui répondre, la jeune femme se dirigea aussitôt vers le parking, l'obligeant une nouvelle fois à presser le pas pour la rattraper.

— Tu as toujours habité à Woodvale ? s'enquit-il.

— Pardon ?

Elle lui lança un regard où l'impatience le disputait à l'agacement.

S'il avait espéré l'amadouer avec ses tentatives de diversion, il en était pour ses frais. Jusqu'à présent, elles s'étaient soldées par des réponses laconiques ou incisives, voire un mutisme pénible. Il sentit la moutarde lui monter au nez.

— Il semble que nous soyons amenés à passer pas mal de temps ensemble aujourd'hui et à collaborer. Aussi serait-il judicieux que chacun y mette du sien pour communiquer. Sauf si tu préfères te recroqueviller dans ta coquille.

— Oui.

— Oui quoi ? Oui, tu as toujours vécu à Woodvale ou oui, tu as décidé de ne pas décrocher un mot de la journée ?

— Les deux.

— Dans ce cas, tu vas devoir prendre sur toi, car le silence, ce n'est pas trop mon truc, surtout dans ce genre de circonstances où il s'avère particulièrement important d'échanger. Aussi continuerai-je de parler, même s'il s'agit d'un monologue et non d'un dialogue.

— Super !

— C'est étonnant que nous ne nous soyons pas rencontrés plus tôt alors que, moi aussi, je suis né et j'ai grandi ici, déclara-t-il en ignorant délibérément l'ironie de son ton.

— Il y a fort à parier que nous ne fréquentions pas le même type d'endroits.

Encore une allusion à peine déguisée à leur différence de statut social ! Décidément, cela tournait à l'obsession !

Quand ils arrivèrent devant l'accès principal du garage, Beckett remarqua que les feux de circulation au carrefour ne fonctionnaient plus.

— Reste là, je vais chercher le pick-up. Croisons les doigts pour qu'il n'ait pas trop souffert.

Le bâtiment paraissait avoir résisté à la tornade sans grands dommages, mis à part un bon nombre de parois vitrées soufflées par le vent. La plupart des véhicules avaient été épargnés, dont le sien.

Beckett manœuvra avec précaution pour éviter les bris de verre et s'engagea tout aussi prudemment à contresens dans la voie menant à l'entrée. Lorsqu'il y parvint, il aperçut Jess aux prises avec un automobiliste stressé qui tentait de forcer le passage. La discussion paraissait animée. Campée devant le véhicule, les bras croisés, la jeune femme tenait bon, apparemment peu impressionnée par les gesticulations de son interlocuteur. Celui-ci se calma aussitôt en voyant apparaître le gros pick-up.

Énervée, Jess bondit sur le siège du passager et referma la portière en la claquant.

— Tu en as mis, un temps ! J'ai bien failli me faire agresser par cet abruti.

Il se garda de tout commentaire. Inutile d'en rajouter. Jess avait les nerfs à vif, ce qui, en de telles circonstances, s'avérait compréhensible. Il se gara le plus près possible du hall d'accueil de l'hôpital, du moins de ce qu'il en restait.

— On prend le matériel et on repart aussitôt, déclara-t-elle.

Il n'avait pas serré le frein à main qu'elle avait déjà sauté hors du véhicule.

— Oui, chef ! grommela-t-il entre ses dents.

Si elle s'obstinait à agir en solo tout en lui reprochant de ne pas suivre le mouvement, la journée promettait d'être longue !

Plusieurs bacs de médicaments et d'instruments médicaux les attendaient. Ils en firent rapidement l'inventaire. Bandes, compresses, solutions antiseptiques, pansements, kits de suture, antalgiques, bandes de kinésiologie, attelles, minerves : rien ne manquait à l'appel. Il y avait même un défibrillateur, dont Beckett espérait qu'ils n'auraient pas à se servir.

Profitant de ce que Jess portait un bac jusqu'à la voiture, Freya l'attira à l'écart.

— S'il te plaît, veille sur elle aujourd'hui. Surtout si…

Elle n'acheva pas sa phrase, mais Beckett devina sans peine ce qu'elle lui signifiait.

Surtout s'il est arrivé quelque chose de grave à Mason…

— Je te promets de garder un œil sur elle.

— Merci. Maintenant, tu as intérêt à ne pas traîner. Sinon, elle risque de partir sans toi.

Jess avait effectivement transporté une grande partie du chargement et piaffait d'impatience près du pick-up. Il se dépêcha de charger le reste.

— Avant de partir, j'ai une chose à faire.

Au prix d'un effort manifeste, elle se retint d'objecter. De toute façon, il n'aurait pas tenu compte de ses protestations. Il fouilla dans son sac de sport et troqua ses chaussures de ville contre des baskets sèches, plus adaptées à la situation.

À la sortie du parking, il bifurqua sur la gauche. L'avenue étant encombrée d'une multitude de débris et d'épaves de voitures renversées, il devait redoubler de vigilance et roulait largement en dessous de la limite de vitesse autorisée, ce qui, à en juger par la façon dont Jess se tordait les doigts, la mettait au supplice. Mais comment faire autrement ? Impossible de presser l'allure au milieu de ce champ de ruines. Et puis, il ne perdait pas de vue leur objectif premier : arriver à destination sains et saufs pour être en mesure de prêter main-forte.

La situation se compliqua davantage lorsqu'ils quittèrent Main Street et empruntèrent Wood Street, itinéraire le plus direct pour rejoindre l'école primaire de Mason. Plusieurs branches énormes gisaient sur la chaussée, bloquant les deux voies. Beckett donna un coup de frein brutal.

— On peut les retirer, tu crois ? s'enquit Jess.

— Allons vérifier.

Ils sortirent du véhicule. Il ne leur fallut pas longtemps pour constater que la route était totalement impraticable. Même leur pick-up équipé de six roues ne réussirait pas à franchir l'obstacle. Par ailleurs, les branches étaient beaucoup trop lourdes pour qu'ils parviennent à les traîner à eux deux.

— Je ne vois qu'une solution : rebrousser chemin, déclara Beckett. Sans quoi…

— Chut ! l'interrompit la jeune femme.

— Qu'y a-t-il ?

D'une main plaquée contre sa bouche, elle le réduisit au silence.

— Tais-toi deux secondes, murmura-t-elle. Il me semble avoir entendu un cri.

Elle était si proche que Beckett sentit son sang courir plus vite dans ses veines. Il aurait été bien incapable de discerner le moindre bruit tant son pouls lui martelait les tympans. Il s'empara de la main qui le bâillonnait et déposa un baiser au creux de la paume.

La jeune femme se libéra d'un geste brusque.

— Ce n'est pas le moment ! Écoute !

Elle avança de quelques mètres.

— Là, maintenant, tu entends ? insista-t-elle quand il l'eut rejointe.

Tendant l'oreille, il perçut enfin le bruit en question. Un appel au secours étouffé.

Des bicoques vétustes, dans un état de délabrement plus ou moins avancé, bordaient la rue. Certaines paraissaient avoir résisté à la violence du phénomène météo, mais avaient payé un lourd tribut à l'usure du temps. D'autres, en revanche, ne tenaient plus debout que par miracle.

À mesure qu'ils descendaient la rue, le cri devenait plus audible. La voix était celle d'une vieille dame.

— J'ai l'impression que cela provient de la maison bleue, là-bas. Si mes souvenirs sont bons, il s'agit de celle de Mme Glass !

Ils s'y rendirent au pas de charge.

De prime abord, l'habitation paraissait intacte. Toutefois, lorsqu'ils la contournèrent, ils découvrirent que le mur du pignon droit s'était complètement effondré, révélant l'intérieur en coupe, un peu comme une maquette d'architecture.

— Penses-tu qu'il soit judicieux d'entrer ? s'enquit Jess, hésitant à s'aventurer plus loin.

Judicieux ? Non, bien sûr !

Pénétrer à l'intérieur d'un bâtiment dont il manquait un pan de mur entier représentait un risque majeur. Toutefois, selon toute probabilité, les pompiers, débordés, ne seraient pas en mesure d'intervenir dans un délai acceptable.

— Avons-nous le choix ? Il n'y a personne d'autre que nous ici pour secourir cette pauvre femme.

Jess s'aventura prudemment à l'intérieur. Le parquet craquait sous ses pas et le vent s'engouffrait par le trou béant avec une plainte lugubre. Elle sentit la main de Beckett se refermer sur son bras et la retenir d'une poigne ferme.

— Attends dehors, je vais la chercher, lui enjoignit-il.

Jess fit volte-face.

— Elle me connaît depuis que j'ai cinq ans. Elle est peut-être blessée ou terrifiée. Voir un visage familier la rassurera.

— Moi aussi, je l'ai eue comme institutrice. Et même si tel n'avait pas été le cas, cela n'aurait pas grande importance. Si cette maison en partie éventrée s'écroule, nous nous retrouverons coincés sous les décombres, et il n'y aura personne pour donner l'alerte.

La voix tremblante de la vieille dame s'éleva quelque part à l'arrière du bâtiment.

— Il y a quelqu'un ? J'ai besoin d'aide.

— Beckett…

— Ne proteste pas, *s'il te plaît*, et sors *maintenant* ! déclara-t-il sur un ton sans réplique. Imagine que Mme Glass ne soit pas en état de marcher. Je pourrai la porter beaucoup plus facilement que toi.

Plus que l'argument, ce fut la détermination dans son regard qui la décida à obtempérer. Elle prit la clé qu'il lui tendait.

— Fonce au pick-up et rapporte ce qu'il nous faut pour les premiers secours.

Il posa la main sur son épaule et la dévisagea avec insistance, puis il disparut derrière l'escalier.

Jess ne l'admettait qu'à contrecœur, mais il avait raison. S'exposer au danger ensemble dans cette bicoque qui menaçait de s'effondrer d'un instant à l'autre eut été une erreur monumentale. D'autant qu'elle devait penser à Mason.

Sans plus tergiverser, elle sprinta jusqu'au véhicule. Elle y arriva hors d'haleine et songea qu'elle aurait intérêt à se remettre au jogging. Plus facile à dire qu'à faire avec son emploi du temps ! Elle saisit le sac de sport de Beckett dont elle renversa le contenu sur la banquette arrière, avant d'y fourrer le plus de matériel médical possible. Elle jugea inutile d'emporter le défibrillateur, la victime étant consciente.

Tout en s'activant, elle s'efforçait de chasser un horrible sentiment de culpabilité. Au lieu de s'arrêter chez Mme Glass, elle aurait mieux fait de se rendre directement à l'école pour secourir son fils. Mais comment affronter ensuite son propre regard dans un miroir, sachant qu'elle aurait abandonné cette adorable vieille dame à son triste sort ? Ils avaient agi avec discernement, bien qu'elle ait quelques difficultés à s'en convaincre.

Alors qu'elle repartait en courant, elle entendit un fracas assourdissant et vit la maison s'incliner dangereusement sur le côté gauche. Plusieurs bardeaux se détachèrent de la toiture et se fracassèrent par terre, dans une gerbe de gros éclats de bois. Il n'y avait plus une minute à perdre !

Malgré la peur qui la tenaillait, Jess s'approcha de la façade pour jeter un coup d'œil à l'intérieur. Elle ne distingua aucun mouvement.

— Beckett, dépêche-toi ! La structure ne tiendra plus très longtemps.

Elle n'obtint aucune réponse.

Une angoisse sourde lui noua le ventre.

Partagée entre le désir de leur porter secours et la nécessité de rester en vie pour son fils, Jess passa de nouveau la tête par la porte.

— Beckett ! hurla-t-elle.

— À quoi rime tout ce raffut ? s'exclama celui-ci.

Il adressa un sourire de connivence à Mme Glass qu'il portait dans ses bras, avant d'ajouter :

— S'inquiéterait-elle pour nous, par hasard ?

Où trouvait-il le courage de plaisanter dans de telles circonstances ?

Les jambes flageolantes, Jess s'écarta pour les laisser passer.

En salle d'urgence, elle était solide comme un roc, mais dès lors qu'il s'agissait de personnes proches, elle maîtrisait moins ses émotions. Elle répugnait à se l'avouer, pourtant Beckett assurait beaucoup mieux qu'elle face à des situations critiques, et cela n'avait rien à voir avec son mètre quatre-vingt-six ou sa carrure d'athlète. Elle n'était pas de celles qui avaient besoin d'un mâle pour avoir l'impression d'exister, considérant les hommes comme une option, non une nécessité. Alors, pourquoi celui-ci lui apparaissait-il comme indispensable ?

La gravité des circonstances, sans doute… Sans omettre le fait qu'il lui avait sauvé la vie.

Elle n'avait pas d'autre solution que de s'en remettre à son expertise professionnelle et à son sang-froid hors du commun. Pour autant, elle ne se sentait pas encore prête à lui accorder sa confiance, même si Beckett ne ressemblait en rien à Clint. L'un se montrait altruiste et courageux, tandis que l'autre s'était révélé un égoïste et un lâche de la pire espèce. Leur seul point commun, c'était leur aisance financière, encore que le fils héritier des Wilder, lui, n'en fasse pas étalage.

Tout bien réfléchi, aveuglée par ses a priori, elle l'avait mal jugé. Il venait de le lui prouver en risquant sa vie pour secourir la vieille dame.

Beckett déposa Mme Glass sur la pelouse, à une distance respectueuse du bâtiment. Avant qu'il ait eu le temps de se redresser, la structure émit un grondement sinistre avant de s'effondrer sur elle-même, dans un nuage de plâtre et de poussière.

— Oh ! mon Dieu ! s'exclama la vieille dame dans un sanglot.

Cinquante ans de sa vie venaient de partir en fumée et se résumaient désormais à un amas de gravats. Jess compatissait à sa douleur, d'autant que l'ancienne institutrice avait perdu son mari quelques années auparavant. À présent, elle se retrouvait seule avec ses souvenirs, sans même un toit au-dessus de la tête. La jeune femme s'agenouilla à côté d'elle.

— Êtes-vous blessée ? Laissez-moi vous examiner.

Sans attendre la réponse, Jess prit son stéthoscope pour ausculter le cœur et les poumons de Mme Glass. Elle ne décela aucune anomalie, hormis un rythme cardiaque un peu rapide ce qui, compte tenu du contexte et de l'âge du sujet – quatre-vingts ans depuis peu – n'avait rien d'étonnant.

— Je me suis retrouvée coincée dans ma chambre. J'y étais retournée pour me chercher un chandail, pile au moment où la tornade a sévi. Quelque chose a bloqué la porte. Impossible de sortir. Pour comble de malheur, une partie du mur s'est éboulée et a heurté mon épaule droite. J'ai vraiment mal, mais je survivrai… à moins, bien sûr, que je n'attrape la mort sur ce sol détrempé.

— Je m'occuperai de votre épaule dans une minute.

Jess abrita de la lumière les yeux de la vieille dame afin d'évaluer ses réflexes pupillaires.

— Vous êtes-vous cogné la tête ?

— Jessamine Daniels, oublierais-tu que je t'ai appris à écrire ton nom ? Si je m'étais blessée à la tête, je te l'aurais signalé. Je ne rajeunis pas, certes, mais je ne suis pas encore sénile.

— Cette éventualité ne m'a pas effleuré l'esprit, répliqua Jess avec un sourire. Par ailleurs, je sais tout ce que je vous dois, car vous ne m'avez pas seulement enseigné la lecture, l'écriture ou le calcul, vous m'avez aussi soutenue à la mort de mon père, puis de ma mère. À mon tour, maintenant, de prendre soin de vous.

Mme Glass commença par protester pour la forme, avant de capituler.

— D'accord, mais je ne me suis pas cogné la tête, ronchonna-t-elle.

— Très bien, je vous crois sur parole. À présent, je vais ôter votre gilet pour vous examiner l'épaule.

Beckett l'aida à retirer le lainage. Il avait des gestes très doux et rassurants. Une tache de sang rouge vif maculait le chemisier.

— Le tissu n'est pas déchiré, mais il semble que la plaie continue de saigner, dit-il d'un ton soucieux.

— Oui, en effet. Madame Glass, nous devons déboutonner votre chemisier pour voir de quoi il retourne.

— Pas en pleine rue ! s'offusqua la vieille dame. Je refuse que tout le voisinage me voie à moitié nue !

— Et pourquoi pas dans votre voiture ? suggéra Beckett. C'est un miracle que la tornade l'ait épargnée. Le problème, c'est qu'on ne retrouvera pas la clé au milieu de ces décombres, car je suppose que vous ne l'avez pas sur vous.

Elle lui adressa une grimace cocasse.

— Erreur, jeune homme ! Elle est dans ma poche.

Il l'aida à se relever et, la soutenant, il l'escorta jusqu'à son véhicule.

Un homme aussi attentionné à l'égard des personnes âgées et aussi gentil avec les enfants ne pouvait pas être égoïste et hypocrite comme Clint, lequel lui avait joué la comédie du grand amour, puis l'avait chassée de leur appartement en apprenant sa grossesse.

Troublée, Jess ramassa le sac de sport et leur emboîta le pas. Elle s'égarait. Au lieu de s'interroger sur la véritable personnalité de Beckett Wilder, elle devait rester concentrée sur la priorité absolue, à savoir : soigner Mme Glass avant d'aller secourir Mason qui se demandait certainement pourquoi sa maman tardait tant à venir.

Elle s'installa sur la banquette arrière avec la vieille dame, tandis que Beckett se plaçait de manière à masquer la vue. Ensuite seulement, elle déboutonna le chemisier afin de dégager l'épaule droite. Elle appliqua une compresse sur la blessure qui saignait toujours abondamment, exerçant un point de compression pour limiter l'écoulement sanguin.

— Couvrez-vous la poitrine avec votre gilet, suggéra-t-elle.

Lorsque son ancienne institutrice se fut exécutée, elle appela Beckett.

— Qu'est-ce que ça donne ? s'enquit celui-ci en se penchant à l'intérieur.

— Une belle entaille. Il faut réduire le saignement.

— Je peux appuyer pendant que tu prends de quoi désinfecter et suturer.

— Merci.

Jess nettoya la plaie à l'aide d'une gaze imbibée de solution antiseptique, puis elle posa des Steri-Strip. Ces sutures cutanées adhésives avaient le mérite de faciliter la cicatrisation et, surtout, de s'ôter facilement au cas où, l'entaille s'avérant plus profonde que prévu, il faille recourir à des points.

Une fois le soin terminé, Beckett s'écarta et referma la portière derrière lui afin de permettre à Mme Glass de se rhabiller.

— J'ai toujours beaucoup aimé ce garçon, décréta la vieille dame. Petit déjà, il ne demandait qu'à rendre service.

Jess stocka cette information dans un coin de sa tête. Elle y réfléchirait plus tard. Pour le moment, seul Mason comptait.

— Et comment va ton adorable bambin ? s'enquit Mme Glass, comme si elle lisait dans ses pensées.

Jess refoula un sanglot. Elle n'avait pas l'intention d'expliquer la situation à son ancienne institutrice. La pauvre aurait terriblement culpabilisé en apprenant que, pour lui porter secours, ils avaient retardé leur intervention à l'école.

— Toujours aussi énergique, se contenta-t-elle de répondre, la gorge nouée.

Elle sortit de la voiture avant que son émotion la trahisse.

— Beckett, peux-tu contacter l'hôpital par radio et demander le transfert de Mme Glass aux urgences ?

— C'est déjà fait. Ils n'ont plus d'ambulance disponible, mais des employés municipaux assurent le transport des blessés légers. Un véhicule sera là d'ici une dizaine de minutes.

— Tu crois qu'il n'y a pas de risque à la laisser seule ?

— Elle ne présente aucun signe de commotion cérébrale, et la blessure à l'épaule est douloureuse, mais somme toute bénigne. Donc, je pense que nous pouvons nous remettre en route.

Jess prit congé de la vieille dame en l'informant de la suite des événements puis, sans perdre un instant, elle tourna les talons. Maintenant que son esprit n'était plus mobilisé par le sauvetage de son ancienne institutrice, elle sentait l'angoisse revenir en force et lui broyer la poitrine.

Si jamais il était arrivé quelque chose de grave à Mason et si son état avait empiré parce qu'elle, sa mère, n'était pas intervenue à temps, elle ne se le pardonnerait jamais.

6.

Jess descendit la rue en direction du pick-up. Elle ne daigna pas une seule fois se retourner pour vérifier si Beckett la suivait ou non. Il l'observait, admirant malgré lui la grâce de ses mouvements et la finesse de sa silhouette. Même à son insu, elle était terriblement sexy.

Il s'arracha à sa contemplation. Il avait intérêt à bouger et vite. Sinon, il risquait fort de rester planté là. Jess avait la clé de son véhicule et n'hésiterait pas à partir sans lui s'il s'avisait de traîner.

Cette femme allait-elle l'obliger à la poursuivre pour le restant de ses jours ?

Le restant de ses jours ?

La formulation l'étonna lui-même. Depuis quand avait-il commencé à songer à Jess Daniels en termes d'avenir ? Par sa froideur, à la limite de l'hostilité, elle lui avait clairement signifié que son cœur était verrouillé à double tour. Le seul « homme » à y avoir accès était Mason. Autres facteurs, et non des moindres, qui rendaient cette hypothèse encore plus absurde : il n'avait nullement l'intention de s'éterniser à Woodvale, et Jess était mère de famille.

Il n'y avait donc pas lieu de s'appesantir sur le sujet. De toute façon, les circonstances ne s'y prêtaient guère. Il avait néanmoins la troublante impression que cette ravissante créature, têtue comme une mule, avait ouvert une brèche qui menaçait d'ébranler ses convictions.

— Hé, Jess, attends-moi ! s'exclama-t-il en pressant le pas.

Lorsqu'il l'eut rattrapée, il comprit pourquoi elle s'était

éloignée aussi précipitamment. Une trace de larme maculait encore sa joue.

— Parle-moi de Mason.

Elle lui avait appris que le gamin était en cours préparatoire. Il devait donc avoir six ou sept ans. En dehors de cela, elle ne lui avait fourni aucune information. Une discrétion peu courante. La plupart des jeunes parents ne cessaient de vanter les exploits de leur progéniture. Son meilleur ami en était un parfait exemple. Chaque fois qu'ils se téléphonaient, celui-ci ne tarissait pas d'éloges sur sa petite fille, décrivant par le menu ce qu'elle avait dit ou fait.

Jess lui adressa un regard bouleversé.

— Mason représente tout pour moi. Sans mon fils, ma vie n'aurait plus aucun sens.

Ces mots, prononcés d'une voix tremblante, trouvèrent un écho en lui. Il avait déjà perdu un être cher et il ne souhaitait à personne, même à son pire ennemi, de connaître une telle épreuve.

Il se remémorait comme si c'était hier la nuit où Sloane était morte. L'espoir auquel ses parents et lui-même s'évertuaient à se raccrocher, l'angoisse de l'incertitude. On les avait juste informés que Sloane et son fiancé avaient eu un grave accident de voiture, sans leur donner plus de détails. Il s'en souvenait comme du moment le plus terrifiant de son existence. Il avait dix-huit ans à l'époque et vouait à sa sœur aînée une affection sans borne. Toutefois, la douleur devait être décuplée lorsqu'il s'agissait de son enfant. Or, c'était précisément ce à quoi Jess risquait de se trouver confrontée.

— Viens là, murmura-t-il dans un élan de compassion, en la prenant dans ses bras.

Contre toute attente, la jeune femme ne lui opposa aucune résistance.

— Je vais te conduire à l'école, et tu vas retrouver ton fils. Je te le promets.

Dans quel état ? C'était bien là toute la question.

S'autorisant un moment de faiblesse, Jess laissa Beckett la serrer contre lui. En temps normal, elle se voulait une femme forte et indépendante, mais aujourd'hui n'était pas une journée normale. Aujourd'hui, elle avait besoin du réconfort de ces bras musclés autour d'elle, de ce torse puissant contre lequel s'appuyer et de cette voix grave qui tentait de la rassurer.

Cet homme, qu'avait-il de particulier qui l'incite à baisser sa garde, exposant ainsi sa vulnérabilité ?

Elle savait pourtant que, plus que tout autre, il représentait un danger pour son équilibre. Il fallait absolument qu'elle se ressaisisse, qu'elle protège ce cœur qu'il avait le pouvoir de briser. Et ce n'était certainement pas en se blottissant contre lui qu'elle y parviendrait.

Au prix d'un réel effort de volonté, elle s'arracha à son étreinte. Surgit alors en elle une colère sourde. Colère contre elle-même, contre l'injustice de cette catastrophe naturelle et de ses conséquences, et non contre Beckett, sur qui, comme il le lui avait maintenant prouvé à maintes reprises, elle pouvait compter. Elle devrait « juste » puiser dans ses ressources physiques et psychologiques pour surmonter les prochaines heures en sa compagnie sans lui retomber dans les bras comme un fruit mûr. Le tenir à distance, c'était le seul moyen de préserver Mason qui, sinon, risquait de s'attacher trop à lui. Mason…

— Il est urgent que je rejoigne mon fils, dit-elle d'un ton incisif, avant de grimper dans le pick-up.

À l'ombre fugace qui voila son regard, elle devina qu'elle l'avait blessé. Il fallait en passer par là pour éviter que naisse une idylle qui ne rimait à rien et se solderait immanquablement par un échec. Elle ne s'était déjà que trop reposée sur lui. Cela ne lui ressemblait pas et elle en concevait une certaine honte. D'ordinaire, elle affrontait les problèmes avec calme et détermination. Ses collègues des urgences la citaient d'ailleurs en exemple, louant son sang-froid en toutes circonstances. Pour la plupart, ils ignoraient qu'il lui arrivait parfois de craquer, une fois seule, après une intervention particulièrement difficile. Or, la présence de Beckett à ses côtés faisait ressortir sa fragilité et cela, elle ne pouvait pas se le permettre.

Après son expérience avec Clint, elle s'était juré de ne plus jamais s'engager avec un homme ayant du pouvoir sur elle. La richesse des Wilder suffisait à classer Beckett hors catégorie, et cette différence flagrante lui déplaisait au plus haut point. Pourtant, il avait une manière d'être qui avait le don d'endormir sa méfiance.

Plongée dans ses pensées, c'est à peine si Jess avait remarqué qu'il l'avait rejointe dans la cabine et démarrait le moteur. Elle en prit véritablement conscience quand Beckett se tourna vers elle et la dévisagea avec intensité, avant de lui emprisonner la main et de déposer un baiser au creux de son poignet. Jess sentit la température de son corps grimper en flèche et son visage s'empourprer.

— Je refuse de tomber amoureuse de toi, déclara-t-elle lorsqu'elle eut recouvré l'usage de la parole.

— Moi non plus, Jess, je ne souhaite pas tomber amoureux de toi, répondit-il d'une voix douce, presque tendre. Je ne sais pas ce qui, dans ton passé, a généré dans ton cœur une telle défiance vis-à-vis des hommes. Pour ma part, la raison me dicte de ne pas trop m'approcher de toi. Malheureusement, c'est plus fort que moi, je ne peux pas m'en empêcher.

Lui jouait-il le numéro de la séduction pour mieux l'attirer dans son lit ? Sans doute, car les apollons de son espèce n'avaient pas pour habitude de s'encombrer d'une mère célibataire.

— Envisages-tu de te réinstaller définitivement à Woodvale ?

— Non.

Elle libéra sa main et détourna le regard.

— Pouvons-nous aller à l'école, *s'il te plaît* ? Je n'ai ni l'énergie ni l'envie de discuter de tout cela maintenant.

Il embraya, puis effectua un demi-tour afin de reprendre Main Street. Ils avaient parcouru un kilomètre sans se parler, chacun plongé dans ses pensées, quand Beckett se décida à rompre le silence.

— Pourquoi ai-je le sentiment que, dans l'hypothèse où je reviendrais ici, cela ne changerait rien à ton attitude ?

Les yeux toujours rivés sur la route, Jess s'apprêtait à argumenter lorsqu'elle se rendit compte qu'ils venaient de bifurquer dans sa rue. Quel spectacle de désolation l'attendait-il à environ trois cents mètres de là ? Jusqu'alors, elle n'avait pas songé aux conséquences potentiellement catastrophiques de la tornade sur sa propre maison.

— Qu'y a-t-il ? s'enquit Beckett. On croirait que tu as vu un fantôme.

Jess fut décontenancée par l'attention qu'il lui portait et son sens de l'intuition. Bien que concentré sur la conduite, il avait perçu son regain d'anxiété. Un trait de personnalité rare chez un membre de la gent masculine. C'était d'autant plus surprenant que leurs rapports s'avéraient plutôt tendus.

Cesse de ne lui trouver que des qualités, se dit-elle. *Ne t'imagine surtout pas que tu as déniché la perle rare. De toute façon, tu n'as pas besoin d'un homme dans ta vie.*

— Je me demande dans quel état je vais retrouver ma maison, murmura-t-elle, la gorge serrée.

— Nous ne tarderons pas à le savoir.

Elle ignorait toujours si Mason était sain et sauf. Elle n'avait plus de voiture. Son lieu de travail avait été dévasté, et il faudrait des mois pour réparer les dégâts. De là à ce qu'elle ait également perdu son domicile, il n'y avait qu'un pas.

L'angoisse lui nouait le ventre. Chez chaque individu, l'endurance avait ses limites. Où se situait la sienne ? Le découvrirait-elle aujourd'hui ?

D'un naturel plutôt enclin à l'optimisme, elle se sentait submergée par le découragement. Surtout ne pas baisser les bras, ne pas céder au désespoir…

Roulant très lentement, Beckett remonta l'artère encombrée par endroits d'amas de débris en tout genre. À mesure qu'ils longeaient les habitations riveraines, Jess, sans doute pour tromper son inquiétude, commentait le sort de ses voisins, se réjouissant pour ceux dont la demeure avait été à peu près épargnée par le cataclysme, plaignant ceux qui n'avaient pas eu cette chance.

— Je ne suis pas sûre d'avoir la force de le supporter, chuchota-t-elle alors qu'ils approchaient du sommet de la colline.

Ému par la détresse que trahissait sa voix, Beckett gara le pick-up le long du trottoir – une précaution bien inutile compte tenu de l'absence de circulation. Il se tourna vers la jeune femme.

— Si, tu l'as. Et puis, n'oublie pas que tu n'es pas seule. Je suis là.

— Et si la maison…

Incapable d'achever sa phrase, elle se mordillait nerveusement la lèvre.

— Où est donc passée ta combativité légendaire ? lança-t-il sur un ton qu'il voulait léger.

Aujourd'hui, Jess était soumise à rude épreuve, la pire l'attendant peut-être à l'école primaire. Il pria intérieurement pour qu'il n'en soit pas ainsi et qu'elle retrouve son fils indemne. Il admirait le courage de cette femme face à l'adversité, cette volonté qui l'empêchait de craquer pour de bon.

— Emportée par la tornade, répondit-elle.

À son rictus, il comprit qu'elle n'avait pas eu l'intention de formuler cette remarque à voix haute.

— Excuse-moi, ajouta-t-elle aussitôt. Ce n'est pas dans mes habitudes de me lamenter.

— Je sais.

Obéissant à un élan de compassion, il lui caressa la joue et fut surpris qu'elle ne le repousse pas.

Il ne la connaissait pas depuis longtemps, mais il avait déjà eu l'occasion de constater sa force de caractère. Cette femme était l'une des plus solides qu'il lui ait été donné de rencontrer.

— Rassure-toi, tu t'en sors très bien.

— Tu trouves ?

Elle eut une moue sceptique.

— Oui, vraiment. Je te tire mon chapeau !

Elle inspira profondément, comme pour mieux se préparer psychologiquement.

— Allons-y.

Il redémarra.

Lorsqu'ils parvinrent en haut de la côte, il l'entendit pousser une exclamation étouffée. Sa maison était toujours debout et, à première vue, relativement peu endommagée, à une exception près, mais de taille : à la place du toit, il y avait un trou béant. Le tourbillon de vent avait dû sévir avec une violence accrue pour arracher l'intégralité de la toiture et l'emporter sans laisser la moindre poutre derrière lui.

— Mon Dieu ! souffla Jess.

Elle bondit hors du véhicule, ce qui ne le surprit pas. Chez elle, l'abattement ne durait jamais longtemps, semblait-il. Tandis qu'elle inspectait les lieux pour évaluer les dégâts, il prit son téléphone pour tenter de joindre ses parents. Il composa d'abord le numéro de la ligne fixe. Cette fois, il y avait de la tonalité, mais personne ne décrocha et il aboutit sur la messagerie.

— Bonjour, c'est moi. J'espère que vous allez bien. Rappelez-moi pour me donner de vos nouvelles.

Il essaya ensuite le portable de sa mère, puis celui de son père, sans plus de succès. Il sentit l'inquiétude le gagner et, par mesure de précaution, doubla ses deux autres messages vocaux de SMS.

Beckett reporta ensuite son attention sur la maison de Jess. La structure paraissait solide et ne risquait pas de s'effondrer. En revanche, il fallait s'attendre à ce que l'étage supérieur, exposé aux intempéries, soit complètement inondé et que l'eau se soit également infiltrée au rez-de-chaussée par le plafond. L'intérieur devait être en très mauvais état et resterait inhabitable pendant un bon moment.

— Veux-tu rassembler quelques affaires avant que nous partions ? s'enquit-il, se gardant bien de partager son pessimisme.

7.

Beckett l'avait rejointe. Par chance, il conservait une certaine distance physique. Elle ne s'était déjà que trop livrée à lui. Quand elle rentrerait chez elle, ce soir, peut-être parviendrait-elle à le chasser de son esprit.

C'est alors que la réalité rattrapa Jess. Sa maison avait été détruite. Certes, la structure tenait encore debout, mais la toiture avait disparu. La jeune femme poussa un soupir de découragement. Impossible désormais de revenir habiter ici. Ils se retrouvaient sans abri, sans nulle part où aller.

— Occupons-nous d'abord de ton fils. Ensuite, nous réfléchirons à ton futur hébergement, dit Beckett qui semblait décidément lire en elle comme à livre ouvert.

— Oui, tu as raison, murmura Jess, en plein désarroi. L'urgence, c'est Mason.

— Peut-être pourrait-il séjourner chez son père durant les travaux de remise en état ? Ou, du moins, jusqu'à ce que tu trouves un logement temporaire ?

— C'est inenvisageable, répliqua-t-elle d'un ton cinglant.

— Ah bon.

Il eut un mouvement de recul.

Jess se rendit compte qu'elle l'avait blessé une fois encore et elle s'en voulut. Comment Beckett aurait-il pu savoir que cette hypothèse était complètement irrecevable ? Avec tout ce qu'il faisait pour elle, il était injuste de l'avoir remis en place aussi sèchement pour une suggestion inoffensive.

La veille encore, elle se croyait trop bien pour un homme du genre de Beckett Wilder. À présent, elle commençait à se demander si ce n'était pas l'inverse. Il avait démontré aujourd'hui une efficacité et une patience exemplaires à l'égard de ses sautes d'humeur, tandis qu'elle avait donné libre cours à ses états d'âme, sans aucun filtre, sans tenir compte de ce que lui-même ressentait. Il méritait de rencontrer une femme douce, aimante et ouverte d'esprit. Tout le contraire d'elle. Et pourtant, il n'avait pas pris ses jambes à son cou, il était toujours là, à ses côtés, prêt à l'aider. C'était à n'y rien comprendre.

Elle lui adressa un sourire contrit.

— Pardonne-moi. Je me laisse déborder par mes émotions, et j'ai le tort de me servir de toi comme défouloir. En fait, il n'y a personne d'autre que Mason et moi. J'ai bien une sœur, mais elle habite à deux heures de route d'ici.

— Je vois… Tu es soumise à un stress énorme. Il est donc logique que tu réagisses un peu vivement. Et comme tu n'as que moi sous la main…

Il haussa les épaules, avec l'air de celui qui n'y attache pas une importance démesurée, mais son apparente décontraction ne la trompa pas.

Dix minutes plus tard, ils s'engageaient sur le parking de l'école. Il y avait tellement de véhicules que Beckett dut garer le sien sur la pelouse.

Jess éprouva un choc brutal en découvrant l'ampleur des dégâts. Horrifiée, elle agrippa l'avant-bras de Beckett.

— La salle de classe de Mason se trouve… se trouvait là-bas, balbutia-t-elle en désignant d'un doigt tremblant l'impressionnant tas de ruines.

Freya n'avait pas exagéré : toute une partie du bâtiment s'était effectivement effondrée. À la pensée que son fils, son bébé, était enseveli sous cet amoncellement de briques fracassées et de verre brisé, la jeune femme eut l'impression qu'on lui enfonçait un poignard dans le cœur. Elle déglutit péniblement, sans parvenir à se débarrasser de l'énorme boule qui lui obstruait la gorge. Elle n'aurait pas dû s'arrêter pour porter secours à d'autres ou jeter un coup d'œil à sa maison. Elle aurait dû venir directement sur place.

Et si, à cause de son retard, Mason avait succombé à ses blessures ou restait handicapé à vie ?

— Il nous faut d'abord parler à un responsable pour connaître le bilan de la situation, avoir des informations sur Mason et évaluer dans quelle mesure nous pouvons nous rendre utiles.

Beckett sortit du pick-up, fit le tour du véhicule et ouvrit sa portière pour l'aider à descendre. Il la prit par la main. Son ton calme et le contact de sa paume contre la sienne étaient, en cet instant précis, son seul rempart contre la crise de panique qui la guettait.

Ils se dirigèrent ensemble, main dans la main, vers la vaste cour de récréation où les écoliers étaient rassemblés par groupes. D'un regard anxieux, elle les dévisagea l'un après l'autre, à la recherche de la frimousse constellée de taches de rousseur qu'elle adorait. Il ne lui fallut pas longtemps pour constater que les élèves de CP manquaient à l'appel.

— Il… il n'est nulle part, murmura-t-elle d'une voix blanche.

— Nous le trouverons, Jess.

Elle lui sut gré de chercher à la rassurer. Toutefois, elle n'était pas dupe. L'un des premiers enseignements qu'elle avait tirés de son expérience professionnelle au sein des urgences, c'était qu'il ne fallait jamais faire de promesse à la famille d'une victime. Parfois, en dépit des efforts méritoires du personnel médical, les choses tournaient mal. Or, les statistiques l'attestaient : ce risque s'avérait démultiplié dans un contexte de catastrophe naturelle.

Elle aperçut alors la directrice de l'établissement scolaire.

— Madame Caruthers, je ne vois pas mon fils. Il est en cours préparatoire, dans la classe de Shannon Couch.

Les yeux de son interlocutrice s'embuèrent.

— Oh ! je suis désolée ! Les sauveteurs n'ont toujours pas réussi à les sortir des décombres. Nous avons néanmoins établi un contact avec Shannon. Apparemment, elle s'est réfugiée avec ses élèves, tous ses élèves, dans une sorte de cavité et personne n'est grièvement blessé. Le plus inquiétant en revanche, d'après les pompiers, c'est l'instabilité de l'édifice, lequel peut finir de s'écrouler à tout moment.

Jess fut saisie d'une violente nausée. Une remontée de bile acide lui brûla l'œsophage. Son pire cauchemar se concrétisait : Mason était en danger de mort, enseveli sous des tonnes de gravats.

L'étau se resserra autour de sa poitrine. Elle sentit l'oxygène déserter ses poumons et ses jambes flageoler.

— Nous sommes venus pour vous aider, déclara Beckett.

Il la maintenait fermement par la main. Était-ce parce qu'il avait conscience de représenter son unique repère, la seule bouée de sauvetage à laquelle elle se raccrochait, ou espérait-il ainsi l'empêcher de se ruer vers les ruines pour en dégager son fils ? Elle n'aurait su le dire.

— Jess est infirmière urgentiste au Woodvale Memorial Hospital, précisa-t-il, et moi, je travaille au SAMU. Nous n'avons pas apporté beaucoup de matériel médical, mais nous sommes tous deux des professionnels expérimentés. Avez-vous déjà mis en place une organisation pour la prise en charge des victimes ?

— Une ambulance fait des allers-retours afin de transporter les cas les plus urgents. Les institutrices font de leur mieux pour occuper les écoliers valides. Les secouristes ont installé un poste médical avancé là-bas – la directrice désigna une tente plantée au centre du terrain de sport –, mais ils sont en effectif restreint, et leur priorité consiste à dégager ceux retenus prisonniers. Ils nous ont interdit de tenter quoi que ce soit, voire de nous approcher du bâtiment, car nous risquerions d'aggraver la situation.

La femme s'interrompit pour reprendre son souffle. L'angoisse et la fatigue avaient creusé de profondes rides sur son visage.

— Nous avons trente-trois élèves, deux enseignantes et une assistante piégés là-dessous. Votre concours nous sera précieux, et je vous en remercie.

Mason faisait partie du lot. Jess retint de justesse un sanglot de désespoir. Elle se laissa entraîner par Beckett vers la tente indiquée par Mme Caruthers. Lui avait hâte de soigner ces gosses. Elle n'avait qu'une idée en tête : sauver son fils.

— Je n'en aurai pas le courage, murmura-t-elle. Comment arriverai-je à m'occuper de l'enfant d'une autre, alors que le mien est peut-être en train d'agoniser ?

— Tu es infirmière, ne l'oublie pas. Il ne s'agit pas seulement d'un métier, mais aussi d'une vocation.

Ils approchaient d'un groupe d'écoliers en larmes, massés autour de deux institutrices couvertes de poussière, et manifestement dépassées par les événements. Elles semblaient épuisées, au bord de la crise de nerfs. Bien qu'il en coûtât à Jess de l'admettre, Beckett avait une fois de plus raison : pour le moment, elle n'était pas en mesure de faire quelque chose d'utile pour Mason. En revanche, tout le monde ici avait besoin d'eux. Si son cerveau l'intégrait, son cœur refusait de l'accepter.

— Commence à trier les patients pendant que je vais récupérer le matériel dans la voiture.

Elle acquiesça. Si Beckett fut surpris par sa docilité, il eut le bon goût de n'en rien laisser paraître et s'éloigna à grands pas vers le pick-up. Elle avait encore l'esprit assez clair pour comprendre qu'elle n'était pas en état de prendre la direction des opérations. Elle se présenta aux deux enseignantes dont le soulagement fut tel que l'une des deux fondit en larmes.

Jess passa l'heure suivante à désinfecter et panser des plaies, suturer des entailles à l'aide de Steri-Strip, bander des chevilles foulées, immobiliser des poignets fracturés dans des attelles. Elle jetait régulièrement des coups d'œil anxieux en direction des décombres, attendant avec impatience que les secouristes extraient Mason et ses camarades.

Beckett s'activait à ses côtés, prévenant, toujours prêt à lui prêter main-forte ou à confirmer ses diagnostics, l'encourageant d'un regard ou d'un sourire. Pour la première fois de sa vie de femme, un homme veillait sur elle sans tenter de prendre l'ascendant, et Jess en tirait bien plus de satisfaction qu'elle ne l'aurait cru. Cette attitude achevait de la convaincre qu'elle avait été injuste de vouloir à tout prix lui trouver des similitudes avec Clint.

Se concentrer sur Beckett, c'était le seul moyen de tromper sa détresse et son épouvantable sentiment d'impuissance quand elle songeait à son fils, piégé sous les ruines.

— Pourquoi n'avons-nous toujours pas de nouvelles ?

Cela faisait au moins la dixième fois qu'elle lui posait la question depuis qu'ils avaient entrepris de soigner les écoliers et leurs enseignantes. La lèvre inférieure de Jess était écarlate à force d'être mordillée.

— Parce qu'il n'y a rien de neuf pour le moment, répondit Beckett d'un ton égal.

Comment s'agacer de la fébrilité de la jeune femme ? Il imaginait fort bien ce qu'elle pouvait ressentir en sachant son fils enseveli sous les décombres à une cinquantaine de mètres à peine.

— Je comprends que cette attente te soit insupportable. Néanmoins, la meilleure attitude consiste pour le moment à laisser l'équipe de recherche et sauvetage faire son travail, et à continuer de nous occuper des blessés.

Il se voulait rassurant, mais en songeant à l'équilibre précaire de ce monceau de briques et de pierres, il sentait l'angoisse lui nouer l'estomac. Il n'en éprouvait que plus d'admiration pour la force de caractère de Jess. Malgré sa nervosité palpable, la jeune femme démontrait un sacré cran.

Par chance, aucun des gamins ne présentait de blessures graves nécessitant une totale concentration. La plupart étaient déjà rentrés chez eux, leurs parents étant venus les chercher dès qu'ils avaient été informés de la situation.

Une fillette approcha en boitant.

— Bonjour, ma puce.

Jess s'efforçait de sourire, sans vraiment y parvenir. Ses yeux exprimaient un profond désarroi.

— Que t'est-il arrivé ?

L'enfant désigna son pied droit, chaussé d'une basket rose vif.

— J'ai trébuché sur une pierre.

— Tu veux bien t'allonger là et nous montrer ça ?

Beckett lui indiqua la civière reconvertie en table d'examen.

La petite fille obtempéra. Elle grimaça, mais se retint courageusement de geindre quand Jess la déchaussa. Seule une grosse larme coula sur sa joue maculée de poussière, dessinant une trace claire dans son sillage.

— La cheville est légèrement enflée, déclara Jess en la manipulant avec précaution. Tu as mal quand je la bouge ?

— Oui, très mal.

— Tu l'as sentie ou entendue craquer ?

— Non.

— Je pense qu'il s'agit juste d'une foulure.

Beckett acquiesça d'un signe de tête quand la jeune femme le consulta du regard. De toute façon, qu'ils aient affaire à une fracture ou à une entorse – ce que seule une radio permettrait de déterminer avec certitude –, les premiers soins consistaient à immobiliser la cheville.

— M. Wilder va t'envelopper la cheville dans une bande. Cela te soulagera en attendant que les adultes responsables de toi te conduisent chez le docteur qui fera une radio – une photo, si tu préfères – de tes os.

En l'entendant utiliser cette périphrase, « adultes responsables », la première fois, Beckett n'avait pas caché son étonnement. La jeune femme lui avait répliqué un peu sèchement que, faute de connaître la situation familiale d'un enfant, elle préférait éviter toute discrimination. Certains n'avaient qu'un seul parent, ou deux de même sexe, d'autres vivaient dans des familles d'accueil. Il est vrai que Beckett n'avait jamais vraiment pris le temps de réfléchir à la question, lui qui avait été élevé par sa mère et son père biologiques, dans un milieu privilégié.

Son ignorance sur le sujet n'avait probablement pas contribué à redorer son blason auprès de Jess. Son intuition lui disait que le père de Mason appartenait lui aussi à une classe sociale privilégiée et qu'il ne devait pas beaucoup se soucier des autres. Comme Sloane, en somme. Sa sœur, paix à son âme, avait des qualités indéniables, mais elle avait aussi démontré une fâcheuse tendance à l'égocentrisme.

Si Jess le mettait dans le même panier que son ex, il n'était pas étonnant qu'elle le tienne à distance. Un jour, elle finirait néanmoins par se rendre compte qu'elle l'avait mal jugé.

Beckett reporta son attention sur la cheville de la fillette. Il achevait de la bander quand Jess se leva sans piper mot et s'éloigna.

— Tu expliqueras bien aux adultes responsables de toi qu'ils doivent t'emmener chez le docteur, d'accord ?

— Oui, monsieur Wilder.

Il appela une institutrice qui se trouvait à proximité.

— Pourriez-vous s'il vous plaît aider cette jeune demoiselle à marcher pendant que je vais chercher Mme Daniels ?

— Bien sûr.

Il emprunta la même direction que Jess, à savoir celle de l'école. En chemin, il croisa plusieurs secouristes visiblement harassés. En revanche, il n'aperçut aucun rescapé. L'inquiétude lui étreignit la gorge. Tout cela ne lui disait rien qui vaille.

Il découvrit Jess devant les ruines, en pleine discussion avec la directrice de l'école et le chef d'équipe des secouristes. La jeune femme paraissait très en colère

— Vous ne *pouvez pas* arrêter ! l'entendit-il s'exclamer d'une voix indignée.

A priori, les sauveteurs avaient décidé de s'accorder une pause, et cela la mettait hors d'elle. Beckett inspira profondément. Il n'était pas certain de réussir à la calmer, mais il se devait d'essayer. Il rejoignit le groupe et s'aventura à poser une main sur l'épaule de Jess. Mal lui en prit ! La jeune femme fit un bond en arrière comme si elle avait été piquée par un scorpion.

— Il ne s'agit que d'une interruption momentanée, le temps de récupérer l'équipement supplémentaire que nous avons demandé. Par ailleurs, mes gars ont besoin de souffler et de manger un morceau. Ils étaient pour la plupart en intervention la nuit dernière, et ils n'ont pas fermé l'œil depuis plus de vingt-quatre heures. À ce rythme-là, ils ne tiendront pas le coup encore très longtemps.

— Vous n'avez qu'à exiger des renforts !

— Figurez-vous qu'avec cette foutue tornade, il n'y a personne de disponible.

— Mon fils n'a que sept ans.

Le chef des secouristes se massa les tempes. L'épuisement se lisait sur son visage buriné.

— Je comprends que vous soyez folle d'inquiétude, mais faites-moi confiance. Nous mettrons tout en œuvre pour tirer de là-dessous votre petit bonhomme et ceux qui se trouvent avec lui, sans pour autant que mes coéquipiers courent des risques inutiles. Vous pouvez me hurler dessus autant que vous le voulez, cela ne changera rien à ma décision. Ces hommes sont sous ma responsabilité, et ils ont besoin de s'hydrater et de se nourrir. C'est aussi simple que ça.

— Ils font de leur mieux, madame Daniels, renchérit la directrice. C'est une tragédie pour tout le monde. Nous sommes tous anxieux, mais il ne faut pas céder à la panique.

— Facile à dire pour vous qui n'avez pas d'enfant emmuré vivant !

Beckett jugea bon d'intervenir.

— Ils n'abandonnent pas les recherches, Jess, dit-il d'un ton conciliant. Ces hommes, aussi professionnels soient-ils, s'avéreront beaucoup moins efficaces s'ils ont le ventre vide depuis des heures. Ils risquent même de commettre une erreur potentiellement fatale. Peut-être devrais-tu, toi aussi, envisager de manger quelque chose pour reprendre des forces.

Un couple de commerçants du quartier avait pris l'initiative généreuse d'installer un stand où il distribuait gratuitement des en-cas, des bouteilles d'eau et des barres protéinées.

— Je n'ai pas faim, répliqua la jeune femme en le fusillant du regard. Je suis trop inquiète pour avaler quoi que ce soit.

— Je comprends, et je suis dans le même cas. Cependant, tu seras incapable d'aider Mason si tu fais un malaise hypoglycémique.

Il insistait, persuadé d'avoir plus de chances de réussir à la raisonner que l'homme qu'elle accusait de ne pas employer les grands moyens pour sauver son fils. Il espérait que l'argument médical trouverait un écho dans son esprit enfiévré. En voyant ses mâchoires se crisper, il s'attendit à ce qu'elle continue de batailler. Elle n'en fit rien. Sans ajouter un mot, elle tourna les talons et se dirigea vers le stand.

— Excusez-la, elle n'est pas dans son état normal. À sa décharge, elle a des circonstances atténuantes.

— Subir l'agressivité des mamans stressées fait partie du boulot, déclara le secouriste avec un haussement d'épaules fataliste. Je ne m'en offusque plus depuis longtemps.

Beckett lui serra la main, puis se rendit à son tour au stand de restauration. Il nota du coin de l'œil que Jess, sandwich et boisson en main, s'était réfugiée à l'ombre d'un grand arbre.

— Jambon ou dinde ?

— Dinde, s'il vous plaît. Puis-je aussi avoir plusieurs barres protéinées ? Je compte rester ici jusqu'à la fin du sauvetage.

— Bien sûr, répondit la femme qui lui en tendit quatre. C'est affreux, ce qui se passe ici. Pauvres gosses !

— Affreux, oui. Merci.

Il fourra les barres nutritionnelles dans ses poches et partit rejoindre Jess. Lorsqu'il s'assit par terre à côté d'elle, la jeune femme le dévisagea en silence.

— Ça va ?

Son mutisme et son calme proche de l'apathie l'alarmaient. Pourvu que ses nerfs ne lâchent pas !

— Non.

Son regard, embué de larmes qu'elle luttait pour retenir, le bouleversa.

— Ils vont le sortir de là.

— Et si c'est trop tard ?

— Jess, il faut que tu gardes espoir. Et si nous parlions d'un sujet plus léger ? Raconte-moi une anecdote amusante à propos de Mason.

Elle eut un sourire d'une tristesse infinie.

— Il a le désir obsessionnel de trouver un père. Chez le glacier, l'autre jour, j'étais sûre qu'il te demanderait en mariage en mon nom si je ne m'interposais pas.

— Ce qu'il a bien failli faire, renchérit Beckett en riant.

— Et ce n'était pas la première fois. Il y a deux mois, chez l'épicier, il a abordé un client que nous ne connaissions ni d'Ève ni d'Adam et lui a proposé de m'épouser afin qu'il puisse avoir un papa comme tout le monde.

— Étant donné que tu ne portes pas d'alliance, j'imagine que son opération commando s'est soldée par un échec.

— L'homme avait largement dépassé la soixantaine.

— Je vois !

Ce qu'il ne « voyait » pas, en revanche, c'est pourquoi Mason n'avait pas de père. Il brûlait de poser la question, mais le moment était mal choisi.

— Comme tu n'auras pas manqué de le remarquer, il est également obnubilé par le base-ball.

— Moi aussi. D'ailleurs, j'y joue toujours à l'occasion. Dans l'équipe des vétérans, précisa-t-il avec une grimace, dans l'intention de la dérider.

Durant sa scolarité et ses études, il avait fréquenté les terrains assidûment. Le base-ball représentait l'un de ses rares centres d'intérêt communs avec son père, l'un des rares domaines dans lesquels ils avaient des moments de complicité.

Plus tard, il partagerait cette passion avec ses propres enfants. Cette pensée le troubla.

Depuis quand la paternité avait-elle cessé d'être pour lui une éventuelle hypothèse pour devenir un projet concret ?

— Aux yeux de mon fils, tu passes pour un super héros.

Le regard de Jess exprimait une telle incertitude qu'il en eut le cœur lourd. Il fallait absolument l'inciter à se projeter dans l'avenir.

— Je ne demanderais pas mieux que de lui servir d'entraîneur à l'occasion. Je lui apprendrai quelques-unes de mes passes secrètes. Nous pourrons même aller assister à un match tous les trois.

— Nous verrons.

Chaque fois que sa mère lui avait répondu de manière aussi évasive, cela signifiait une fin de non-recevoir. Il y avait « nous verrons » et « qu'en pense ton père ? ».

— Est-ce la formule maternelle universelle pour refuser ?

— Non.

— Pourquoi est-ce que je ne te crois pas ?

— Je vais jeter ma bouteille vide à la poubelle, déclara-t-elle en se levant, coupant court à la conversation.

Beckett prit le temps de finir son sandwich. Il avalait la dernière bouchée quand une alarme retentit dans son cerveau. Et il chercha automatiquement Jess du regard.

8.

Jess se faufila à l'intérieur de l'école, espérant que personne ne l'avait repérée. Ils avaient interdit d'y pénétrer, mais puisque l'équipe de secouristes ne brillait pas par son efficacité pour sauver son fils, elle s'en chargerait.

Elle mettait des jours, parfois des semaines, à prendre certaines décisions, tergiversant, pesant le pour et le contre. D'autres, comme celle-ci, s'imposaient d'elles-mêmes, dictées par l'instinct.

Intellectuellement, elle savait que ce n'était peut-être pas la meilleure solution. Cependant, l'émotion avait vaincu la raison. L'heure n'était plus à la logique rationnelle, mais à l'action.

— Jess, que fais-tu, bon sang ?

La voix de Beckett résonna derrière elle.

Prise en flagrant délit !

Elle continua d'avancer sans se retourner. Libre à lui de la suivre ou de rebrousser chemin. Elle n'avait pas à lui obéir au doigt et à l'œil. Même si elle lui avait abandonné la direction des opérations au poste médical avancé, il n'était pas son patron et rien ne l'autorisait à lui donner des ordres comme à une subalterne. Il ne parviendrait pas plus à la convaincre de renoncer à son projet par la douceur, méthode qui correspondait plus à son caractère. Elle devait impérativement retrouver Mason, et rien ni personne ne l'amènerait à changer d'avis !

L'intérieur du bâtiment évoquait une scène de guerre, comme le service des urgences de l'hôpital. Des bris de verre jonchaient le sol, et des panneaux de laine de verre pendaient du plafond. Du moins là où il y avait encore un plafond, car une partie du hall d'entrée donnait directement sur le ciel.

— Jess, répéta-t-il en l'attrapant par la main, attends ! Ce n'est pas une bonne initiative.

— Peu importe !

Elle libéra sa main d'un mouvement brusque et se planta devant lui, bras croisés, le défiant du regard.

— Le seul moyen de m'en empêcher serait de me porter et, crois-moi, je ne me laisserai pas faire.

Il la dévisagea d'un air mi-perplexe, mi-amusé.

— Tu penses que je n'en serais pas capable ?

Compte tenu de sa carrure et de son physique d'athlète, sans oublier leur différence de taille, il n'aurait aucune difficulté à la soulever et la jeter sur son épaule, comme un vulgaire sac de pommes de terre, pour l'évacuer d'ici. Un sentiment de panique la submergea à l'idée qu'il s'interpose alors qu'elle se trouvait si près du but.

— Si, sans doute. J'espère simplement que tu t'abstiendras.

Il secoua la tête d'un air exaspéré, mais n'approcha pas.

Bien que les récentes épreuves vécues ensemble lui aient donné un aperçu de sa personnalité, elle ne connaissait pas encore vraiment sa façon de raisonner. D'autant qu'elle s'était méprise depuis le début à son sujet.

Ainsi, elle ne s'attendait pas à ce qu'il se montre aujourd'hui aussi solide qu'un roc, et encore moins à puiser dans sa présence du réconfort et de la force. En d'autres circonstances, ils auraient peut-être donné libre cours à l'attirance réciproque qu'ils éprouvaient. Pour le moment, son énergie se focalisait sur Mason. Jess devait à tout prix le tirer de cet enfer avant qu'il soit trop tard.

Cette journée avait épuisé ses réserves de patience et de résilience. Après une réunion interminable avec Beckett, durant laquelle il lui avait fallu justifier ses prévisions budgétaires dans les moindres détails, elle avait failli perdre la vie lorsque la tornade avait ravagé l'hôpital. Comme si cela ne suffisait pas, elle avait ensuite appris que Mason était en danger de mort, coincé sous un éboulement. Voilà plusieurs heures maintenant qu'elle attendait en vain que d'autres délivrent son enfant. Elle avait suffisamment rongé son frein. Il était plus que temps de passer à l'action.

— De toute façon, ajouta-t-elle, même si tu t'avises de me faire sortir d'ici, je reviendrai autant de fois que nécessaire pour retrouver mon fils.

Des années auparavant, lorsqu'elle vivait avec Clint, elle n'avait jamais eu le courage de se battre pour ses projets ou ses rêves. C'était lui qui fixait les règles, lui qui décidait de leurs fréquentations, de leurs sorties et de leurs loisirs. Cette époque était bel et bien révolue. Les épreuves l'avaient endurcie. Un petit être dépendait de sa capacité à prendre des initiatives, et personne ne lui dicterait son comportement.

— Ça, je le crois volontiers !

Il poussa un soupir de résignation.

— D'accord, mais à une condition : je t'accompagne.

— Non, Beckett, va-t'en. C'est trop risqué.

— Pas question ! Même si j'étais tenté de te laisser te débrouiller seule pour que tu mesures la stupidité de cette décision – ce qui n'est pas le cas –, je ne le pourrais pas.

Jess fut tentée d'argumenter, mais elle se ravisa. À en juger par la détermination dans son regard, elle se doutait que toute velléité de le convaincre demeurerait vaine. S'il y avait un trait de caractère qu'elle avait identifié chez Beckett, c'était son entêtement. Restait à savoir s'il s'agissait d'une qualité ou d'un défaut.

Elle jeta un coup d'œil à sa montre.

— Voilà maintenant quatre heures que Mason et ses camarades sont coincés là-dessous. Nous ignorons où précisément, de quel espace ils disposent et, pire encore, s'ils ont assez d'oxygène pour respirer. Je ne peux pas attendre plus longtemps.

— Raison pour laquelle j'ai dit que je t'accompagnerais… *et je t'accompagnerai.*

— Cela peut être dangereux.

Elle s'efforça de chasser le sentiment de culpabilité qui l'assaillait. Entraîner Beckett dans une aventure aussi périlleuse lui semblait injuste et égoïste. D'autant qu'elle se sentait parfaitement capable de s'en sortir sans aide.

— Et tu t'imagines que ce sera moins risqué si tu y vas seule ?

Il l'attira contre lui et la serra très fort, avant de déposer un baiser sur son front.

— Sacré petit bout de femme ! Que vais-je faire de toi ?

Pourquoi fallait-il qu'il se montre aussi gentil ? Pourquoi la réalité ne collait-elle pas avec l'image, certes caricaturale, qu'elle lui avait affublée, celle du fils à papa susceptible de lui briser le cœur, et celui de Mason par la même occasion ? Par ses actes, Beckett Wilder lui avait prouvé qu'elle se trompait sur toute la ligne à son sujet. Elle n'était pas obtuse au point de refuser de le reconnaître. Pour autant, s'engager dans une relation amoureuse avec lui représentait un défi qu'elle n'était pas certaine d'avoir le courage de relever.

— Dans ce cas, allons-y, décréta-t-elle, se libérant de son étreinte.

Il garda néanmoins sa main dans la sienne, et elle ne s'y opposa pas. Bien qu'elle déteste l'idée de dépendre de quelqu'un, a fortiori d'un homme, ce contact lui insufflait de la force. Plus tard, quand ce drame serait derrière eux, elle reprendrait ses distances. Elle ne devait pas s'attacher à Beckett parce que, dans moins de six mois, il aurait quitté Woodvale.

Ils rejoignirent le couloir qui, auparavant, desservait les salles de classe. Sur la gauche, il menait à la partie effondrée du bâtiment. Ils aperçurent à l'extrémité un amoncellement de gravats. Les secouristes avaient bien progressé dans leur tâche de déblaiement, mais pas assez pour débloquer le passage.

— La classe de Mason se situe juste après cet obstacle, murmura Jess, la gorge nouée.

Imaginer son enfant prisonnier des décombres, en proie à une terreur indicible, la rendait folle de rage et d'inquiétude.

— Concentrons-nous sur des pensées positives, dit Beckett dont le ton manquait néanmoins de conviction. Mettons-nous au travail.

Ils avaient dégagé plusieurs gros blocs lorsqu'un parpaing, déséquilibré, dégringola et vint heurter le pied droit de Jess.

La douleur fut telle que la jeune femme ne put réprimer un cri. Beckett se précipita aussitôt vers elle.

— Jess ! Tu es blessée ? Tu as mal où ?

— À la cheville, grogna-t-elle. Quelle idiote ! C'est ma faute, je n'ai pas reculé assez vite pour éviter ce maudit parpaing.

Il l'aida à s'asseoir et s'accroupit devant elle pour examiner sa cheville.

— Penses-tu qu'elle soit fracturée ? s'enquit-il.

— Je ne sais pas. En tout cas, elle me fait horriblement souffrir.

Elle poussa un gémissement quand Beckett essaya de manipuler doucement l'articulation.

— Peux-tu prendre appui dessus ?

— J'en doute, mais le mieux pour le savoir, c'est d'essayer.

Il la releva. Lorsqu'elle posa le pied par terre, une douleur fulgurante lui vrilla la jambe, et elle s'affala contre le torse de Beckett.

— Je crois que je n'y arriverai pas, marmonna-t-elle, luttant contre une furieuse envie d'éclater en sanglots.

Son fils avait besoin d'elle. Comment allait-elle réussir à le sauver si elle ne tenait même pas debout ?

— Tu vas t'accrocher au chambranle là-bas pendant que je cherche de quoi fabriquer une attelle improvisée. Si je ne trouve rien, je ferai un saut au poste médical pour récupérer une attelle.

Il la soutint tandis qu'elle rejoignait la porte à cloche-pied. Celle-ci donnait sur une salle de classe de CE1, miraculeusement épargnée, offrant un contraste saisissant avec le champ de ruines alentour. Même les dessins épinglés au tableau d'affichage avaient résisté. Hormis quelques meubles renversés et, dans l'angle opposé de la pièce, une brèche dans le plafond par où filtrait la lumière du jour, la toiture au-dessus s'étant manifestement effondrée, rien ne permettait de deviner qu'une tornade avait balayé les lieux, semant la peur et la destruction dans son sillage.

Beckett avait entrepris de fouiller les tiroirs du bureau de l'institutrice et l'armoire métallique située derrière. Au bout d'une dizaine de minutes, il présenta ses trouvailles à Jess : un gros rouleau de ruban adhésif, un pull et deux règles en bois.

— Ce n'est pas l'idéal, mais cela devrait faire l'affaire dans un premier temps. À moins que tu préfères une vraie attelle ?

— Non. Sinon, ils risquent de t'empêcher de revenir.

Ou pire encore, ils risquaient de l'évacuer de l'école manu militari. Le cas échéant, il leur faudrait la traîner dehors, car elle n'avait pas l'intention de leur obéir. Malgré l'énormité de la tâche qui consistait à évacuer ces tonnes de gravats pour ouvrir un passage, elle se sentait proche du but, bien qu'elle ne puisse encore ni voir ni entendre son fils.

— D'accord. Dans ce cas, ne perdons pas de temps.

Il la souleva et l'assit sur le bureau.

— Allonge-toi, s'il te plaît.

Avec une dextérité qui força son admiration, il confectionna une attelle de fortune à l'aide des deux règles et du lainage qu'il avait déchiré en lanières. Il scotcha le tout. Sa cheville immobilisée, Jess ressentait toujours des élancements, mais souffrait moins.

— Je passerai une radio dès que possible.

— Oui, tu as intérêt.

— Ce qui compte avant tout…

— … c'est Mason. Je sais, et je comprends. Quoi qu'il en soit, il faut que tu prennes soin de toi aussi.

— Nous verrons plus tard.

Elle s'occuperait de son état de santé quand elle aurait retrouvé son fils. D'ici là, elle ne ménagerait pas ses efforts, jusqu'à ce que ses forces physiques l'abandonnent.

Elle se redressa et descendit prudemment du bureau, veillant à ne pas trop s'appuyer sur sa jambe droite. Serrant les dents, elle se dirigea en boitant vers le couloir. La douleur était à la limite du supportable mais, poussée par son obstination et son instinct maternel, Jess poursuivit son chemin. Elle avait presque atteint la porte de la salle de classe lorsque des parpaings se descellèrent. Le mur commença à s'écrouler devant ses yeux éberlués, comme au ralenti. Elle se serait crue dans un film catastrophe truffé d'effets spéciaux.

— Jess, attention ! hurla Beckett.

Il l'attrapa par le bras et la tira brutalement en arrière. Elle faillit perdre l'équilibre et se rétablit de justesse. Elle eut alors l'impression que quelqu'un lui broyait la cheville. Une violente nausée lui tordit l'estomac.

Beckett alluma la lampe de son téléphone et braqua le faisceau sur Jess. La porte donnant accès à la salle avait disparu. À la place se trouvait un amas de blocs de béton fracassés, de poutres fendues en deux et de dalles de plafond brisées.

— Tu es indemne ?

La poussière en suspension dans l'air dansait dans le rai lumineux projeté par son portable.

— À première vue, oui, répondit-elle.

Elle fut saisie d'une quinte de toux.

— Couvre-toi le nez avec ton T-shirt le temps que la poussière se dissipe, lui recommanda-t-il.

Le peu de lumière dont il disposait lui permit néanmoins d'inspecter les lieux du regard et d'évaluer l'ampleur des dégâts. Il n'était pas un expert en bâtiment, mais il y avait fort à parier que le toit au-dessus du couloir s'était effondré.

— Nous sommes dans de sales draps, n'est-ce pas ?

Au lieu de répondre, il s'approcha de l'éboulis et l'examina à la faible lueur de la lampe. D'une main, il appuya de toutes ses forces dans l'espoir de déloger quelques débris. Aucun ne bougea d'un pouce. Ils étaient bel et bien piégés à leur tour. La question était : pour combien de temps ?

Beckett se massa la nuque, réfléchissant à la meilleure manière d'annoncer à Jess qu'il fallait attendre les secours et que leur sort dépendait désormais de l'équipe des sauveteurs dont elle avait agressé le chef, une heure auparavant.

— J'imagine qu'il n'y a pas de réseau et que nous ne pouvons donc pas appeler à l'aide ?

Par acquit de conscience, il consulta l'écran de son téléphone, connaissant d'avance la réponse. Il ne s'était pas trompé : aucune barre ne s'affichait.

— Hélas, non.

Pour couronner le tout, l'icône de la batterie indiquait moins de 20 % de charge restante. Il allait devoir l'économiser dans l'hypothèse, fort improbable, où il réussirait à capter un signal ultérieurement, ou pour utiliser la lampe, en cas de besoin. Il balaya une dernière fois la pièce de son faisceau lumineux, tentant de mémoriser l'emplacement de chaque objet.

C'est alors qu'il eut une illumination.

— Si j'arrive à placer ce bureau sous l'ouverture dans le plafond, là-bas, je parviendrai peut-être à agrandir le trou et voir s'il y a une issue possible par le haut.

À condition que ce ne soit pas trop dangereux…

— Excellente idée !

— Ne nous réjouissons pas trop vite. Le plan est un peu acrobatique.

Il lui déplaisait de doucher son enthousiasme, mais les chances de succès étaient quasiment nulles. Ne voulant pas voir la déception assombrir le beau regard vert, il éteignit la lampe, puis consacra son énergie à tirer et pousser le meuble dans l'angle de la salle. Il grimpa ensuite dessus et entreprit de vérifier la stabilité du mur. Celui-ci lui parut solide, mais le seul moyen de s'assurer qu'il supporterait son poids consistait à sauter et à s'y suspendre.

Ce qui supposait de s'agripper des deux mains au sommet de la paroi, sans savoir au préalable ce qu'il risquait d'y trouver : des clous rouillés et des tessons de verre, par exemple, ou tout autre objet susceptible de lui lacérer les paumes. L'opération s'annonçait d'autant plus délicate que les plaies dans son dos se rappelaient à son bon souvenir au moindre mouvement.

Tant pis ! Il tenterait l'impossible pour aider Jess à retrouver son fils… y compris se faufiler par une ouverture de la taille de son crâne !

S'il grimpait là-haut, il pourrait au moins évaluer la situation. Peut-être une meilleure solution lui viendrait-elle alors à l'esprit ?

Il réagissait toujours bien à la pression, une qualité précieuse qui lui valait son excellente réputation professionnelle. Jamais il n'était aussi efficace qu'au milieu du chaos, lorsque les autres perdaient pied et que lui conservait un esprit clair. Il ne craquait pas. En revanche, il était beaucoup moins doué quand il s'agissait de rester inactif et dépendre de tierces personnes pour le secourir.

Prenant son élan sur le plateau du meuble, il sauta et s'agrippa au sommet du mur. Il demeura ainsi suspendu quelques instants, le temps de tester la solidité de sa prise. Rassuré, il se hissa à la force des bras. Si seulement Jess ne s'était pas blessée, il aurait pu lui faire la courte échelle. Il ne réussit à passer que la tête par la brèche, ce qui limitait considérablement son champ de vision.

Il se laissa retomber sur le bureau et secoua ses bras pour décontracter ses muscles endoloris. Une chance qu'il ait continué à entretenir sa condition physique depuis son retour à Woodvale !

— Tu as vu quelque chose ?

— Pas grand-chose. Je vais essayer d'élargir le trou pour pouvoir y passer les épaules. Recule-toi, que je puisse jeter les gravats quelque part.

Quand elle eut obtempéré, il prit de nouveau son élan puis, se servant alternativement du bras droit et du bras gauche, il entreprit de dégager l'ouverture le plus possible. Un exercice périlleux qui mettait sa musculature à rude épreuve.

S'il avait connu le programme de la journée en se réveillant, il serait resté au lit ! Ses premières préoccupations matinales avaient été de choisir une cravate assortie à son costume et de se préparer psychologiquement au sermon maternel sur l'urgence pour un homme de son âge de fonder une famille. Et voilà qu'il se retrouvait coincé comme un rat, handicapé par une multitude d'entailles dans le dos et en train de se livrer à de stupides acrobaties !

Un dernier bond, et il parvint à se hisser jusqu'à la taille. Il dut attendre quelques secondes, le temps que sa vue s'habitue à la lumière extérieure. Ce qu'il découvrit ensuite lui arracha un juron.

— Qu'y a-t-il ? s'exclama Jess dont la voix trahissait un début de panique.

Il redescendit et s'assit sur le bureau.

— Approche-toi, s'il te plaît.

À contre-jour, il ne distinguait que sa silhouette. Or, compte tenu de ce qu'il avait à lui annoncer, il préférait pouvoir la regarder en face. Beckett avait rarement éprouvé un tel sentiment d'impuissance. En l'occurrence, il devait bien admettre que, malgré son ingéniosité, la situation le dépassait.

Un faisceau de lumière provenant du trou dans le plafond éclairait les traits délicats de la jeune femme. Même ainsi, avec les cheveux en bataille et le visage maculé de poussière, elle était d'une incroyable beauté. Il tendit ses paumes ouvertes vers elle et, dans un rare élan de confiance, elle posa les mains dans les siennes.

— S'il te plaît, Beckett, dis-moi. Tant de scénarios horribles se bousculent dans ma tête qu'aucune situation ne pourra être pire que ce que j'imagine.

— Derrière ce mur, il y a une montagne de décombres. Il n'est pas envisageable de passer par là.

— Et par celui donnant sur l'arrière ?

Il y avait une telle note d'espoir dans son ton qu'il en eut le cœur serré.

— Non plus. On risquerait de se rompre le cou. En raison du dénivelé du terrain, le rez-de-chaussée d'un côté correspond au premier étage de l'autre. En incluant le sous-sol, cela ne ferait pas loin de dix mètres de hauteur.

— Alors, que fait-on ?

— Je crains qu'il ne nous reste plus qu'à patienter, en croisant les doigts pour que les secouristes se soient rendu compte de notre absence.

Il la sentit se raidir.

— Excuse-moi ? Tu peux répéter, je te prie ?

— Tu as parfaitement entendu.

Il posa les mains sur ses épaules dans l'espoir de lui insuffler un regain d'énergie. Lui-même devait lutter pour ne pas céder à l'abattement.

— Cela ne me réjouit pas plus que toi, crois-moi ! Mais tu as une autre idée à proposer ?

Il s'en voulut aussitôt de sa dureté.

— Pardon, Jess. Tu vas voir, on va s'en sortir.

Comment ? Telle était la question.

Le soleil se couchait, et la pénombre envahissait la salle de classe dévastée.

— Mason doit être affamé, murmura Jess.

— Oui, certainement.

L'enfant n'avait sans doute rien avalé depuis son petit déjeuner, aussi copieux qu'il ait été.

Beckett consulta sa montre : 18 h 45. Cela faisait maintenant plusieurs heures qu'ils étaient piégés ici.

— Moi aussi, je commence à avoir faim. J'espère que nous n'aurons pas à jeûner jusqu'à demain matin.

Comme pour confirmer ses dires, l'estomac de la jeune femme se mit à gargouiller.

Beckett se souvint alors qu'il avait des barres protéinées dans sa poche.

— Tiens, dit-il en les partageant équitablement. Faute de mieux, cela nous calera l'estomac. J'avais prévu que la journée serait longue. Si j'avais su à quel point cette prémonition se révélerait juste, j'en aurais demandé plus de quatre.

Les yeux de Jess s'embuèrent, et les larmes débordèrent de ses paupières.

Il s'apprêtait à la prendre dans ses bras pour la réconforter quand un bruit assourdissant de perceuse résonna. Celui-ci provenait de l'éboulis obstruant la porte.

Beckett s'empressa de rallumer son téléphone portable et d'activer la lampe. Il vit une mèche de gros diamètre apparaître, puis disparaître, bientôt remplacée par un faisceau lumineux.

— Il y a quelqu'un ?

— Nous sommes là ! s'écrièrent-ils en chœur.

— Ça va ? s'enquit le chef des secouristes.

— Oui, répondit Beckett. Nous avons assez de place pour nous mouvoir et d'air pour respirer.

— Parfait. Bon, j'ai une bonne nouvelle et une mauvaise.

L'homme marqua une pause. Beckett se demanda s'il voulait ménager le suspense ou si, simplement, il ne savait pas par laquelle commencer.

— La bonne, c'est que l'éboulement provoqué par votre intervention insensée a fait chuter un autre pan de mur et permis de libérer les personnes piégées sous les décombres. Toutes sont saines et sauves. À l'heure où je vous parle, elles sont en train de se restaurer. Aucune blessure grave à déplorer, en dehors de quelques bosses et hématomes. La mauvaise nouvelle, c'est qu'il va nous falloir toute la nuit pour déblayer ce fatras et vous sortir de là. Auriez-vous repéré une autre issue possible ?

— Oui, il y a un trou dans le plafond et la toiture à l'arrière du bâtiment. Nous devrions réussir à nous y faufiler. En revanche, c'est beaucoup trop haut pour que nous puissions sauter.

— OK, je vais essayer de me procurer une mini-grue afin de vous évacuer par le toit. En attendant, par pitié, pas d'autre initiative kamikaze ! La structure du bâtiment est assez fragilisée comme ça.

Avant que Beckett ait eu le temps de répondre, le faisceau de la lampe torche avait disparu.

9.

Jess éprouva un tel soulagement que les larmes se remirent à couler.

— Tu as entendu ? Les enfants sont indemnes. Mason n'a rien.

Pour la première fois depuis des heures, elle pouvait enfin respirer *vraiment*, sans qu'un étau lui comprime la poitrine.

— Jamais une nouvelle ne m'a autant réjoui, déclara Beckett d'une voix qui trahissait son émotion.

Il l'enlaça par la taille et l'attira contre lui.

— Le rôle de parent est-il toujours aussi éprouvant nerveusement ? Je n'ai rencontré ce petit garçon qu'à une seule occasion en l'espace d'une semaine, mais je me suis rongé les sangs à cause de lui toute la journée !

— Toujours, confirma-t-elle avec un soupir. Tu étais inquiet à ce point au sujet de mon fils ? Tu le connais pourtant à peine.

— Oui. Aussi étonnant que cela puisse paraître, je ressens un intérêt particulier pour ce gamin. L'idée qu'il lui soit arrivé quelque chose de grave me mettait au supplice.

Elle se hissa sur la pointe des pieds et approcha le visage du sien.

— Ce que tu viens de dire me va droit au cœur.

Elle frémit quand il s'empara de ses lèvres et se colla contre lui. Timide, leur baiser ne tarda pas à devenir plus passionné, plus ardent.

— Tu préfères que j'arrête ? murmura-t-il contre sa bouche.

Pour toute réponse, elle noua les bras autour de son cou. Le désir avait rompu le barrage et déferlait en elle avec l'impétuosité d'un raz-de-marée. Non, elle ne voulait pas qu'il arrête, elle voulait qu'il continue ! Elle avait lutté trop longtemps contre l'attirance qu'il exerçait sur elle. À présent, elle n'aspirait qu'à une chose : y donner libre cours. Aussi éprouva-t-elle une profonde frustration lorsqu'il interrompit leur baiser.

— Si nous devons aller plus loin, je souhaite que cela ait lieu dans un cadre plus propice, plus intime, lui chuchota-t-il à l'oreille. Pas au milieu d'un champ de ruines. Tu mérites mieux que ce bureau répugnant dans cette salle de classe dévastée. Mais n'aie aucun doute sur le fait que je te désire comme un fou.

Il avait enfoui le visage au creux de son cou et lui caressait le dos, entretenant le brasier qui la consumait. En son for intérieur, elle savait néanmoins qu'il avait raison. Ce n'était ni le bon moment ni le bon endroit.

— Alors, que faisons-nous maintenant ?

— Je propose que nous nous installions le moins inconfortablement possible avant de nous retrouver dans l'obscurité complète. Nous risquons de rester coincés ici encore pas mal de temps.

— J'avoue que cette perspective ne m'enchante guère.

Il l'embrassa sur le bout du nez.

— Moi non plus. En revanche, ta compagnie, si.

Jess sentit son cœur s'emballer. Ce n'était pas le premier commentaire de ce genre depuis ce matin. Elle avait cru tout d'abord que ces tentatives de flirt visaient à la distraire de l'angoisse qui la rongeait. À présent, elle s'interrogeait. Elle commençait même à penser qu'il y avait un fond de sincérité dans ses flatteries.

À penser ou à espérer ?

Mais pourquoi Beckett renoncerait-il à sa liberté et à sa carrière pour elle, une mère célibataire ?

— Te voilà bien songeuse, murmura-t-il en lui effleurant la joue.

— La journée a été riche en émotions.

Elle n'avait cessé d'osciller entre terreur, colère et espoir. Un ascenseur émotionnel qui avait mis ses nerfs à rude épreuve. Et, même si elle entrevoyait le bout du tunnel, ce n'était pas encore terminé. Elle restait piégée dans les décombres et n'avait pas d'autre choix que de se fier à la parole du chef des secouristes pour, d'une part, croire en sa libération prochaine et, d'autre part, se convaincre que Mason était bel et bien indemne. Tant qu'elle n'aurait pas eu la possibilité de s'en assurer par elle-même et de serrer son fils dans ses bras, l'angoisse subsisterait.

— Tu n'as plus à t'inquiéter pour Mason maintenant. Nous allons tous bientôt pouvoir rentrer chez nous.

— Sauf que je n'ai plus vraiment de chez-moi.

Sa gorge se serra affreusement. Cette maison, et les souvenirs qu'elle contenait, c'était tout ce qu'il lui restait de sa mère. Or, la tornade l'avait en grande partie ravagée. Sans parler des dégâts occasionnés par les pluies torrentielles. Les travaux de réparation coûteraient vraisemblablement une somme astronomique, montant couvert heureusement par son assurance. En revanche, rien ne compenserait la perte de certains objets auxquels elle attachait une grande valeur sentimentale.

En attendant, il lui faudrait se dénicher un logement temporaire. Or, la catastrophe naturelle avait probablement laissé de nombreuses personnes sans abri.

— Nous trouverons une solution.

Encore cette façon de s'associer au duo qu'elle formait avec Mason…

Elle poussa un soupir de tristesse.

— Cesse de dire « nous », Beckett, car plus tu parles ainsi, plus j'ai envie de croire que tu es sincère.

— Je le suis.

— J'ai bien peur que cette nuit en tête à tête ne nous vaille la une de la feuille de chou locale.

La population de Woodvale en ferait certainement des gorges chaudes. Comme bien des petites communautés, elle raffolait des histoires croustillantes, et les rumeurs les plus infondées devenaient des vérités incontestables dès lors qu'elles étaient imprimées noir sur blanc. Jess aurait beau nier qu'il y ait quoi que ce soit entre Beckett et elle, elle aurait du mal à convaincre de sa bonne foi.

Il eut un petit rire amusé.

— Je ne me rappelle que trop bien leur passion pour ce genre de ragots ! Laissons-les raconter ou penser ce qu'ils veulent, on s'en fiche, après tout.

— Facile à dire pour toi qui quittes la ville d'ici quelques mois.

Elle s'écarta de lui et serra les bras autour d'elle dans l'espoir de conserver un peu de sa chaleur.

— Ce n'est pas toi qui auras droit aux regards en coin, aux conciliabules qui s'interrompent dès que tu pénètres dans une pièce. J'ai déjà vécu cette expérience, et je ne compte pas la renouveler. Toi, tu reprendras le cours normal de ta vie, tandis que Mason et moi tenterons de recoller les morceaux et de nous comporter comme si rien ne s'était passé.

Malgré l'obscurité, elle perçut son regard qui la fixait intensément.

— C'est cela qui t'inquiète ? Que je parte ? Et si je restais ? Changerais-tu d'avis au sujet de nous deux ?

— Tu m'as fait clairement comprendre que tu ne t'éterniserais pas à Woodvale.

— Tu te sens chez toi ici, n'est-ce pas ?

— Oui, murmura-t-elle, la gorge serrée.

— Tu as de la chance. Moi, je ne me sens vraiment chez moi nulle part. Depuis la mort de ma sœur, la situation s'est dégradée assez vite. Mon père et moi… n'avons jamais été très proches, alors que Sloane avait l'art et la manière de l'embobiner. Il finissait toujours par céder à ses caprices, ce qui ne lui a finalement pas rendu service. Après la perte de sa fille, il a reporté sur moi toutes ses attentes. Pour lui, être un Wilder digne de ce nom suppose de remplir des critères d'une telle exigence qu'il s'avère humainement impossible de se montrer à la hauteur.

La voix de Beckett se brisa quand il conclut :

— Voilà pourquoi il était vital pour moi de m'éloigner. Cette relation était trop toxique.

— Je suis désolée, murmura Jess, émue.

— Je sais que tu me considères comme un fils à papa qui n'a jamais manqué de rien. Mais ce n'est pas ce que je suis. Je n'ai pas eu à m'inquiéter pour boucler mes fins de mois ou payer les réparations de ma voiture, c'est vrai. Cela ne signifie pas pour autant que ma vie est un long fleuve tranquille.

— J'ai eu tort de te juger sans te connaître, et je m'en excuse.

Elle lui prit la main et entrelaça leurs doigts. Ils restèrent ainsi, silencieux, ce contact leur tenant lieu de communication. Au-dehors, les bruits s'étaient tus. Seuls le souffle de leur respiration et l'appel d'un crapaud tout proche rythmaient le silence.

— Et si je restais à Woodvale ?

La main menue se crispa dans la sienne. Beckett ne pouvait pas distinguer l'expression du visage de Jess, mais il sentait la tension de la jeune femme. Elle avait souffert, et il y avait fort à parier que le père de Mason n'était pas étranger aux blessures qu'elle portait en elle.

Quoi qu'il en soit, il n'avait rien à voir avec ce type.

— Pourquoi le ferais-tu ? finit-elle par murmurer. Tu n'as pas l'air de t'y plaire tant que ça.

Quelques semaines auparavant, il lui aurait donné raison à 100 %. Depuis, il les avait rencontrés, elle et Mason. Il n'allait pas jusqu'à prétendre qu'il s'était agi d'un coup de foudre, qu'il avait été subjugué au premier regard. En revanche, la jeune femme s'était immiscée dans ses pensées, sans qu'il le veuille. Chaque matin, il se levait en songeant qu'il allait la retrouver, et l'envie, voire le besoin de sa compagnie l'aurait presque incité à réviser son jugement sur Woodvale pour donner à sa ville natale une seconde chance.

Sinon, pourquoi ne pas tenter de convaincre Jess de l'accompagner à Lexington lorsqu'il se serait acquitté de ses devoirs familiaux ? Qu'est-ce qui la retenait dans cette localité ? A priori, elle n'y avait aucune famille, et sa maison était en grande partie détruite.

Il jugea néanmoins plus prudent de ne pas aborder directement le sujet.

— Peut-être parce que je commence à m'attacher aux gens d'ici.

— Aux gens d'ici ?

Il perçut une pointe de moquerie dans son ton. Elle ne lui opposa aucune résistance quand il l'enlaça et l'attira contre lui.

— J'avoue ! Je pense à deux personnes en particulier : un petit bonhomme vraiment craquant qui me trouve formidable et que j'ai l'intention d'apprendre à connaître davantage ; et…

— Et ?

Il effleura ses lèvres.

— Sa maman… tout aussi craquante.

Elle eut un rire mutin.

— Tu es un incorrigible charmeur !

— Peut-être, mais j'ai dans l'idée que tu ne détestes pas ça.

— Et présomptueux, par-dessus le marché !

Beckett lui emprisonna le visage entre ses mains et s'empara de sa bouche. La jeune femme répondit avec ardeur à son baiser, lui confirmant ainsi qu'elle commençait à surmonter ses réticences initiales à son égard. La sensualité de ces lèvres contre les siennes, la féminité de ce corps pressé contre le sien attisaient le feu du désir et faisaient fondre sa méfiance instinctive à l'encontre du sentiment amoureux. Jamais jusqu'à présent il n'avait envisagé une histoire durable avec une femme. Peut-être parce qu'il n'avait pas rencontré la femme, celle qui lui était destinée, celle avec qui il souhaiterait passer le restant de ses jours.

Pourtant, des partenaires, il en avait eu de nombreuses ! Jess ne leur ressemblait pas, elle n'avait pas le profil de celles qu'il fréquentait habituellement. Si quelqu'un lui avait dit qu'un jour il s'enticherait d'une mère célibataire, il lui aurait ri au nez. Or, c'était bel et bien le cas. Non seulement il s'impliquait dans cette relation, mais c'était lui qui multipliait les tentatives d'approche, Jess se montrant d'une prudence qui confinait à la circonspection. Du moins jusqu'à maintenant.

L'intensité et la complexité des émotions que cette ravissante créature suscitait l'effrayaient un peu. Néanmoins, c'était plus fort que lui ; il ne parvenait pas à garder ses distances. Elle l'attirait comme un aimant. Lui qui plaçait la maîtrise de soi dans le peloton de tête des qualités fondamentales, il avait l'impression déroutante d'avoir perdu le contrôle de la situation.

Comme à regret, avec douceur et fermeté, elle le repoussa, interrompant leur étreinte.

— J'adore t'embrasser, mais toute cette affaire va un peu trop vite pour moi, murmura-t-elle. Cela ne m'est pas arrivé depuis des années et, inutile de le cacher, j'ai peur d'être dépassée par les événements.

Malgré sa frustration, Beckett se garda de protester. Pour lui, au contraire, cette « affaire », comme elle disait, n'allait pas assez vite. Il avait acquis la conviction que Jess Daniels était la femme de sa vie... celle aussi capable de lui briser le cœur. Désireux de se donner une contenance, il ralluma son téléphone portable et se servit de la lampe pour trouver un coin où passer la nuit dans les conditions les moins mauvaises possible.

— L'angle de la salle, là-bas, me paraît l'endroit le mieux adapté.

Il inspecta rapidement la pièce à l'aide du mince faisceau lumineux sans découvrir quoi que ce soit qui puisse rendre le carrelage moins inconfortable ou les protéger du froid. En ce début de printemps, il n'était pas rare que le thermomètre chute la nuit pour atteindre des températures négatives. Le cas échéant, ils auraient un vrai problème. Ils réussiraient à résister sans boire ni manger jusqu'au lendemain matin. En revanche, si le froid devenait glacial, leur situation risquait fort de s'aggraver.

— Nous devrons nous serrer l'un contre l'autre pour conserver la chaleur de nos corps. Allons nous y installer, car la batterie de mon téléphone ne tardera pas à rendre l'âme.

— D'accord.

Il la porta dans ses bras et, avec d'infinies précautions, la déposa sur le sol avant de s'étendre à son tour à côté d'elle. Elle se blottit aussitôt contre lui avec un soupir d'aise qui l'emplit de bonheur.

— Puis-je te poser une question personnelle ? chuchota-t-il.

— Compte tenu des circonstances, j'aurais mauvaise grâce à refuser.

— Que s'est-il passé entre toi et le père de Mason ?

Il la sentit qui retenait son souffle. L'espace d'un instant, il crut qu'elle allait esquiver le sujet et s'apprêtait à s'excuser de son ingérence quand il l'entendit expirer longuement, comme pour se donner du courage.

— Mason le croit mort.

— C'est le cas ?

— Non. En fait, j'ai juste dit à mon fils que son père avait disparu, et son imagination a fait le reste. Je n'ai pas cherché à le détromper. Comment lui expliquer que son géniteur n'a jamais eu envie de le connaître, et encore moins de s'occuper de lui ?

— Oh !

— J'étais très amoureuse de cet homme et, dans ma grande naïveté, je pensais que nous construirions notre vie ensemble. Voilà pourquoi je n'ai pas considéré cette grossesse inattendue comme une catastrophe. J'ai néanmoins vite déchanté. Lorsque j'ai annoncé à Clint que j'attendais un enfant de lui, il m'a répondu que je disposais de quinze jours pour boucler mes valises et quitter notre appartement. J'espérais, comme une idiote, qu'il avait réagi brutalement à cause du choc causé par cette nouvelle, et qu'il reviendrait sur sa décision. Quand il a bloqué systématiquement mes appels téléphoniques, je ne savais plus vers qui me tourner. Alors, j'ai contacté sa mère pour l'informer de la situation.

— Est-elle intervenue ?

— Elle m'a traitée de femme cupide, m'a accusée de vouloir mettre le grappin sur son fils par appât du gain et de salir leur nom. Tout comme la tienne, cette famille richissime effectuait des dons non négligeables à l'hôpital dans lequel je travaillais à l'époque. La mère de Clint m'a mis en main le marché suivant : soit je me taisais et je pouvais partir la tête haute avec de bonnes références, soit je parlais et elle se chargerait de détruire ma réputation professionnelle et personnelle. Au début, je n'avais pas l'intention de céder à son chantage. Mais une semaine plus tard, la direction des ressources humaines de l'hôpital m'a convoquée pour me signifier mon licenciement. Je suis revenue à Woodvale où vivait toujours ma mère et je n'ai plus donné signe de vie à Clint. Ce sale type ne méritait pas de figurer dans l'univers de mon fils.

À présent, Beckett comprenait mieux l'hostilité initiale de Jess à son égard. Il représentait tout ce dont elle avait appris, à ses dépens, à se méfier comme de la peste : l'argent, le pouvoir, la notoriété.

À supposer qu'il reste à Woodvale, parviendrait-il à la convaincre de lui donner sa chance ?

10.

— Il y a quelqu'un là-dedans ?

La voix au timbre grave tira Jess d'un sommeil agité.

La jeune femme essaya de se dégager de l'étreinte de Beckett, lequel dormait toujours et la pressait contre lui. Ils avaient passé la nuit ainsi, enlacés, se réchauffant mutuellement et échangeant, entre deux baisers, quelques confidences très personnelles. Jess n'en revenait pas de lui avoir raconté son histoire avec Clint.

— Beckett, réveille-toi, chuchota-t-elle. Je crois que les secours sont là.

Il marmonna une suite de mots incompréhensibles sans la lâcher pour autant.

— Hé oh ?

— Nous sommes là ! hurla-t-elle, ce qui eut pour effet de réveiller Beckett en sursaut.

— Tu vas me percer le tympan, gémit celui-ci.

— Il y a quelqu'un dehors.

— Approchez-vous, les tourtereaux.

En tournant la tête, elle aperçut le visage du chef des secouristes qui se dessinait à contre-jour par le trou de la toiture. La lumière du matin créait une sorte de halo autour de lui. L'homme balaya les lieux de sa lampe torche, le faisceau s'immobilisant sur eux quand il les eut localisés.

— Vous n'avez pas l'air pressés de quitter votre petit nid douillet, on dirait, commenta l'homme, goguenard. Si vous voulez un délai supplémentaire, il suffit de le demander !

— Très drôle ! rétorqua Beckett. Si vous avez l'intention de mettre votre menace à exécution, apportez-nous avant cela du café et des croissants !

— Je constate que nous avons le même sens de l'humour. Bon, trêve de plaisanteries. Je vais vous sortir de là en un rien de temps. Un peu d'escalade ne vous effraie pas ?

— À vrai dire, si, car Mme Daniels a sans doute la cheville fracturée.

Jess laissait Beckett s'exprimer à sa place, le qualificatif dont les avait affublés le sauveteur l'ayant déstabilisée. Ressemblaient-ils vraiment à un couple de tourtereaux ? L'homme les ayant découverts dans les bras l'un de l'autre, cette conclusion s'avérait logique.

— Dans ce cas, je vais devoir prévoir un équipement légèrement différent. Ne bougez pas de là, je reviens.

Étrange conseil ! Où voulait-il qu'ils aillent ?

— Attendez ! s'exclama Jess, recouvrant l'usage de la parole. Avez-vous des nouvelles des écoliers que vous avez évacués hier, et en particulier de mon fils, Mason ?

— Tout ce que je sais, c'est qu'aucun ne présente de blessures graves et qu'un dortoir improvisé, avec lits de camp, sacs de couchage et chauffage, a été aménagé pour ceux que leurs familles n'avaient pas les moyens de récupérer pour des raisons diverses. Vu l'ampleur des dégâts, les mômes s'en tirent bien.

Elle comprit que cette dernière remarque s'adressait à elle particulièrement. Son initiative avait généré un surcroît de travail pour l'équipe des secours et mis en danger non seulement sa propre vie, mais aussi celle de Beckett. Elle le regrettait. Toutefois, si ç'avait été à refaire, elle aurait sans doute agi exactement de la même manière. L'instinct maternel aurait de nouveau pris le dessus.

Ce calvaire était presque terminé. Bientôt, elle serrerait son enfant contre elle et le couvrirait de baisers. Il n'apprécierait sans doute pas une telle démonstration d'affection en public, mais tant pis ! Sous le coup de l'émotion, elle ne put contenir ses larmes.

— Je t'avais bien dit de garder confiance, murmura Beckett en lui caressant le dos.

Il se redressa et lui lissa les cheveux.

— Avant de te montrer, tu as intérêt à te nettoyer le visage parce que, dans cet état, tu as tout du raton laveur qui se serait coiffé avec un pétard.

Quarante-huit heures plus tôt, ce commentaire ne lui aurait fait ni chaud ni froid. Maintenant, après tout ce qu'ils avaient affronté ensemble, elle aurait espéré un peu plus d'indulgence. Elle n'avait pas un physique de top-modèle, elle le savait, mais elle s'en satisfaisait, estimant que, somme toute, la nature l'avait plutôt gâtée.

— Merci du compliment, répliqua-t-elle sèchement afin de dissimuler sa peine.

— Pardonne-moi, je me suis mal exprimé.

D'un doigt, il lui releva le menton et planta le regard dans le sien.

— Je te trouve absolument ravissante, même avec de la poussière sur le visage et des traces de larmes sur les joues. Simplement, il me semble que tu devrais faire un brin de toilette pour éviter que Mason s'aperçoive que tu as pleuré. Voilà tout.

— Tu es décidément trop perspicace. Impossible de te cacher quoi que ce soit.

Elle se releva avec difficulté, éprouvant le besoin de mettre une certaine distance entre eux. Cet homme avait la faculté extraordinaire de lire en elle, de deviner ce qui se passait au fond de son âme. Face à une telle intuition, elle se sentait plus vulnérable que si elle s'était retrouvée nue devant lui.

Il se redressa à son tour et, d'un geste décidé, ôta sa blouse de chirurgien qu'il retourna.

— L'envers est plus propre que l'endroit, dit-il en guise d'explication.

Avant qu'elle ait eu le temps de réagir, il lui avait saisi le menton et, avec une grande douceur, il avait entrepris de lui essuyer le visage.

La scène lui rappela la fois où, enfant, elle était tombée la tête la première dans une mare de boue et où son père avait utilisé l'envers de sa chemise pour la débarbouiller.

— Tu ferais un super papa.

La remarque, sincère mais incongrue, lui avait échappé.

Il laissa retomber son bras.

— Tu le penses vraiment ?

Elle acquiesça.

— Tant mieux. Cela ne mériterait-il pas un petit baiser ? murmura-t-il en l'attirant contre lui.

Leurs lèvres se frôlaient presque quand un raclement de gorge les interrompit.

— Je peux revenir un peu plus tard, si vous préférez, déclara le chef des secouristes d'un ton moqueur.

Dans un réflexe puéril, Jess s'écarta aussitôt. Elle se faisait l'effet d'une adolescente surprise en train d'embrasser un garçon sous l'escalier du collège !

— Pas la peine, répondit Beckett en se rhabillant. Cela attendra que nous soyons sortis d'ici. Car nous reprendrons plus tard, n'est-ce pas ? ajouta-t-il à son oreille.

Une angoisse sourde l'envahit. Comment Beckett se comporterait-il vis-à-vis de Mason maintenant qu'il connaissait la vérité sur son père ? La complicité qui s'était établie spontanément entre eux durant cette nuit au milieu des décombres subsisterait-elle après leur retour à la vie normale ?

— N'est-ce pas ? répéta-t-il d'une voix insistante.

Incapable de prononcer un mot, elle hocha la tête.

— Très bien. Dans ce cas, lequel de vous deux j'évacue en premier ?

— Jess d'abord. Faites attention à sa cheville droite. Elle n'est maintenue que par une attelle de fortune que j'ai confectionnée avec les moyens du bord.

Beckett l'escorta jusqu'au bureau et l'aida à grimper sur le plateau. Un harnais de sécurité accroché à un filin apparut par le trou du plafond.

— Vous arriverez à vous débrouiller ou faut-il que je descende ?

— Inutile.

Beckett devait effectivement être rompu à ce genre d'opérations de sauvetage car, en un rien de temps, il lui avait enfilé le harnais, l'avait ajusté à sa taille et avait vérifié chacune des attaches.

— Beckett, murmura-t-elle d'une voix étranglée.

— Ne t'inquiète pas pour moi. Va retrouver ton fils. Je te rejoins.

Elle se sentit hissée dans les airs et ne quitta pas le visage de Beckett des yeux jusqu'à ce que le contraste entre l'obscurité de la salle de classe et la lumière extérieure l'empêche de le distinguer. Lorsqu'elle franchit la brèche dans la toiture, elle connut un instant de panique. Le chef des secouristes ne leur avait pas menti. Il avait bel et bien fait appel à une grue, et elle se trouvait suspendue au bout d'un câble métallique à plusieurs mètres du sol. L'homme, perché sur le toit, lui adressa un sourire narquois.

— Ne vous en faites pas, cet engin a l'habitude de porter des charges beaucoup plus lourdes. Vous ne risquez pas de vous écraser par terre. Mes gars vont vous récupérer en douceur... à moins qu'ils ne décident de s'accorder avant une petite pause.

Elle saisit le message cinq sur cinq.

— Je m'excuse pour mon attitude d'hier. Je n'aurais pas dû m'énerver contre vous.

— Bah, n'en parlons plus.

— Vous savez où je peux trouver mon fils ?

— Certainement à l'intérieur de la tente rouge que nous avons installée un peu plus loin. Une fois sur le plancher des vaches, contournez le grand bâtiment encore debout là-bas. Pendant ce temps, je m'occuperai de sortir votre petit ami.

— Ce n'est pas mon...

À quoi bon vouloir le convaincre du contraire, étant donné qu'il les avait surpris enlacés, en train de s'embrasser ?

— OK, merci.

Cinq minutes plus tard, elle se dirigeait péniblement vers l'endroit indiqué. Seul son besoin viscéral de serrer son enfant contre elle lui permettait de supporter la douleur aiguë qui lui vrillait la cheville et la jambe droites à chaque pas. Le sol inégal rendait sa progression encore plus difficile. Un véritable chemin de croix. L'adrénaline lui insufflait de l'énergie. Une chance, compte tenu du peu de calories contenues dans ses deux derniers repas !

— Un petit coup de main ?

Sans attendre de réponse, Beckett la souleva de terre.

— Ce n'est pas de refus, dit-elle en nouant les bras autour de son cou. Je constate qu'ils t'ont évacué plus rapidement que moi.

— Pas vraiment. En fait, je n'ai eu aucun mal à te rattraper. Même un escargot parviendrait à te doubler !

Elle ne protesta pas, acceptant momentanément sa défaite. Elle aurait tout le temps, ensuite, de réapprendre à ne dépendre de personne et à assumer seule sa vie.

— Qu'y a-t-il ? s'enquit-il.

— Comment fais-tu ça ?

— Quoi ?

— Comment fais-tu pour deviner mes pensées les plus secrètes ?

Comme ils arrivaient devant la tente, il la déposa.

— Pas si secrètes ! À la façon dont tu t'es soudain raidie, même un idiot aurait perçu ta tension.

Elle réfléchissait à une explication plausible quand elle entendit une voix familière.

— Maman !

Elle se retourna si brutalement qu'elle perdit l'équilibre et ne dut son salut qu'au bras secourable de Beckett. Toujours lui…

Elle étreignit son fils, ne le lâchant que quand il se plaignit d'étouffer, puis elle l'inspecta de la tête aux pieds, à la recherche de blessures. Elle n'en nota aucune, à part un bleu sur le front et une égratignure sur l'avant-bras.

— Tu n'as vraiment rien ? s'enquit-elle, refoulant des larmes de soulagement.

— Ben non ! Comment ça se fait que tu sois blessée et pas moi alors que c'est sur moi que l'école est tombée ? Et vous, monsieur Wilder, pourquoi vous portiez ma maman ? Parce qu'elle boite ou bien parce que vous avez enfin décidé de vous marier ?

Face à cette salve de questions, ils éclatèrent de rire.

— Décidément, tu as de la suite dans les idées, déclara Jess lorsqu'elle eut repris son sérieux. Combien de fois devrai-je te répéter que tu dois cesser d'essayer de me caser à tout prix ?

— Vous voyez, monsieur Wilder…

— Je préférerais que tu me tutoies et que tu m'appelles par mon prénom.

— D'accord. Donc tu vois, Beckett, avec une mère pareille, je ne suis pas près d'avoir un père. Elle ne fait vraiment pas d'effort pour me faciliter la tâche !

— Tu as pourtant beaucoup de chance de l'avoir comme maman, crois-moi, répliqua Beckett en lui ébouriffant les cheveux. Elle n'a pas hésité à braver le danger pour tenter de te sauver. Et maintenant, que dirais-tu de l'accompagner à l'hôpital pour qu'elle passe une radio et qu'on lui mette une attelle ou un plâtre ?

Mason opina du chef le plus sérieusement du monde. Il semblait très fier qu'un adulte, de surcroît de sexe masculin, sollicite son avis.

Jess assistait à la scène, le cœur serré. Elle se demandait à quel moment Beckett jugerait que fréquenter une mère célibataire générait trop de complications. Car ce jour arriverait, elle en était sûre. Or, plus il tarderait, plus son fils souffrirait de l'inévitable rupture.

— Quand vous aurez fini de discuter, tous les deux, nous pourrons peut-être partir d'ici. J'ai très mal à la cheville et je meurs de faim. À ce propos, mon chéri, tu as mangé quelque chose ce matin ?

— Oui. La dame là-bas a plein de muffins. Je crois qu'elle m'aime bien parce qu'elle m'en a donné deux aux pépites de chocolat et qu'elle m'a promis que j'en aurais un autre aux myrtilles si j'étais sage.

Ils tournèrent la tête dans la direction qu'indiquait le petit garçon.

— Maman ! s'exclama Beckett avant de se précipiter vers Mme Wilder qui portait un grand panier.

— Que fais-tu ici ? J'essaie de te joindre depuis hier. Ton père s'est rendu à l'hôpital, espérant t'y voir. Moi, quand j'ai appris que les opérations de secours étaient toujours en cours dans cette école primaire, j'ai pensé qu'on y aurait peut-être besoin de mes services.

Beckett prit sa mère dans ses bras et la serra contre lui.

— Je suis si heureuse de t'avoir retrouvé, mon chéri ! déclara-t-elle. En revanche, tu es bizarrement vêtu, et il me semble qu'une douche ne serait pas du luxe.

Elle le repoussa gentiment avant d'ajouter avec son franc-parler habituel :

— Tu sens le bouc.

Loin de s'en offusquer, il éclata de rire.

— Et pour cause ! J'ai passé la nuit prisonnier des décombres, les sauveteurs viennent à l'instant de me libérer.

Dans le regard maternel, l'inquiétude le disputait à l'étonnement.

— Que fabriquais-tu dans cette école ? insista-t-elle. Si tu ne nous avais pas laissé tous ces messages nous indiquant que tu allais bien, je me serais vraiment fait un sang d'encre… Nous n'avons plus que toi.

— Je sais, maman.

Il éprouva un sentiment de culpabilité. Après l'épreuve terrible qu'elle avait vécue, il veillait à la protéger, à lui épargner toute source potentielle de stress. Aurait-elle pu entendre qu'il avait foncé ici pour éviter, dans la mesure du possible, qu'une autre subisse le traumatisme de la perte de son enfant ? Après la mort de Sloane, il avait fallu plusieurs années à sa mère pour renouer avec un semblant de vie normale. Toutefois, elle n'avait encore pas fait son deuil et ne le ferait sans doute jamais.

Il se retourna pour regarder Jess. La jeune femme se tenait toujours près de la tente rouge, son fils à côté d'elle. Elle l'observait, mais détourna les yeux dès que leurs regards se croisèrent. Une réaction qui ne manqua pas de le surprendre.

— Viens, maman, je veux te présenter quelqu'un.

— Tiens, tiens !

L'expression soudain intéressée de sa mère l'alarma. À coup

sûr, elle entrevoyait déjà un projet de mariage. De toute façon, il était trop tard pour battre en retraite.

— S'agit-il de la ravissante créature qui discute avec le petit Mason ?

— Oui. Néanmoins, ne t'emballe pas. Nous ne sortons pas encore ensemble à proprement parler.

Il venait de commettre une erreur de débutant. Il en eut aussitôt la confirmation.

— *Pas encore ?* Dois-je comprendre que cela ne saurait tarder ? J'espère, car cet enfant est vraiment adorable.

Décidément, son envie de devenir grand-mère virait à l'obsession !

Beckett prit sa mère par le bras et l'entraîna vers la tente rouge.

— Jess, permets-moi de te présenter ma mère.

La jeune femme leur offrit un sourire timide.

— Ravie de vous rencontrer, madame Wilder. Votre fils m'a été d'une aide précieuse au cours de ces dernières vingt-quatre heures. J'ignore ce que j'aurais fait sans lui.

Obéissant à une impulsion, il approcha la main de son visage et lui effleura la joue. Un geste trahissant une certaine intimité et qui, Beckett le nota, n'échappa pas à la sagacité maternelle.

— Tu t'en serais sortie. Tu as du courage à revendre. Maintenant, la priorité, c'est de passer une radio.

— J'irai, promis. Tu n'as plus besoin de t'occuper de moi, à présent.

Il attrapa deux muffins et lui en tendit un.

— C'est vite dit. Je te rappelle que tu n'as rien mangé depuis un bon moment et que tu tiens à peu près debout grâce à un pull, deux règles en bois et du ruban adhésif.

Mason fronça les sourcils.

— Des règles ? Comment c'est possible ?

Manifestement au comble de la perplexité, le petit garçon s'accroupit pour examiner la cheville maternelle.

Beckett s'agenouilla à côté de lui et expliqua comment il avait fabriqué une attelle de fortune à partir de ce qu'il avait déniché dans le bureau et l'armoire de l'institutrice. Le gamin parut très admiratif.

— Votre fils me rappelle le mien au même âge. Toujours à poser des questions, les réponses en entraînant de nouvelles. Beckett avait une soif d'apprendre inextinguible. Parfois, je me disais qu'il allait me faire tourner en bourrique !

— Mason tout craché ! confirma Jess.

Beckett leva les yeux vers elle. Elle se forçait à sourire pour donner le change, mais la crispation de ses mâchoires montrait à quel point elle souffrait.

— Maman, tu as rejoint l'école comment ?

— Ton père m'y a déposée en voiture. Pourquoi ?

— Je vais conduire Jess à l'hôpital et je ne veux pas t'abandonner ici sans moyen de locomotion.

— Mais…

— Il n'y a pas de « mais », Jessamine. Même si tu avais une voiture, ce qui n'est pas le cas, tu serais incapable de conduire dans ton état.

Ils s'affrontèrent du regard. Elle finit cependant par capituler.

— Tu as raison, soupira-t-elle. Je ne sais même pas si j'arriverai à marcher jusqu'au parking.

— Beckett n'a qu'à te porter, comme tout à l'heure, suggéra Mason, ce qui lui valut une mimique réprobatrice de sa mère.

— Excellente idée, mon grand ! rétorqua Beckett, réprimant à grand-peine une furieuse envie de rire.

Joignant le geste à la parole, il la souleva dans ses bras.

— En route !

— Sur une échelle d'un à dix, à combien évaluerais-tu l'intensité de la douleur ? demanda-t-il à l'oreille de Jess tandis qu'il se dirigeait vers son pick-up d'un pas décidé.

— Quinze.

— C'est bien ce que je pensais.

Il l'installa le plus confortablement possible sur le siège passager.

— Cette place revient à ta mère, protesta la jeune femme.

— Pour un trajet aussi court, elle peut sans problème voyager à l'arrière, n'est-ce pas, maman ?

— Bien sûr, mon chéri. D'autant que je me trouve en agréable compagnie.

Personne n'eut à se creuser les méninges pour entretenir la conversation, car Mason se lança dans le récit animé et détaillé de ses aventures. Avoir survécu à une tornade et être resté coincé des heures sous les décombres l'emplissaient d'une fierté légitime. Il précisa à plusieurs reprises que, contrairement à certains de ses camarades, pas une seule fois il n'avait pleuré.

De temps à autre, Beckett observait sa mère dans le rétroviseur. Elle semblait littéralement captivée par la volubilité de cet enfant qui, malgré son jeune âge, s'exprimait avec une clarté et une précision étonnantes.

À présent, il mesurait pleinement sa frustration de n'avoir toujours pas de petits-enfants, en dépit de ses tentatives aussi répétées que maladroites de le caser. A priori, elle semblait même prête à accepter que son premier petit-fils soit l'enfant d'un autre.

Beckett posa la main sur celle de Jess. Existait-il la moindre chance qu'elle le considère un jour comme un beau-père potentiel pour Mason ? Quant à lui, l'idée commençait à faire son chemin dans sa tête et dans son cœur. Comme si ces récentes épreuves lui avaient ouvert les yeux.

11.

La complicité évidente entre Mme Wilder et Mason mettait Jess au supplice, d'autant qu'elle ne pouvait pas intervenir sans passer pour ingrate ou indélicate. La mère de Mason paraissait tellement sous le charme du petit garçon…

Il y avait désormais une seconde personne susceptible de briser le cœur de son fils !

Jess voyait sa crainte initiale se concrétiser. Elle aurait dû tenir Beckett à l'écart, refuser catégoriquement qu'il l'accompagne à l'école. C'était du moins ce que lui dictait la raison car, dans son for intérieur, elle ne se sentait pas prête à renoncer à ses attentions, à sa tendresse, au contact de sa peau, à ses bras vigoureux qui la rassuraient.

Se mordillant la lèvre, elle baissa le regard sur la main posée sur la sienne en signe de solidarité et de protection. Comment en était-elle arrivée à ce stade de dépendance en si peu de temps ? Les événements récents y avaient certes contribué, mais il y avait autre chose. Même si elle décidait de cesser sur-le-champ toute relation avec les Wilder, à commencer par le fils, le mal était fait. Mason et elle étaient déjà trop attachés à Beckett.

Les larmes lui montèrent aux yeux. Elle lutta pour les refouler avant qu'elles trahissent son émotion. Son cœur saignait à l'idée de rompre, mais elle devait agir dans l'intérêt de son enfant. Seul comptait le bien-être de cet enfant auquel elle avait donné la vie. Et tant pis si elle souffrait.

Comme elle aurait souhaité pouvoir se comporter en égoïste, pour une fois, se laisser dorloter sans arrière-pensées !

Jess changea de position et un élancement violent lui parcourut la jambe. Instinctivement, elle s'agrippa à la main de Beckett pour retenir un cri de douleur. Alors même qu'elle tentait de se convaincre de se détacher de cet homme, c'était auprès de lui qu'elle cherchait du réconfort. Qu'était-il advenu de la mère célibataire fière de son indépendance ?

Elle était tombée amoureuse.

Cette révélation la frappa de plein fouet. Jess ferma les yeux, réfléchissant à ses implications, mais elle eut beau tourner et retourner le problème dans tous les sens, elle comprit qu'elle ne s'en sortirait pas indemne.

Beckett arrêta le pick-up devant le hall d'entrée de l'hôpital où des ouvriers s'activaient déjà à remplacer les immenses panneaux de verre soufflés par la tornade. Il fit le tour de son véhicule et lui ouvrit la porte pour l'aider à descendre.

— Tu veux que j'aille chercher un fauteuil de transfert ?

Déterminée à se prouver qu'elle pouvait se passer de son concours, elle se redressa et déclara sur le ton le plus ferme possible :

— Inutile. Je peux marcher jusqu'à l'accueil.

— Je n'en doute pas une seconde, répondit-il avec un sourire, comme s'il avait deviné son intention.

Ce qui était certainement le cas. Cet homme avait un don exaspérant pour lire en elle.

— Tu ferais mieux d'aller garer la voiture, grommela-t-elle.

— À vos ordres, madame !

Il se tourna vers Mason.

— Je te confie ta maman. Prends-en le plus grand soin d'ici mon retour.

— Tu vas au parking, tu ne pars pas à la guerre que je sache !

— Aimer suppose parfois de livrer quelques batailles, rétorqua-t-il en riant.

Sur ces mots qui la laissèrent sans voix, il s'éloigna.

— Maman, il me plaît vraiment beaucoup celui-là. Tu veux bien qu'on le garde ?

Jess ouvrit la bouche pour protester, mais Mme Wilder intervint, lui coupant l'herbe sous le pied.

— Les gens ne sont pas des jouets qu'on peut garder ou

rejeter selon son humeur, mon bonhomme. L'important, c'est de convaincre l'autre.

Jess vit la lèvre de Mason se mettre à trembler. L'espace d'un instant, elle craignit que son fils ne fonde en larmes. Le moment de dépit ne fut cependant que de courte durée.

— Et si je proposais à Beckett de jouer au base-ball avec moi, cela lui donnerait peut-être envie de rester ?

— Excellente idée, mon grand. Il pourra même t'emmener assister à un match. Enfin, si ta maman est d'accord, bien sûr.

À cette perspective, le visage du petit garçon s'illumina.

Angoissée par un sentiment de désastre imminent, Jess en oublia presque qu'elle était blessée. Elle fit une volte-face trop brusque, et sa cheville droite céda. Si Mme Wilder ne s'était pas précipitée pour la rattraper, elle se serait écroulée par terre.

— Merci, murmura-t-elle.

S'accrochant d'un côté au bras de la mère de Beckett et s'appuyant de l'autre sur l'épaule de Mason, elle franchit péniblement le seuil de l'hôpital.

— Salut, Jess ! s'exclama Becky, à l'accueil. Que t'arrive-t-il ?

— Grosse entorse ou fracture de la cheville. Il me faudrait une radio.

— Pas de problème. Je vérifie juste que les informations te concernant dans la base de données sont à jour.

— Elles le sont. J'ai fait le nécessaire il y a deux mois quand mon fils a eu besoin de points de suture.

— Parfait. Je t'appelle dès qu'il y a un créneau disponible. C'est la folie ici, soupira la jeune femme. Va t'asseoir… enfin, si tu parviens à te dégoter un siège.

Jess claudiqua jusqu'à la salle d'attente où elle découvrit Mason et Mme Wilder assis côte à côte. En face d'eux se trouvaient deux autres chaises inoccupées.

— Par quel miracle avez-vous réussi à…

— On voit que tu ne connais pas ma mère ! s'exclama Beckett, hilare, répondant à sa question inachevée.

Il prit place à côté d'elle et, avec un naturel désarmant, mit son bras autour de ses épaules.

— Je parie qu'elle a fixé avec insistance les gens installés là jusqu'à ce qu'ils décident que, tout bien réfléchi, ils préféraient attendre leur tour debout dans l'entrée !

Il avait troqué la blouse de chirurgien maculée de taches et de poussière contre un T-shirt arborant l'insigne d'un club de gym local. De même, il avait passé un peigne dans ses cheveux et mis du déodorant.

— Ce T-shirt ne va pas avec ton pantalon de dandy, déclara Jess avec un sourire moqueur.

— Toujours autant d'admiration pour mon pantalon !

Il se pencha sur elle et déposa un baiser léger sur son front.

Jess coula un regard discret en direction de Mme Wilder et de Mason espérant que, tout à leur conversation, ils n'aient rien remarqué. Leur mine réjouie la détrompa aussitôt. Cette histoire prenait décidément des proportions excessives. Elle allait devoir y mettre un terme avant qu'elle cause trop de dommages collatéraux.

Elle en était là de ses pensées quand elle entendit appeler son nom. Mme Wilder proposa de s'occuper de Mason, ce qu'elle accepta à contrecœur. Beckett s'était levé et s'apprêtait à la suivre.

— Je n'ai pas besoin de chaperon, dit-elle à voix basse.

— Sans doute, répliqua-t-il sans se démonter, mais un bras secourable pour éviter de trop solliciter ta cheville ne peut pas te faire de mal.

Elle se résolut une fois de plus à accepter. C'était momentané et, dès que l'occasion se présenterait, elle lui expliquerait qu'ils ne pouvaient pas être plus que des amis.

Elle avait néanmoins conscience que cette idée n'était pas réaliste. Ces dernières vingt-quatre heures lui avaient démontré qu'elle était incapable de résister à cet homme. Elle devait impérativement se détacher de lui avant que sa présence lui devienne indispensable. Mais n'était-il pas déjà trop tard ?

Aucun fauteuil de transfert n'étant disponible, Jess dut marcher jusqu'au service de radiologie, et l'aide de Beckett lui fut précieuse. Il lui avait proposé de la porter, mais elle avait refusé tout net.

Une fois l'attelle de fortune retirée, Jess examina le gonflement de sa cheville et la couleur violacée de la peau. Le résultat de la radio lui confirma ce qu'elle savait déjà : il s'agissait d'une fracture. On l'installa dans un box entouré de rideaux pour attendre le médecin.

— Quelle guigne ! soupira-t-elle. Ce n'est franchement pas le bon moment.

Beckett lui prit la main et entrelaça leurs doigts.

— Il n'y a jamais de bon moment.

— Certains sont néanmoins pires que d'autres. Je n'ai plus ni moyen de locomotion, ni logement décent. Compte tenu de l'état du service des urgences, mon job risque de se compliquer et, par-dessus le marché, je dois m'occuper d'un enfant particulièrement actif. Même avec des cannes anglaises, je m'imagine mal gérer tout ça de front.

— J'adore ta moue quand tu t'énerves.

Elle le fusilla du regard.

— Je te répondrais bien d'aller te faire voir, Beckett Wilder, mais je n'en ai pas l'énergie.

Le Dr Newton arriva sur ces entrefaites, évitant que leur échange ne s'envenime.

— La bonne nouvelle, c'est que la fracture ne nécessite pas d'intervention chirurgicale, annonça-t-elle.

— Et la mauvaise ?

— Tu vas devoir porter une jolie botte en résine pendant six semaines environ. Plus longtemps si tu t'agites trop.

L'urgentiste considéra Jess un instant avant d'ajouter :

— Dans ton cas, je pencherais plutôt pour huit semaines…

— On dirait qu'elle te connaît bien, commenta Beckett avec un sourire moqueur.

— Beckett, je vous demanderai de nous laisser pendant que nous réduisons la fracture et immobilisons la cheville. Il faut compter deux bonnes heures.

— Je comprends. Pendant ce temps, je vais m'assurer que Mason mange quelque chose de plus sain que des muffins bourrés de sucre.

Une fois Beckett parti, le Dr Newton aida Jess à s'asseoir dans un fauteuil roulant pour la transférer au service d'orthopédie.

— Ces derniers temps, j'ai croisé Beckett Wilder à plusieurs reprises dans les couloirs de l'hôpital, déclara-t-elle sur le ton de la confidence. Un véritable apollon, et sympathique avec ça ! La femme qui ravira son cœur aura beaucoup de chance.

Jess jugea plus prudent de ne pas s'aventurer sur ce terrain miné.

— Me serait-il possible de prendre une douche rapide et de changer de tenue avant la pose du plâtre ? J'ai l'impression d'empester.

Elle sollicitait un traitement de faveur, elle ne l'ignorait pas, mais la perspective de devoir se contenter d'une toilette sommaire durant les six à huit prochaines semaines ne la réjouissait guère.

— C'est bien parce que c'est toi ! répondit l'urgentiste qui la conduisit dans une chambre inoccupée. Il va falloir que je trouve quelqu'un pour te prêter main-forte.

— Demande à Freya Anderson. Elle est ma meilleure amie et, malgré sa charge de travail, elle ne refusera certainement pas de me rendre ce service.

Comme Jess s'y attendait, Freya la rejoignit dans les dix minutes qui suivirent. Elle apportait une tenue médicale complète et, surtout, propre.

— Je te prie de croire qu'il va m'entendre ! s'exclama-t-elle, furieuse.

— Qui donc ?

— Beckett Wilder ! Je lui avais expressément demandé de veiller sur toi afin qu'il ne t'arrive rien de fâcheux. Et voilà le résultat ! Encore heureux que tu ne te sois pas brisé le cou !

— Il n'y est pour rien. Je me suis comportée comme une idiote impulsive, estimant que je ferais preuve de plus d'efficacité que les professionnels. Il a eu beau essayer de m'en dissuader, j'ai foncé tête baissée dans le piège.

— Toujours est-il qu'il m'avait juré de ne pas te perdre de vue.

— Je comprends mieux pourquoi il ne m'a pas quittée d'une semelle.

Freya l'aida à se dévêtir.

Tandis que l'eau chaude ruisselait sur son corps endolori, Jess s'efforçait de refouler la peine causée par la révélation de son amie. Elle tentait d'évaluer dans quelle mesure Beckett l'avait soutenue par intérêt pour elle ou en raison de la promesse faite à Freya.

— Hé, je sais à quoi tu penses ! s'exclama celle-ci à travers la porte du cabinet de toilette. Si tu t'imagines qu'il n'a agi ainsi que par loyauté envers la parole donnée, tu te mets le doigt dans l'œil jusqu'au coude, ma vieille ! D'ailleurs, il est où, ton chevalier servant ?

— Dans le hall d'entrée avec sa mère et Mason, répondit Jess en se séchant de son mieux.

— Ah, voilà pourquoi tu tenais tant à prendre une douche !

— C'est plutôt parce que je me sentais sale.

— À d'autres ! Ce type est à tomber. Et super viril en plus ! Ne me dis pas que tu ne l'as pas remarqué. Inutile de me mentir. J'ai vu de quelle façon tu le regardes.

— Évidemment que je l'ai remarqué ! Je ne suis pas aveugle à ce point !

— Jess…

— Arrête, tu veux ! Je suis célibataire, et j'ai la ferme intention de le rester.

Elle se garda d'avouer à son amie qu'elle avait bien failli changer d'avis.

— Vraiment ? Quel dommage ! Tu sais, il n'y a pas que la maternité et le boulot dans la vie. Tu as le droit de t'accorder un peu de bon temps en tant que femme. Cela ne te ferait pas de mal… surtout avec un spécimen masculin comme Beckett. Réfléchis-y sérieusement.

Sur ces mots, Freya retourna à son travail tandis que Jess achevait de s'habiller.

Y réfléchir ? Comme si Jess avait eu besoin de ce bon conseil ! Elle ne songeait qu'à cela depuis vingt-quatre heures. C'était le chaos à l'hôpital, le chaos chez elle et, pour couronner le tout, elle s'était cassé la cheville. Ces préoccupations lui monopolisaient-elles l'esprit ? Pas du tout. Elle ne faisait que penser à Beckett et à la façon dont son propre cœur s'emballait dès qu'il lui souriait.

Une anesthésie locale légère lui permit de supporter la douleur lors de la réduction de sa fracture. L'orthopédiste lui enfila ensuite une chaussette en jersey autour de laquelle il enroula des bandes de coton, après quoi il lui montra les différents coloris de résine synthétique. Elle opta pour le violet, sa couleur préférée. Avec des gestes d'une précision et d'une rapidité étonnantes, le médecin procéda à l'opération finale : l'application des bandes de fibre de verre humidifiées pour qu'elles soient plus malléables. Par rapport au plâtre traditionnel, la botte en résine avait l'avantage de la légèreté et d'une meilleure imperméabilité. Elle était en outre radiotransparente.

— J'ai terminé. Il faut compter une bonne demi-heure pour que cela commence à durcir et deux à trois heures pour que ce soit complètement sec. Mais ne vous inquiétez pas, je vous libérerai avant ! En attendant, interdiction d'y toucher.

Lorsque Beckett regagna la salle d'attente à l'entrée de l'hôpital, il y trouva également son père dont le dos voûté trahissait une immense fatigue. Mason s'était endormi, la tête sur les genoux de sa voisine, laquelle n'osait bouger de crainte de le réveiller. Le visage de l'enfant offrait l'image même de l'innocence.

— Comment va-t-elle ? s'enquit sa mère à voix basse.

— Elle a bien une fracture de la cheville. Ils sont en train de la plâtrer. Il faut compter deux heures avant qu'ils la libèrent. Vous avez l'air épuisé, papa et toi. Que diriez-vous de rentrer tous les trois à la maison pour vous reposer ?

— Sa mère sera d'accord ?

— Cela m'étonnerait, mais j'en assume l'entière responsabilité.

À coup sûr, Jess serait furieuse qu'il ait osé prendre une décision concernant son fils sans la consulter. Tant pis ! Il préférait courir ce risque plutôt que de laisser ce gamin dormir sur une chaise inconfortable, au milieu de tout ce remue-ménage. Par ailleurs, la mère et l'enfant n'avaient plus de domicile digne de ce nom.

— Entendu. Nous l'emmenons, mais préviens Jess sans tarder.

— Promis, maman. Je vais le porter jusqu'à la voiture.

Il se pencha et souleva le petit garçon dans ses bras. Celui-ci remua, marmonna quelques mots inintelligibles, mais ne s'éveilla pas. Beckett se dirigeait vers la sortie quand un raclement de gorge de son père attira son attention.

— Désolé, papa, je ne t'ai pas demandé ton avis. Y vois-tu un inconvénient ?

— Aucun, répondit ce dernier après un instant d'hésitation.

Ils rejoignirent la grosse berline paternelle, et Beckett installa Mason le plus confortablement possible sur la banquette arrière tandis que sa mère prenait place à l'avant. Il s'apprêtait à repartir vers l'hôpital quand son père le retint par le bras.

— Tu y tiens, à cette jeune femme ?

Beckett se contenta de hocher la tête. Il était encore trop tôt pour l'avouer, mais il éprouvait des sentiments profonds pour Jess, et Mason lui inspirait de la tendresse, l'envie de le protéger.

— Ne t'inquiète pas, nous prendrons le plus grand soin du petit.

Il n'en doutait pas une seconde. Plusieurs différends l'avaient opposé à son père au fil des années, notamment au sujet de son choix de carrière. En revanche, il avait totalement confiance en lui. Il savait aussi que sa mère profiterait de l'occasion pour dorloter l'enfant comme s'il s'agissait de son propre petit-fils. Quant à lui, il pourrait se consacrer entièrement à Jess.

Il réussit à dénicher un siège inoccupé dans un coin, cala son dos contre le dossier et étendit les jambes. Il se sentait fourbu et, quitte à patienter, autant que sa position soit la moins inconfortable possible. Malgré le brouhaha ambiant, il dut s'assoupir car, quand il revint à la réalité, il découvrit Jess devant lui. Assise dans un fauteuil de transfert, elle lui tapotait le genou dans l'espoir de le réveiller. Il émergea péniblement des brumes du sommeil.

— Où est Mason ?

— Comment ?

— Mason, où est-il ? répéta la jeune femme d'un ton impatient.

— Chez mes parents.

— Pardon ?

— Il était exténué, mon père et ma mère aussi. Alors, j'ai pensé qu'ils seraient mieux à se reposer à la maison plutôt que d'attendre dans ce hall ouvert à tout vent.

Le beau regard vert étincelait d'indignation.

— Je souhaite récupérer mon fils et rentrer chez nous, décréta-t-elle d'une voix vibrant d'une colère à peine contenue.

— OK, je vais chercher ma voiture.

Elle se trouvait dans un tel état de nerfs qu'il n'aurait servi à rien de lui remémorer qu'elle n'avait plus véritablement de « chez nous ».

Beckett se leva et, sans ajouter un mot, se dirigea vers le parking.

Le premier quart d'heure de trajet se déroula dans un silence pesant.

— Tes parents ont-ils déménagé ? Je croyais qu'ils habitaient au bord du lac.

— C'est le cas. Simplement, je fais un détour.

Dix minutes plus tard, il s'arrêtait devant chez Jess.

— Loin de moi l'envie d'enfoncer le couteau dans la plaie, mais ouvre les yeux, bon sang ! Tu ne peux pas habiter avec un enfant de sept ans dans une maison qui n'a même plus de toiture. Tu es furieuse contre moi parce que j'ai agi dans l'intérêt de ton fils ? C'est un peu injuste, non ?

— Tu aurais dû m'en parler avant.

— Je te rappelle que le Dr Newton m'avait prié de rester dans la salle d'attente et que ton téléphone portable était éteint. Par ailleurs, telle que je te connais, tu n'aurais rien voulu entendre. Or, avec les dégâts occasionnés par la tornade, beaucoup d'hôtels ont fermé leurs portes, et les rares chambres disponibles ont été prises d'assaut. Mes parents ont largement la place de vous accueillir.

— Tu aurais quand même dû me consulter.

— Je ne regrette pas mon initiative et je n'ai pas l'intention de m'excuser.

Beckett redémarra. Ils parcoururent les kilomètres les séparant de la propriété de ses parents sans échanger un mot, chacun muré dans un mutisme boudeur.

— Je te porterai, ce sera plus rapide, déclara-t-il enfin après s'être garé au pied de la volée de marches menant au perron. Nous gardons une paire de cannes anglaises au grenier. Je la descendrai pour que tu puisses avoir plus d'autonomie.

— Merci.

Contre toute attente, elle ne se raidit pas quand il la prit dans ses bras. Au contraire, elle noua les bras autour de son cou et appuya la tête contre son épaule.

— Tu vas finir par me rendre dingue, grommela-t-il en franchissant le seuil.

— Idem pour moi.

Il feignit d'ignorer la repartie.

— Il y a deux chambres d'amis et une salle de bains dans l'aile gauche, expliqua-t-il. À mon avis, c'est là que ma mère a installé Mason.

Il déposa Jess devant la porte entrouverte de la première et jeta un coup d'œil à l'intérieur. Étendu sur la courtepointe, Mason dormait paisiblement. Il portait un T-shirt de Beckett deux fois trop grand pour lui et, à en juger par sa chevelure encore humide, il avait pris un bain.

Beckett poussa le battant afin que Jess puisse s'agripper au chambranle.

— Maman ? marmonna le petit garçon d'une voix ensommeillée.

— Salut, mon bébé. Je ne voulais pas te réveiller.

Beckett s'éclipsa et monta au grenier. Il ne lui fallut pas longtemps pour trouver les béquilles. Quand il redescendit, il surprit quelques bribes de la conversation entre la mère et l'enfant.

— Maman, moi, je me plais ici.

— Vraiment ? Je comprends, c'est un très bel endroit, mais…

Il entendit Jess soupirer.

— Mais quoi ? On y serait bien, j'en suis sûr. M. et Mme Wilder sont très gentils avec moi. Tu pourrais épouser Beckett. Comme ça, j'aurais un papa et des grands-parents.

— Ce n'est pas si simple, mon chéri.

— Avec les adultes, c'est toujours compliqué !

Le cœur serré, Beckett fit du bruit pour signaler sa présence.

— Voici les cannes anglaises. Si l'un de vous a besoin de quoi que ce soit, n'hésitez pas à me le demander. Je serai dans ma chambre, de l'autre côté du hall d'entrée.

Une fois seul, il se laissa tomber sur son lit, en proie à toutes sortes d'émotions contradictoires. Une question revenait en boucle dans son esprit : avait-il l'étoffe d'un père ?

12.

Après avoir souhaité une bonne nuit à Beckett, Mason n'avait pas tardé à s'endormir, de sorte que Jess avait maintenant tout le loisir de réfléchir. Physiquement, elle se sentait épuisée, mais son esprit refusait de la laisser en paix. Elle ne cessait de repenser à sa conversation avec son fils, conversation que Beckett avait en partie surprise, elle en aurait mis sa main à couper. Elle avait perçu un trouble profond en lui, comme s'il mesurait pleinement les conséquences d'une relation avec une mère célibataire.

À deux reprises, elle prit ses béquilles et se dirigea vers la porte de sa chambre dans l'intention d'aller lui parler. Chaque fois, elle se ravisa, songeant qu'ils n'avaient pas d'avenir ensemble. Pourtant, quelque chose en elle avait encore envie d'y croire.

Elle avait fini par se détendre et s'abandonner à une légère somnolence quand un bruit de voix lui parvint. A priori, Beckett était en train de discuter avec son père. Lorsqu'elle les entendit prononcer son prénom, elle ne put s'empêcher de tendre l'oreille.

— Si tu n'as pas changé tes projets, pourquoi vouloir t'engager avec cette jeune femme ? déclara M. Wilder. Sa vie est ici, et la tienne, à Lexington.

— Elle pourrait m'accompagner.

— Tu en as discuté avec elle ?

Le silence de Beckett fut éloquent. Puis les pas s'éloignèrent. Beckett avait évoqué la possibilité de rester à Woodvale. En quels termes précisément ? Elle avait beau fouiller sa mémoire, elle ne s'en souvenait plus. Elle était trop fatiguée.

Lorsqu'elle s'assoupit enfin, elle dormit d'un sommeil agité, peuplé de cauchemars dans lesquels Beckett s'en allait sans se retourner, brisant le cœur de Mason. Et le sien, par la même occasion. Elle se réveilla à 6 heures du matin, déterminée à parler à Beckett. Elle ne pouvait demeurer plus longtemps dans l'incertitude. Elle devait savoir quels étaient ses sentiments pour elle et ses projets, afin de décider de son propre avenir et de celui de son fils.

Aidée de ses cannes anglaises, elle se rendit donc à sa chambre et frappa discrètement à la porte. Il mit un moment à répondre.

— Il y a un problème ? s'enquit-il d'une voix ensommeillée.

Il ne portait rien d'autre qu'un caleçon, et Jess eut toutes les difficultés du monde à garder le regard fixé sur son visage.

— Il faut que nous discutions.

— Si tôt ?

Il l'attira dans ses bras et ses lèvres cherchèrent les siennes. Lâchant ses béquilles, elle se pressa contre lui et répondit avec passion à son baiser.

— Il faut vraiment que nous ayons une conversation, insista-t-elle, peinant à reprendre son souffle.

— D'accord.

Il referma la porte derrière elle.

— J'ai entendu sans le vouloir une partie de ta discussion avec ton père, hier soir.

Elle s'interrompit, espérant qu'il lui annoncerait que, finalement, il avait décidé de ne pas retourner à Lexington. Elle attendit en vain, et le mutisme de Beckett fit voler en éclats le mince espoir auquel elle se raccrochait.

— Je vois, murmura-t-elle, amère. Malgré ce que tu as dit, tu projettes toujours de repartir.

— J'ai une carrière à Lexington. Pourquoi ne viendriez-vous pas avec moi, Mason et toi ?

— Non. Ma vie est ici, et celle de mon fils aussi.

— Nous pourrions en bâtir une nouvelle, ensemble. Promets-moi que tu vas au moins y réfléchir.

Furieuse contre elle-même autant que contre lui, elle secoua la tête. Elle s'était leurrée, prenant ses désirs pour une réalité. Elle avait baissé sa garde, pensant qu'il envisageait sérieusement de rester à Woodvale, et voilà où cela l'avait menée : droit dans le mur !

— Je savais que c'était une très mauvaise idée de te laisser trop t'approcher de nous. Le jour où nous nous sommes rencontrés, j'ai perçu le danger, et je ne m'étais pas trompée.

— Tu craignais que j'aie envie de construire quelque chose avec vous deux ?

Elle réprima un sanglot.

— Je redoutais que l'histoire se répète, que tu finisses par te détourner de moi, comme Clint. La différence, c'est que maintenant, il n'y a pas que mon bonheur en jeu ; il y a également celui de Mason.

— Je ne suis pas Clint, gronda-t-il. As-tu vraiment une aussi piètre opinion de moi ?

— Au début, je ne méfiais pas non plus de Clint. Je n'imaginais pas une seconde qu'il pourrait me nuire. Et puis, j'ai découvert que l'homme que j'aimais et que je croyais connaître m'avait joué la comédie. Pour lui, je ne représentais qu'un pion. Seuls ses projets comptaient. J'ai tout perdu d'un coup : mon fiancé, mon amour-propre et ma réputation. Je refuse de subir de nouveau une telle épreuve et, surtout, je refuse de l'infliger à Mason.

— Me crois-tu réellement capable de lui faire du mal ?

Il y avait tant de peine dans son ton qu'elle sentit sa gorge se nouer affreusement.

— Pas intentionnellement. Néanmoins, ton départ le décevra et le blessera. Il s'est déjà trop attaché à toi. C'est un enfant extrêmement sensible, et il est en admiration devant toi.

— Donc, tu me rejettes en vertu d'un procès d'intention ? Cela n'a aucun sens.

— Ne confonds pas les rôles, s'il te plaît ! C'est toi qui t'apprêtes à nous quitter, pas l'inverse !

Elle essuya rageusement les larmes qui roulaient à présent le long de ses joues.

— Si seulement tu n'avais pas été comme ça !

— Dois-je prendre cette remarque pour une insulte ou pour un compliment ?

— Si gentil, si attentionné, si solidaire, ajouta-t-elle, ignorant son commentaire. Et si attirant. Si tu n'avais pas toutes ces qualités, jamais cela ne me serait arrivé.

Il la dévisagea à la manière d'un prédateur fixant sa proie.

— Qu'est-ce qui ne te serait pas arrivé, Jess ? De tomber amoureuse de moi, de me désirer ? C'est ce que tu essaies de me dire ?

Elle n'eut pas le courage de le repousser quand il lui emprisonna la taille. Encore un aveu de faiblesse !

— Ce que j'éprouve n'est donc pas à sens unique, murmura-t-il, comme se parlant à lui-même.

Il était si proche qu'elle sentait son souffle lui caresser le visage. Il eut été si facile de capituler, de céder à l'appel de ses sens… Elle plaqua les mains contre son torse pour maintenir une certaine distance entre eux. Une tentative bien illusoire…

— Donne-nous une chance, ma chérie. Accompagnez-moi à Lexington. Nous y serons très heureux ensemble, j'en ai la conviction. Le marché de l'emploi à Woodvale n'offre aucune perspective à quelqu'un qui, comme moi, travaille au SAMU. Or, pour moi, il s'agit plus que d'un job ; il s'agit d'une vocation. Si, en revanche, tu me suivais à Lexington, tu n'aurais aucun mal à trouver un poste qui te convienne.

Il lui demandait de tout abandonner pour lui, quitte à se retrouver de nouveau dépendante d'un homme. Pas question ! Elle avait déjà donné et n'avait pas l'intention de répéter cette erreur !

— Je suis chez moi à Woodvale.

Elle vit ses traits se crisper.

— Qu'est-ce qui te retient ici ? Des souvenirs et une maison délabrée ?

Elle sentit la moutarde lui monter au nez

— Mon père a grandi dans cette maison délabrée, comme tu dis. Moi aussi. Et j'ai l'intention que mon fils y grandisse également. Quant aux souvenirs, c'est tout ce qu'il me reste de ma mère et de mon père. Par ailleurs, j'ai des amis dans cette ville, notamment Freya que je considère comme ma sœur, sans oublier un travail dans lequel je m'épanouis. Je ne peux pas aller vivre avec toi à Lexington.

— Faux ! s'exclama-t-il sèchement.

— Pardon ?

— Ce n'est pas que tu ne *peux* pas, c'est que tu ne *veux* pas.

Beckett se baissa pour ramasser ses béquilles qu'il lui tendit.

— Puisque tu n'as aucune confiance en moi concernant Mason et que tu refuses d'envisager ton avenir avec moi, je crois que la discussion est close. Tu peux rester chez mes parents le temps nécessaire pour te trouver un autre logement. Je veillerai à ne pas t'encombrer de ma présence.

La voix était glaciale.

Jess frissonna. Pourquoi ressentait-elle ce vide abyssal ? Elle avait obtenu ce qu'elle souhaitait, après tout.

— Beckett…

— Maintenant que nous savons l'un et l'autre à quoi nous en tenir, j'apprécierais que tu quittes cette pièce, s'il te plaît, l'interrompit-il d'un ton sans appel, gardant les yeux obstinément baissés.

Le cœur lourd, elle obtempéra. Il referma la porte derrière elle, sans la claquer, mais elle eut le sentiment qu'une barrière venait de s'ériger définitivement entre eux, qu'il n'y avait plus de retour possible. Alors, les larmes débordèrent.

Une fois dans sa chambre, elle décrocha le téléphone pour appeler Freya.

— Il est très tôt, excuse-moi, mais pourrais-tu venir nous chercher, s'il te plaît ?

— Où ça ? À ta voix, j'ai comme l'impression que tu as pleuré. Je me trompe ?

Sans répondre à la seconde question, Jess communiqua à son amie l'adresse des Wilder. Il serait temps, plus tard, de lui expliquer en détail ce qui s'était passé. Désormais, elle allait devoir faire son deuil de cette histoire d'amour, avortée avant même d'avoir vraiment commencé.

La mort dans l'âme, Beckett vit la voiture de Freya s'éloigner, emmenant loin de lui la femme qu'il aimait et son fils. Il avait tenu à assister à leur départ, et jamais un effort de volonté ne lui avait autant coûté.

Terrassé par le chagrin, il se laissa choir sur les marches du perron et se massa la poitrine dans l'espoir vain d'alléger le poids qui lui comprimait le cœur et l'empêchait de respirer.

Il lui avait avoué son amour, son désir de partager son avenir avec elle et Mason, mais elle lui avait tourné le dos. Pourtant, elle aussi l'aimait, il en avait la conviction. Quoi qu'elle en dise, la distance qu'elle avait mise entre eux n'avait pas pour but de protéger son fils, mais de la protéger, elle. Était-ce parce qu'elle ne lui accordait aucune confiance ou parce qu'elle se méfiait de ses propres réactions ? Les deux, sans doute. Toujours est-il qu'elle était partie.

— Besoin de parler, fiston ?

Son père s'assit à côté de lui.

— À quoi bon ? soupira-t-il, amer. Mon avenir vient de m'échapper en raison d'un passé dont je ne suis en rien responsable.

— Tu ne peux effectivement pas changer le passé. En revanche, tu as toujours la possibilité de façonner l'avenir.

— Je ne vois pas comment. Elle m'a quitté sans même un dernier regard.

— Nous n'avons jamais été très proches, toi et moi, en grande partie par ma faute, je le reconnais. Je n'ai pas su m'y prendre avec toi. Pour autant, la manière dont tu regardes cette jeune femme et ton comportement avec son enfant ne m'ont pas échappé. Ta mère aussi est sous le charme de ce gamin.

— Tu ne m'apprends rien !

Beckett s'en voulut aussitôt de l'agressivité de son ton.

— Je vais feindre de ne pas avoir remarqué ton insolence à mon égard, car j'ai conscience que tu souffres. Quoi qu'il en soit, je n'ai pas à faire les frais de ta frustration.

Son père se leva.

— Libre à toi de te lamenter sur ton sort au lieu d'essayer de la récupérer par tous les moyens. Néanmoins, je me permettrai de te donner le conseil suivant : concentre-toi sur ses besoins actuels. De cela dépend le futur.

Sur ces paroles pleines de sagesse, il regagna la maison.

Pour sa part, Beckett ne partageait pas l'optimisme paternel. Son horizon lui paraissait bouché, et il ne voyait pas comment se sortir de cette situation, ni parvenir à convaincre Jess de changer d'avis.

« Concentre-toi sur ses besoins actuels », lui avait suggéré son père.

Se pouvait-il qu'il ait raison ? Le cas échéant, restait à déterminer quels étaient ces besoins et comment les satisfaire…

13.

La douleur de la rupture avec Clint alors qu'elle était enceinte de Mason n'était rien en comparaison de la tristesse et du vide immenses qu'elle ressentait aujourd'hui. Trois jours s'étaient écoulés depuis qu'elle avait quitté la maison des Wilder, réprimant à grand-peine ses sanglots, et il lui avait suffi d'une heure pour mesurer la force de son amour pour Beckett.

Jess poussa un profond soupir.

— S'il te manque tant que ça, pourquoi ne l'appelles-tu pas ? suggéra Freya.

Son amie les hébergeait en attendant qu'ils trouvent un logement décent. L'appartement ne comportait qu'une chambre d'ami, dévolue à Mason, de sorte que Jess dormait sur le canapé assez inconfortable du salon.

La jeune femme s'efforçait de donner le change en présence de son fils, mais lorsque l'enfant lui avait demandé quand il reverrait Beckett, elle avait eu du mal à retenir ses larmes. Elle n'avait pas eu le cœur de lui avouer la vérité.

— Ce n'est pas si simple, répondit-elle en remuant d'un geste mécanique le café qui refroidissait dans son mug.

Assise en face d'elle, à la petite table de la cuisine, Freya posa la main sur la sienne.

— C'est extrêmement simple, au contraire. Tu l'aimes, et lui t'a dans la peau. Ça se voit comme le nez au milieu de la figure. Par ailleurs, Mason serait aux anges. Il l'adore, et tu le sais pertinemment. Je ne comprends vraiment pas ce qui te retient.

Jess ne dit rien. Présentée ainsi, la situation paraissait en effet d'une clarté limpide. Sauf que Freya n'avait pas assisté à leur dernière discussion, quand, le regard dur et le ton glacial, il l'avait mise à la porte de sa chambre.

— Après tout, c'est toi que ça regarde.

Son amie se leva pour ranger sa tasse dans le lave-vaisselle.

— J'ai un emploi du temps assez chargé cet après-midi. En revanche, je suis disponible toute la matinée. Tu avais envie de faire un saut chez toi pour commencer à trier vos affaires. Si tu le souhaites, je vous y conduis.

— D'accord, répondit Jess sans grand enthousiasme, se levant à son tour pour aller réveiller son fils.

Elle doutait de réussir à sauver beaucoup d'effets personnels de ce qu'il restait de sa maison, mais cela valait la peine d'essayer. Surtout pour Mason qui espérait récupérer quelques-uns de ses jouets.

Une heure plus tard, ils se garaient devant chez Jess.

— Qu'est-ce qu'il se passe ici ? murmura celle-ci, abasourdie par la scène qu'elle découvrait.

L'endroit s'apparentait à une ruche. Des ouvriers avaient entrepris de rebâtir la charpente. D'autres s'activaient à trier ses affaires dans différents conteneurs. Le long de la haie étaient entreposés des matériaux de construction en tout genre.

— C'est toi qui es à l'origine de ça ? demanda Jess en se tournant vers son amie.

— Non. Cependant, j'étais au courant, et je suis en contact avec celui qui a pris cette initiative. Promets-moi que tu ne m'en voudras pas à mort !

— De qui s'agit-il ? D'où viennent tous ces gens ?

Au comble de la perplexité, Jess remonta lentement l'allée qui conduisait à la maison, tandis que Freya demeurait en retrait. Elle comprit de quoi il retournait en voyant Beckett se matérialiser sur le seuil.

— La priorité, c'est de remplacer la toiture, déclara-t-il avant de s'interrompre brusquement en l'apercevant.

Il la dévisagea avec une intensité qui la fit rougir. Si elle avait deviné ce qui l'attendait, elle aurait pris davantage soin de son apparence ! L'homme à qui Beckett s'adressait portait un casque et un T-shirt arborant le logo d'une entreprise locale du bâtiment.

— Beckett ! s'exclama Mason.

Le jeune garçon se précipita vers lui.

— J'ai demandé à maman quand je te reverrais, et elle m'a dit que tu étais très occupé. Maintenant, je comprends mieux. Tu voulais me faire une surprise, c'est ça ?

— Oui, mon grand, répondit Beckett en lui ébouriffant les cheveux, les yeux toujours fixés sur Jess. J'espère que tu es content. C'est sympa de dormir à la belle étoile, mais je ne pouvais pas vous laisser habiter, ta maman et toi, dans une maison sans toit.

Inconscient de la tension entre les deux adultes, l'enfant se lança dans la description détaillée de sa récente sortie scolaire au planétarium et de tout ce qu'il y avait appris sur les constellations. Il ne s'arrêta de parler qu'en apercevant le conteneur dans lequel les ouvriers avaient placé ses jeux et ses jouets encore en état de marche. Il s'y rua, laissant sa mère et Beckett confrontés à un tête-à-tête embarrassant.

Jess nota que la lueur toujours présente au fond du beau regard ténébreux s'était éteinte. Reviendrait-elle un jour ?

— Tu n'avais pas besoin de faire tout ça, murmura-t-elle.

— Un homme se doit de veiller sur sa famille, rétorqua-t-il avec un haussement d'épaules, comme si son intervention n'avait rien d'exceptionnel.

Sa famille ? Jess sentit son pouls s'accélérer. Beckett les considérait-il comme des membres de sa famille ?

— Beckett, regarde ce que j'ai trouvé ! s'écria alors Mason en brandissant une balle et un gant de base-ball. Tu viens m'entraîner au lancer ? S'il te plaît !

— D'accord.

Jess eut le cœur serré en voyant la mine ravie de son fils.

— C'est à n'y rien comprendre, murmura Jess. D'un côté, il ne me donne aucune nouvelle depuis plusieurs jours ; de l'autre, il se plie en quatre pour me rendre service. Pourquoi ?

— Tu n'en as vraiment aucune idée ? lança Freya sur le ton de l'ironie. Bon sang, tu ne peux pas être aveugle à ce point !

— Que veux-tu dire ?

— Elle veut dire que mon fils est fou amoureux de vous.

— Monsieur Wilder ! Désolée, je ne vous avais pas vu.

— Beckett m'a littéralement harcelé pour que je fasse jouer mes relations afin que vous retrouviez au plus vite un logement digne de ce nom. J'ignore contre quels démons vous luttez. Ce que je sais, en revanche, c'est que si vous éprouvez des sentiments sincères pour mon fils, vous avez intérêt à faire le premier pas. Beckett est aussi pudique qu'entêté. S'il pense que vous ne voulez pas de lui, il conservera ses distances, sans pour autant cesser de veiller à votre bien-être. Considérez son initiative comme une déclaration d'amour.

En proie à une extrême confusion, Jess resta pantoise.

— Maintenant, je vous laisse réfléchir à mes propos. J'ai un rendez-vous important.

Richard Wilder appela Beckett, lequel revint, Mason sur les talons.

— Nous poursuivrons ton entraînement une autre fois, si ta maman est d'accord, l'entendit-elle expliquer à l'enfant. Il lui suffit de me téléphoner. Elle a mon numéro.

Sous le coup de l'émotion, Jess sentit sa gorge se nouer. Beckett n'attendait qu'un signe de sa part pour s'inviter de nouveau dans leur vie. Malheureusement, le problème de fond demeurait : il projetait de retourner à Lexington, tandis qu'elle avait ses racines ici, à Woodvale. Était-elle prête à abandonner son poste à l'hôpital, sa maison et ses souvenirs pour le suivre ? Une telle décision supposait d'accepter de dépendre de lui le temps de trouver un emploi là-bas.

À moins que…

Une idée venait de germer. Le pari était risqué, mais cela valait la peine d'essayer.

Sa nervosité grimpant d'un cran de minute en minute, Jess attendait la venue de son visiteur. Il lui avait fallu une semaine complète pour quantifier et formaliser son idée. Elle avait vérifié à maintes reprises la cohérence de ses chiffres. Bien que parfaitement préparée à cette entrevue, elle ne pouvait s'empêcher de s'inquiéter.

Allait-il changer d'avis au dernier moment et lui faire faux bond ?

Elle sursauta en entendant le coup impérieux frappé à la porte.

— Entrez.

Richard Wilder pénétra dans la pièce et s'assit en face d'elle, de l'autre côté du bureau.

— Merci d'avoir accepté cette entrevue, monsieur Wilder.

— Appelez-moi Richard.

Elle acquiesça d'un sourire timide.

— Je souhaitais m'entretenir avec vous de la proposition concernant le service des urgences que je compte soumettre lors de la prochaine réunion.

Il haussa les sourcils.

— J'ai confié à mon fils la responsabilité d'examiner les différents projets. Je n'ignore pas qu'un « léger » différend vous oppose. Cependant…

— Voudriez-vous néanmoins y jeter un coup d'œil ?

Elle se mordilla la lèvre, attendant une réponse qui tardait à venir.

— Je sais que le SAMU est un sujet de discorde entre vous et votre fils, ajouta-t-elle. C'est pourquoi j'ai jugé préférable de vous en parler en premier lieu.

— Poursuivez.

Elle lui présenta le dossier dans ses grandes lignes, s'efforçant d'être à la fois concise et précise. Son visiteur l'écouta sans dire un mot, puis se mit à parcourir le document qu'elle avait imprimé à son intention. Elle s'attendait à quelques questions, voire à une ou deux critiques, et ce mutisme ne lui disait rien qui vaille. Devait-elle interpréter ce silence comme une fin de non-recevoir ? Rien dans l'expression de Richard Wilder ne permettait de deviner le fond de sa pensée. À mesure que les minutes s'égrenaient, pendant qu'il prenait connaissance de son travail, Jess avait l'impression d'être sur des charbons ardents.

— C'est bien ficelé, déclara-t-il enfin.

Elle réprima un soupir de soulagement.

— J'ai essayé de considérer la question sous tous ses angles, en me fondant sur des données que Beckett et moi avons définies lors de notre dernière réunion, juste avant l'arrivée de la tornade. Comme vous le savez, il a beaucoup plus d'expérience que moi dans ce domaine.

Son visiteur hocha la tête, songeur.

— Vous m'avez vendu l'idée, mais c'est à mon fils de choisir les projets que notre fondation financera.

— Bien sûr, mais j'espérais que vous pourriez appuyer ma démarche.

Alors, elle lui expliqua l'autre partie de son initiative, celle qui ne figurait pas noir sur blanc dans le dossier, qui n'avait rien à voir avec les chiffres et tout avec les sentiments.

Il y avait maintenant trois semaines qu'il ne l'avait pas vue, trois semaines qu'il avait attendu en vain un appel ou un SMS de sa part. Pourtant, la balle était dans son camp. Il le lui avait clairement dit lors de leur rencontre inopinée sur le chantier de sa maison. Beckett en avait déduit qu'elle n'avait aucune envie de renouer avec lui.

Il arriva à l'hôpital une demi-heure avant la réunion du comité spécial. Il avait examiné les propositions des différents services et s'apprêtait à annoncer les résultats de son étude. Il avait eu un mouvement d'humeur en apprenant que son père n'avait pu s'empêcher de s'en mêler et de s'approprier le projet relatif aux urgences. Souhaitait-il ainsi lui ôter la possibilité de financer l'achat d'ambulances supplémentaires ou limiter ses contacts avec Jess ? Beckett n'en savait rien.

Il prit place à la table de réunion et se mit à réfléchir sur le comportement qu'il devrait adopter. S'il ignorait Jess, l'assemblée jugerait son attitude incorrecte. Cependant, si son regard venait à croiser celui de la jeune femme, il y avait un risque non négligeable pour qu'il soit déconcentré et que le fil de ses pensées échappe à son contrôle. Chaque fois qu'il songeait à elle, il se perdait aussitôt en conjectures.

Jusqu'à présent, il n'avait jamais cherché à nouer un lien durable avec une femme, et ses obligations professionnelles au sein du SAMU finissaient irrémédiablement par décourager celles que l'uniforme et la générosité de ce métier avaient d'abord fait fantasmer. Et pour cause ! Il travaillait quasiment tous les week-ends, ce qui compliquait considérablement l'organisation d'escapades en amoureux. Lui aussi se lassait assez vite… jusqu'à ce qu'il rencontre Jess.

Avec elle, le problème n'était pas tant l'emploi du temps que le lieu géographique. S'il quittait Lexington pour revenir à Woodvale, il lui faudrait renoncer à sa vocation, car le budget alloué à la modernisation des urgences ne permettrait pas de créer un poste correspondant à ses compétences et à ses aspirations. Aimer ne devait pas vous obliger à choisir entre votre métier et la personne chère à votre cœur.

Beckett restait plongé dans ses pensées tandis que la pièce se remplissait. Il n'eut pas besoin de lever la tête pour savoir que Jess était arrivée. Il sentait sa présence dans toutes les fibres de son être.

— Il semble que nous soyons au complet, décréta Freya qui, du fait de ses attributions auprès de la direction de l'hôpital, tenait le rôle de facilitatrice.

Beckett se risqua à lever le regard vers elle tandis qu'elle dressait le bilan des dégâts provoqués par le passage de la tornade et faisait le point sur l'état d'avancement des travaux de réparation du bâtiment des urgences.

— Maintenant, entrons dans le vif du sujet, dit-elle en guise de conclusion. Je cède la parole à Beckett qui a préparé un rapport chiffré sur les projets sélectionnés par la fondation Wilder.

Il allait se lancer dans son exposé quand Jess leva la main.

— Oui ? Tu as quelque chose à déclarer avant que nous abordions les aspects financiers ?

— En effet. Je crois que nous avons sous-estimé les besoins de notre communauté en ce qui concerne le SAMU. Il me semble essentiel de prévoir une enveloppe budgétaire dédiée spécifiquement au développement de ce service qui, il faut bien l'avouer, est le parent pauvre de cet établissement.

Beckett tombait des nues. Avait-il rêvé ou avait-il vraiment entendu Jess défendre les intérêts du SAMU local, quasiment inexistant à ce jour ? Quelques semaines auparavant, elle s'était pourtant battue pour que les urgences obtiennent la majeure partie des fonds. Pourquoi une telle volte-face ? C'était à n'y rien comprendre.

— Aussi ai-je soumis une proposition visant à créer un service d'aide médicale d'urgence digne de ce nom et indépendant avec, à sa tête, une personne compétente dans ce domaine, à même d'apprécier les besoins propres à cette discipline.

Un silence succéda à cette déclaration qui prenait manifestement tout le monde de court. À commencer par Beckett. Non seulement Jess avait fini par se ranger à son avis, mais son projet s'avérait beaucoup plus ambitieux que ce que lui-même avait en tête.

— Et cette personne compétente, ce serait toi ? demanda un membre de l'assistance.

— Non, pas du tout. Je n'ai pas les qualifications requises. Je pensais plutôt à quelqu'un de la stature de Beckett Wilder. À mon sens, il a le profil idéal.

Beckett la fixa, stupéfait. Elle lui adressa ce sourire doux, presque timide, qui le faisait craquer.

— Quelqu'un parmi vous s'oppose-t-il à la prise en compte de ce dossier qui arrive hors délai ? s'enquit Freya.

À ces mots, Richard Wilder se leva et prit la parole.

— Il n'est pas hors délai. Jessamine Daniels me l'a présenté il y a plusieurs jours et j'ai pris le temps de l'étudier en détail. Mon opinion, c'est que le projet est réaliste et mérite toute notre attention. J'en profite d'ailleurs pour féliciter l'auteur pour la qualité de son travail, même s'il subsiste quelques points à creuser. Enfin, il me semblerait judicieux que Beckett soumette sa candidature au poste de directeur de notre futur SAMU, sous réserve, bien sûr, qu'il n'y ait aucun favoritisme dans le choix du postulant.

Beckett devait lutter pour ne pas laisser éclater son euphorie. Son père l'encourageait dans sa vocation professionnelle – une grande première –, et la femme qu'il aimait lui offrait l'occasion d'exercer son métier sans qu'il ait à s'éloigner d'elle. Restait à espérer qu'elle accepte également de réviser son jugement sur leurs chances d'avenir…

Tandis que la salle de conférences se vidait, Jess s'efforçait de maîtriser sa nervosité. Tout s'était pourtant déroulé à merveille, et elle avait atteint son objectif, du moins professionnel. À présent, elle attendait avec angoisse la confrontation avec Beckett. Il avait fait le premier pas en orchestrant le chantier de réparation de sa maison afin qu'elle et Mason retrouvent au plus vite un toit. Il avait agi en toute discrétion et, si elle ne l'avait pas rencontré sur place de manière fortuite, elle n'aurait jamais deviné l'identité de son ange gardien.

Freya acheva de ranger ses affaires et se dirigea vers la porte. En passant à côté de Jess, elle lui adressa un clin d'œil complice.

— Maintenant, tu n'as plus qu'à reconquérir l'homme de ta vie, chuchota-t-elle avant de s'éclipser.

Après le départ de son amie, Jess se retrouva en tête à tête avec Beckett. Un instant, l'idée lui traversa l'esprit de se jeter dans ses bras. Il comprendrait certainement ainsi qu'elle rendait les armes. Elle y renonça. Beckett avait droit à un mea culpa en bonne et due forme ainsi qu'à une vraie déclaration d'amour.

— Et voilà, dit-elle, embarrassée, ne sachant par où commencer.

— Je te remercie d'avoir reconsidéré ton point de vue sur l'utilité d'un SAMU local et d'avoir suggéré mon nom pour en prendre la direction. J'apprécie cette preuve de confiance. À présent, dis-moi quel moment te conviendrait le mieux afin que nous puissions finaliser ton projet, et je m'arrangerai pour me rendre disponible.

Son ton était tellement formel qu'elle en éprouva un pincement au cœur. Elle avait espéré qu'il montrerait un peu plus de chaleur et d'enthousiasme. Elle n'avait à s'en prendre qu'à elle-même, après tout. Elle l'avait blessé. Un jour, peut-être, elle trouverait l'occasion et le courage de lui avouer combien sa propre décision lui avait coûté.

— Ce serait si simple si tu étais quelqu'un de lambda.

Ces mots lui avaient échappé. Elle les regretta aussitôt en voyant son expression s'assombrir. Décidément, elle cumulait les maladresses !

— Suis-je censé m'excuser pour ce que je suis ? Même si tu me le demandais, je ne pourrais rien y changer. Je ne suis pas responsable de ce qui te déplaît tant chez moi, à savoir mon appartenance à une famille puissante et fortunée.

— Je ne souhaite pas que tu changes… Enfin, en dehors de ton lieu de résidence, ajouta-t-elle avec un sourire, car j'ai vraiment envie de rester à Woodvale.

Elle se leva et alla s'asseoir à côté de lui.

— En réalité, le problème ne vient pas de toi, mais de moi. Il m'a fallu du temps pour le comprendre.

— Ce qui signifie ?

Dans le beau regard ténébreux brillait de nouveau une lueur d'espoir.

— Tu n'as rien de commun avec Clint. En me protégeant contre tout sentiment amoureux et en m'accrochant à mon célibat comme à une planche de salut, je donnais encore du pouvoir sur moi à ce type. Les blessures passées n'ont pas à me dicter mon avenir.

— Que je sois un Wilder ne constitue donc plus une tare à tes yeux ?

— Non.

— La création d'un SAMU à Woodvale a-t-elle pour but de m'inciter à revenir m'installer dans ma ville natale ?

— Oui, en grande partie.

— Dans ce cas, il faut que tu te maries avec moi.

Jess n'eut pas le loisir de réagir, car Beckett emprisonna son visage entre ses mains et l'embrassa. Leur baiser fut passionné comme si, à travers lui, ils exprimaient tout ce qu'ils n'avaient pas encore osé formuler de vive voix. Craignant que quelqu'un les surprenne, elle s'arracha à regret à leur étreinte.

— On pourrait nous voir. Est-ce que j'ai rêvé ou m'as-tu ordonné de t'épouser ?

— Tu n'as pas rêvé, répondit-il avec un sourire désarmant. Ces dernières semaines, j'ai vécu un enfer.

— Justement, à ce propos, je voulais te dire combien je suis désolée de t'avoir blessé. Telle n'était pas mon intention. Simplement, j'avais peur. Peur de mes réactions, peur de souffrir, peur que Mason en pâtisse. J'espère que tu arriveras à me pardonner. Je n'aurais pas dû te mettre d'emblée dans le même panier que Clint. Depuis, j'ai appris à te connaître et j'ai une totale confiance en toi.

— Ouf, murmura-t-il en lui caressant tendrement la joue, je désespérais d'entendre une telle déclaration un jour ! Maintenant que tu as pratiquement créé un poste sur mesure pour moi, j'imagine que je n'ai pas d'autre choix que de rester à Woodvale.

— Il serait en effet ingrat de ta part de ne pas accepter ! répliqua Jess en riant. Par ailleurs, je pense que tu gâches tes talents dans une salle de conférences.

— Vraiment ?

— Oui. À mon avis, l'uniforme de capitaine te convient mieux que le costume cravate du businessman.

— Pour ma part, je ne cesse de me demander quand je pourrai enfin te débarrasser de quelques-uns de tes vêtements.

— Beckett !

— Ne t'inquiète pas, je patienterai jusqu'à ce que nous nous retrouvions dans un endroit plus intime.

— Je vais te révéler un secret. J'avais prévu un plan B pour le cas où je ne réussirais pas à convaincre ton père de soutenir mon projet.

— Un plan B ?

— Mason et moi t'aurions rejoint à Lexington. Je préfère encore quitter ma ville natale et mon travail plutôt que de vivre sans toi.

— Oh ! ma chérie, j'ai envie de connaître tous tes secrets ! N'en aurais-tu pas d'autres à me confier ?

— Un seul.

— Lequel ?

Jess se blottit contre lui.

— Je t'aime, Beckett Wilder.

— Et moi, mon amour, je suis fou de toi.

Épilogue

Un an plus tard

Jess se tenait sur la terrasse de la résidence des Wilder au bord du lac. Elle observait Mason qui s'évertuait à expliquer les règles de base du Pokémon à Elaine et Richard Wilder, dont les visages exprimaient un mélange de concentration et de perplexité. Dès lors que leur fils leur avait annoncé son intention de se marier, les parents de Beckett s'étaient impliqués sans compter dans la vie du petit garçon.

— Il essaie encore de les convertir à son sacro-saint Pokémon ? s'enquit Beckett en approchant.

Il déposa un baiser sur ses lèvres.

— Oui, les pauvres ! Où étais-tu passé ?

— Je suis allé chercher quelque chose que j'ai commandé pour toi.

— Une surprise ?

Il sortit de sa poche un petit écrin.

— Ouvre-le.

Elle ne se fit pas prier et découvrit à l'intérieur un délicat pendentif au bout d'une fine chaîne en or. Le bijou fantaisie, de forme conique, représentait un tourbillon.

— C'est magnifique, merci, murmura-t-elle.

— Aujourd'hui, il y a un an jour pour jour que la tornade a frappé Woodvale et t'a jetée dans mes bras. Nous y avons survécu en nous aidant mutuellement. J'ai pensé que cette breloque nous rappellerait que, si nous restons solidaires, nous sommes capables de surmonter n'importe quelle épreuve de l'existence.

Émue, Jess releva ses cheveux.

— Tu m'aides à le mettre ?

Il s'exécuta et en profita pour caresser cette nuque dont la gracilité ne cessait de l'émouvoir.

— Nous devrions peut-être secourir tes parents ?

— Laissons-les plutôt se débrouiller.

Il l'enlaça et s'empara de ses lèvres.

— Tu as raison, chuchota-t-elle. De toute façon, ils ont intérêt à s'entraîner avant d'être de nouveau grands-parents à l'automne prochain.

Beckett mit plusieurs secondes à intégrer ce qu'elle venait de lui annoncer à demi-mot.

— Dois-je comprendre, madame Wilder, que notre petite famille va bientôt s'agrandir ? demanda-t-il avec un sourire radieux.

— Exact.

Comme pour s'assurer qu'elle disait vrai, il posa la main sur son ventre.

— Comment crois-tu que Mason va réagir en l'apprenant ?

— Il sera aux anges. Depuis notre mariage, il me réclame sans arrêt un petit frère ou une petite sœur.

— Oh ! mon amour, tu es la plus belle chose qui me soit arrivée !

Il l'embrassa de nouveau, la serrant très fort contre lui.

— Est-ce que vous allez vous bécoter toutes les cinq minutes jusqu'à la fin de vos jours ? lança Mason en les rejoignant.

— Non, mon grand, seulement tous les quarts d'heure ! Le reste du temps, nous nous occuperons de toi et de ton frère ou de ta sœur.

Le petit garçon se figea. Comme s'il n'osait y croire, il se tourna vers sa mère.

— C'est vrai, maman ?

Jess hocha la tête.

— Oui, mon chéri. La naissance est prévue vers Halloween.

— Chouette ! s'exclama l'enfant d'une voix excitée. Comme

ça, je pourrai lui prêter mon déguisement de fantôme. Papa, je parie que t'es pas cap de me rattraper !

Et il partit en courant.

— Tu vois ! J'étais sûre que cette nouvelle le ravirait.

— Tant mieux. Et maintenant, si tu veux bien m'excuser, il faut que je montre à mon effronté de fils qui est le plus rapide de nous deux !

BLANCHE

HARLEQUIN

Retrouvez prochainement, dans votre collection

BLANCHE

L'étreinte d'une infirmière, d'Annie O'Neil - N°1626

SÉRIE : DOCTEURS DE NASHVILLE - 1/2

Lorsque le Dr Carter Booth partage un baiser brûlant avec une inconnue le soir du nouvel an, il ne s'attend pas à la retrouver dès le lendemain à l'hôpital de Nashville où il vient d'être embauché ! Et dire qu'il travaillera au côté de la belle Avery ! Si l'idée de croiser l'infirmière aux urgences n'est pas pour lui déplaire, il se demande comment faire taire le désir qu'elle éveille en lui…

Le secret de Lia, de Tina Beckett

SÉRIE : DOCTEURS DE NASHVILLE - 2/2

Lia a un secret. Un secret qu'elle n'a confié à personne en dehors de son amie Avery. Un secret qui l'a contrainte autrefois à quitter Micah dont elle était pourtant follement amoureuse. Lorsque ce dernier est de retour à Nashville pour exercer dans l'hôpital où elle est chirurgienne, Lia est submergée par l'émotion et la peur. A-t-elle une chance de renouer avec Micah si elle lui ouvre enfin son cœur ?

Retrouvailles à Florence, de Kate Hardy - N°1627

Médecin spécialiste en chirurgie prénatale, Samantha est à Florence pour sauver des vies – pas pour retomber amoureuse ! Aussi est-elle troublée d'apprendre que durant son détachement de trois mois elle devra collaborer avec le Dr Angelo Brunelli. Elle a tant aimé cet homme avant qu'il la quitte sans un mot d'explication ! Concentrée sur sa mission auprès de mamans et de bébés en détresse, Samantha décide d'ignorer les sentiments qu'elle nourrit encore pour Angelo…

Un confrère pour confident, de Louisa George

Lexi a hâte de voir son ami Jono rejoindre l'hôpital où elle travaille comme pédiatre. Si elle ne l'a pas croisé depuis des années, tous deux s'écrivent sans arrêt. Seulement, quand ils se retrouvent finalement durant un séjour en Cornouailles, Lexi est infiniment troublée. Son confident l'attire irrésistiblement ! Or, elle le sait, elle ne doit pas céder à ce désir qui pourrait briser leur amitié…

Leur mission : sauver des vies.
Leur destin : trouver l'amour.

HARLEQUIN
www.harlequin.fr

BLANCHE

Le défi d'un chirurgien, de Charlotte Hawkes - N°1628

C'est le premier jour du Dr Rik Magnusson à l'hôpital royal de Thorncroft, et son objectif est simple : renouer avec son frère biologique pour enfin chasser les fantômes du passé. Mais sa rencontre avec le Dr Grace Henley vient brusquement troubler ses plans. Grace n'est pas seulement la femme avec laquelle il a passé une nuit inoubliable ; elle est aussi la meilleure amie de son frère ! Alors qu'il devrait la tenir à distance, Rik a très envie de la séduire…

Irrésistible vétérinaire, de Juliette Hyland

Il est son nouveau collègue… et colocataire ! Kit, veuve et bourreau de travail, consacre sa vie à ses patients. Déterminée à être la meilleure vétérinaire en ville, elle accueille avec circonspection le Dr August Rhodes, le fils prodigue de son patron, venu lui prêter main-forte à la clinique. À mesure qu'ils cohabitent, toutefois, Kit s'attache à August, tout en sachant qu'elle commet une erreur. Bientôt, il sera reparti…

Une aventure inoubliable, d'Alison Roberts - N°1629

SÉRIE : WILDFIRE, URGENCES MÉDICALES - 5/6

L'action, le danger, les poussées d'adrénaline : voilà ce qui fait vibrer Lia. Aussi n'hésite-t-elle pas une seconde quand on lui propose un contrat d'infirmière secouriste pour deux semaines sur l'île de Wildfire. Pourtant, à peine arrivée, elle se demande si elle a fait le bon choix. Sam Taylor, le médecin de l'équipe, est si brillant qu'elle tombe sous son charme. Or elle repartira bientôt…

Pour l'amour d'un enfant, de Marion Lennox

SÉRIE : WILDFIRE, URGENCES MÉDICALES - 6/6

Si Hettie ne se marie pas avec Max Lockhart, son collègue à l'hôpital de Wildfire, tous deux n'auront pas la possibilité d'adopter Joni – cet adorable petit garçon qu'ils ont sauvé in extremis de la noyade et auquel ils vouent déjà un amour sans faille. Or sera-t-elle capable de supporter ce mariage de convenance, alors que Max ignore les sentiments qu'elle nourrit pour lui en secret ?

HARLEQUIN

Leur mission : sauver des vies.
Leur destin : trouver l'amour.

HARLEQUIN
www.harlequin.fr

BLANCHE

Mère, médecin… et amoureuse, de Sue MacKay - N°1630

Quand Rachel pose ses valises et celles de son petit garçon, Riley, sur les îles Cook, elle est décidée à prendre un nouveau départ. D'ailleurs, il y a tout ce qu'il faut ici : un hôpital où elle pourra exercer, une école pour son fils, une plage paradisiaque, une adorable maison et… Ben, un nouveau voisin. Un homme charmant mais qu'elle doit tenir à distance, pour protéger son cœur et celui de son enfant…

Le cadeau qu'ils attendaient, de Louisa Heaton

Elle est… enceinte ? Stupéfaite, Emily sent la panique la gagner. Car depuis quelques jours son époux, Sam, est frappé d'amnésie à la suite d'un accident de la route. Et dire qu'elle songeait à le quitter, à cause de son refus d'avoir un enfant ! Déterminée à tenter le tout pour le tout, elle annonce sa grossesse à un Sam… fou de joie ! Ce sursis, elle n'ose pourtant en profiter : que se passera-t-il lorsque Sam recouvrera la mémoire ?

HARLEQUIN

Leur mission : sauver des vies.
Leur destin : trouver l'amour.

HARLEQUIN
www.harlequin.fr